U0330028

當年遊俠人

现代中国的文人与学者

（增订版）

陈平原　著

生活·讀書·新知　三联书店

图书在版编目（CIP）数据

当年游侠人：现代中国的文人与学者／陈平原著. —增订版. —北京：
生活·读书·新知三联书店，2020.3
ISBN 978 - 7 - 108 - 06681 - 7

Ⅰ．①当…　Ⅱ．①陈…　Ⅲ．①随笔 - 作品集 - 中国 - 当代
Ⅳ．① I267.1

中国版本图书馆 CIP 数据核字（2019）第 181882 号

责任编辑　卫　纯
装帧设计　蔡立国
责任校对　龚黔兰
责任印制　宋　家
出版发行　**生活·读書·新知** 三联书店
　　　　　（北京市东城区美术馆东街 22 号　100010）
网　　址　www.sdxjpc.com
经　　销　新华书店
印　　刷　北京市松源印刷有限公司
版　　次　2020 年 3 月北京第 1 版
　　　　　2020 年 3 月北京第 1 次印刷
开　　本　880 毫米 × 1230 毫米　1/32　印张 13
字　　数　239 千字　图 28 幅
印　　数　0,001 - 5,000 册
定　　价　55.00 元
（印装查询：01064002715；邮购查询：01084010542）

目　录

新版序

这是《当年游侠人》的第三副面孔了，2003年（台北）二鱼文化版以及（北京）三联书店2006年增订版，都已经各有自序，这回简单交代一下编辑事务，就可以了。

全书宗旨及基本框架没有变化，只是删去已入他书的《花开花落两由之——怀念黄海章先生》《此声真合静中听——怀念陈则光先生》以及《即将消逝的风景》，再就是增加了谈论苏曼殊、蒋梦麟、张竞生、钱穆、朱自清、金庸共六人八文。以"大侠"金庸收尾，属于神来之笔，恰好呼应本书题目。

此外，我还有好些怀念师长的文章，因已入《假如没有文学史……》（北京：生活·读书·新知三联书店，2011年）、《花开叶落中文系》（北京：生活·读书·新知三联书店，2013年）、《怀想中大》（广州：花城出版社，2014年）、《大学新语》（北京：北京大学出版社，2016年）以及《依旧相信》（南京：凤凰文艺出版社，2019年）等，那些就不再挪动了，只是提醒读者关注其中的两篇：一是谈论王元化先生的《在学术与思想之间》（《花开叶落中文系》），一是《八十年代的王瑶先生》（《大学新语》）。

还是三联版自序提及的，"集中所收各文，多少总有点专业上的发现，与作家所写人物传记不同"。虽也写人，但不是传记，更像侧影，包含作者的个人感怀或学术发现。没有完整的故事情节，也不讲起承转合，如此"攻其一点不及其余"，要求读者有较好的文化修养，能主动补齐作者没说出来的背景知识，方能明白你的"一得之见"。不管评说章太炎、刘师培，还是辨析胡适、钱穆，虽非专业论文，也不是泛泛之谈，大都有作者独特的发现。有些话题今天很平常，当初却可能是禁忌（如林语堂）；有些人物今天很陌生，焉知若干年后不会成为热门话题（如张竞生）。那篇作为附录的《历史的侧面与折痕》，不仅有人生感慨，更包含我的哲学思考。

略感遗憾的是，因全书写作时间很长，不少当初颇有新意的文章，如今已成明日黄花。今天的读者，文化水平明显提升，获取信息也比以前方便多了，不知是否还愿意与"此日穷途士，当年游侠人"对话？

己亥大年初五于京西圆明园花园

三联版自序

两年多前，台湾二鱼文化为我出了一册月旦人物的小书，题目就叫《当年游侠人》。集中各文水准不一，好在写作时多有感而发，还算有点趣味与幽怀。

书刚刊行，三联书店编辑郑勇便闻风而动，跑来劝说我出简体字版。如此雅意，自是让人感动，可我一直很犹豫。原因是，书中各文，多曾收入我在大陆所刊各散文随笔集中。

直到有一天，郑勇以"漫说文化"丛书受欢迎为例，说明"专题性"对于读者的意义，我才同意他的建议：停刊此前所出各随笔集（除《学者的人间情怀》外），逐渐杂糅新旧，按专题成书。相对来说，谈论现代中国文人与学者的《当年游侠人》最为完整，只需稍做整理，便可问世。而且，以此开篇，也好表达对于先贤的向往与凭吊。

三联版比起二鱼版米，有很大的出入。第一、二辑删去了关于苏曼殊、梁启超、傅斯年三文，因其已在准备重刊的《学者的人间情怀》或刚出版的《触摸历史与进入五四》（北

京：北京大学出版社，2005 年）中；另外补上谈辜鸿铭和许
寿裳两篇。至于第三辑七文，则全是新增加的。前两辑分别
描摹晚清、"五四"两代学人，第三辑则是追忆那些引领我走
上学术道路的师长们。各文排列顺序，依据的是传主的生年。

我格外欣赏晚清以降的人物，还有周氏兄弟等，但那些
文章或偏于专业，或过于琐碎，不便入集；追忆师长文章，
还可举出《满枕蝉声破梦来——怀念吴组缃先生》，因其已
藏身《学者的人间情怀》，只好割爱。倒是关于苏曼殊、蔡
元培二文的取舍，需要略加解释。在《晚清的魅力》一文
中，我说了这么一段话：

> 说来你也许不相信，将我诱入晚清的，竟是三位诗
> 僧。先是"行云流水一孤僧"的苏曼殊，接着是"我虽
> 学佛未忘世"的八指头陀，最后是"华枝春满，天心月
> 圆"的弘一法师。好几次提笔，想细说与我"结缘"的
> 三法师，最后都变成"此时无声胜有声"了。三诗僧之
> 让我入迷，首先是其人，而后才是其诗。这种阅读趣
> 味，虽然与专业要求相去甚远，却是我切入晚清的最佳
> 角度。直到今天，晚清文人心态，仍是我关注的重点。

十年过去了，欣赏趣味未变，而"细说"的许诺仍然落空。
台版《当年游侠人》中《行云流水一孤僧——关于苏曼殊》
一文，实即是《学者的人间情怀》中的《苏曼殊小说全编

序》。苏君特立独行，魅力四射，谈论晚清，缺了他确实有点可惜；但自破体例，殊为不值。与此形成鲜明对照的是，谈论蔡元培的小文，虽已入《中国大学十讲》(上海：复旦大学出版社，2002 年)，却依旧保留下来了，还加了个"附录"，显示自家"别有幽怀"。这么做，除了格外看重"兼容并包"的大学理念，更为了区分专业著述与学术随笔的不同读者。

集中所收各文，多少总有点专业上的发现，与作家所写人物传记不同；但拟想读者依旧是大众。也正因此，所记所论，偏于人物的精神、气质、趣味，而不是其政治或学术上的功业。让诸多有趣味有神采的文人学者，走出专业的小圈子，以便大众欣赏与崇尚，这是本书的小小野心。至于文章长短不一，论述角度多有变化，那是事先没有统一规划造成的。当然，对于随笔这种文体来说，随意书写，不拘一格，也自有其好处。

至于将"当年游侠人"的范围，从晚清的康有为、章太炎，一直推衍到几年前刚去世的金克木、程千帆等，那是因为，我坚信，那些我曾有幸"从游"的师长们，也都值得后人鉴赏与品味。

北大百年校庆期间，我曾撰有《即将消逝的风景》一文，谈到："江山代有才人出，单就'授业'而言，所谓'青黄不接'，大概属于危言耸听。不过，学生阅读的不只是'书本'，更包括'导师'。而我们这一代教授，是否经得住学生们挑剔的目光，是否还能为学生提供精神的乃至审美的享受，实在没有把握。"此文在大学生中流传甚广，以至常有人问我：没有长须飘拂的冯友兰，没有美学散步的宗白华，没有妙语连珠的吴组缃，没有口衔烟斗旁若无人的王瑶，未名湖是否显得寂寞多了。我想是的。

　　　　　　　　　丙戌初一，爆竹声中，于京西圆明园花园

台湾二鱼版自序

写书的人都明白，一部著作的完成，除了知识积累，还需要某种特殊的心境与机缘。其实，出书也一样，没有这回的台大讲学，就不会有《当年游侠人》的问世。

说不清是缺乏经验，还是诗人脾性作怪，没经过任何市场调查，焦桐兄单凭直觉，便一口"吃下"我好几本小书。既然警告无效，那就"恭敬不如从命"，开始清点起自家的文稿来。真是不看不知道，一看吓一跳。二十年间，我所"结缘"的文人学者，竟与台湾有如此紧密的联系。

那位1893年生于台南府城延平郡王祠边的窥园、三岁时因台湾割让、随父母迁回大陆的许地山，是我念硕士课程时特别关注的文人兼学者；而二十岁便以《台湾竹枝词》文名鹊起的丘逢甲，其"归籍海阳"后的认同危机，以及"辞官办学"隐含的改革思路，前几年也曾引起我的极大兴趣。至于晚清思想史上的重要人物章太炎、梁启超的渡台，更是现代中国学界津津乐道的佳话。

戊戌变法失败，章太炎因避祸东渡台湾，于 1898 年 12 月 4 日抵达台北，第二年 6 月 10 日，从基隆乘船，转游日本的东西两京。虽然太炎先生的《自定年谱》称，"台湾气候蒸湿，少士大夫，处之半岁，意兴都尽"，可在台期间，章氏将其论政论学的旧作新撰，编订成一代名著《訄书》，这在现代中国思想史上，也算一件大事。记得胡适在日记中曾提到，"中国很少精心结构而有系统的著作"，扳着手指计算，两千年间，也就四十几种，这其中，就有章太炎的《訄书》与《国故论衡》。

同样因戊戌变法失败而流亡，梁启超渡台的时间，比章太炎整整晚了十二年。不过，梁启超 1911 年 2 月 24 日的乘笠户丸渡台考察，因邀请者乃台中声名卓著的栎社，诗酒唱和的包括林痴仙、林幼春、林献堂、连雅堂等台湾现代史上著名的诗人、学者及政治家，此行广为台湾读者所熟知。游台月余，任公先生感触良多："此行乃得诗八十九首，得词十二首，真可谓玩物丧志，抑亦劳者思歌，人之情欤？"为什么称"吟诗"为"玩物"，读游台第一书，方知梁氏此行目标远大，计划周详，原意是实地考察日本人所吹嘘的"治台成绩"，看能否为日后中国的发展提供借鉴。信中所开列的考察项目，涉及日本殖民台湾的诸多行政手段，包括金融、农政、警察制度、土地及户口调查等十大问题。任公先生甚至已致信老友张元济，准备将拟议中的《台湾游记》一书，交上海的商务印书馆出版。可惜，很快的，辛亥革命爆发，梁氏奔走国事，此计划胎死腹中。不然的话，以其观察力与表达力，留下一部类似《新大陆游记》或《欧游心影录》那样的精彩著述，当不在话下。

隔着约略一个世纪的风云，在台南府城的小巷里穿梭，拾取许地山儿时嬉戏的笑声；在台北街头踯躅，寻找章太炎当年寄居的《台北日报》馆旧址；在雾峰林家"莱园"优游，抚摩那些残缺的石凳；在南港胡适墓园拜谒，欣赏那些深得"适之体"神韵的白话碑文；或者访问阳明山麓的林语堂故居，参观成舍我创办的世新大学等，都让我隐约感觉到历史的余温。而这种交织着历史与现实、生活与梦幻的情境，最典型的，莫过于每天聆听台大校园里傅钟的遥响。

十年前，第一次来台，曾慕名拜谒台大幽静的傅园，为其精美的希腊式廊柱所震撼；这回的台大讲学，每天面对着为纪念傅斯年而设立的傅钟，则有"却把他乡作故乡"的感觉。翻阅《"国立"台湾大学中国文学系系史稿》，发现许多熟悉的名字，意识到这所大学的文学院，与老北大因缘极深；至于任职时间不长，但对台大发展至关重要的老校长傅斯年，更是"五四"时期北大的学生领袖。因此，当我在课堂上就"晚清文学与文化"，或"二十世纪中国文学"等话题侃侃而谈时，仿佛回到了北大的讲台。讲到得意处，台上台下，会心一笑；此情此景，着实让我感动。

记得有一回，在课堂上借题发挥，谈论起大学者的著述，除了纸面的严谨与理智、纸背的温润与深情，同样值得关切。在这个意义上，"知人"，不只是为了"论世"，本身便自有其独立价值。对于这种带有更多个人性、不过分排斥情感与偏见，近乎密室私语的"特殊的阅读"，好多年前，我曾做过专门论述：

> 并非每个文人都经得起"阅读"，学者自然也不例外。在觅到一本绝妙好书的同时，遭遇值得再三品味的学者，实在是一种幸运。由于专业需要，研究者一般必须与若干在世或早已谢世的前辈学者对话。"对话"与"结缘"，在我看来颇有区别，前者注重学理之是非，后者则兼及其人格魅力。大概是天性好奇，品尝过美味佳肴，意犹未尽，又悄悄溜进厨房去侦查一番，于是有了这些专业以外、不登大雅之堂的"考察报告"。

重读八年前的这则《与学者结缘》，明白自己为何偏爱别人以及自家"专著之外"的文字，原来是认定，这其中隐含着作者的真性情，或者说某种不可复制的生命体验。

眼前的这册小书，当也做如此期许。

作为读者，喜欢追究作者压在纸背的思考，看好"生命体验与学术研究"的结盟，如此趣味，必然对"有学问的文人"以及"有文人气的学者"，情有独钟。选择黄侃《效庾子山咏怀》中的诗句"此日穷途士，当年游侠人"作为书名，不取其牢骚，而取其气势与情怀。所谓"游侠"，在我看来，主要是一种精神气质，而与具体的职业、武功以及行动能力关系不大。这一点，在我那本"墙内开花墙外香"的《千古文人侠客梦》中，多有论列。

喜欢谈论逸出常轨的游侠，必定不太欣赏"太平盛世"的"平安无事"。落实到今日中国学界，则是对"专业主义"成为塑造我们思想行为的主要力量，以致对各种可能出现的不合规矩的"奇思妙想"造成极大的压抑，表示担忧。因为，越来越精细的学科分野、越来越严格的操作规则、越来越艰涩的学术语言，在推进具体的学术命题的同时，会逐渐剥离研究者与现实生活的血肉联系。别的学科不敢说，但对于人文学来说，这个代价并非微不足道。因此，希望既投身"专业化"大潮，又对"正统派"之得失保持清醒的认识。在为《现代中国》第一辑撰写的《编后》中，我曾经提到：

> 在《知识分子论》中，萨义德（E. W. Said）曾抱怨"今天在教育体系中爬得愈高，愈受限于相当狭隘的知识领域"；而研究文学时，"专业化意味着愈来愈多技术上的形式主义，以及愈来愈少的历史意识"。以所谓的"业余性"（amateurism）来对抗专业化大潮，在中国人看来，或许不如"博雅"的说法更精确。与此相关联，我希望以"情怀"来补充"规则"的缺失。对于训练有

素的学者来说，说出来的，属于公众；压在纸背的，更
具个人色彩。后者"不着一字"，可决定整篇文章的境
界，故称其"尽得风流"，一点儿也不为过。没必要借
题发挥，也不是以史为鉴，在选题立意、洞察幽微中，
自然而然地调动自家的生活经验，乃至情感与想象，如
此"沉潜把玩"，方有可能出"大文章"。我以为，纯粹
的技术操作并非理想的学术状态。尤其是谈论二十世纪
中国的社会、生活、思想、学术、文学、教育等，今人
的长处，正在于其与那段刚刚逝去的历史有着千丝万缕
的联系，故容易"体贴入微"。

在专业领域之外，还有自家的阅读兴趣，还能对社会发言，
还敢写无关升等的文章，这种"业余选手"的架势，或许不
被方家看好，我却十分倚重。

收入本书的大部分篇章，曾先后在《读书》等思想文化
刊物上发表，当初拟想的读者是"文化人"，而非"专家学
者"，故笔调轻松有余，论证严密不足。集中当得起"论文"
二字者，大概只有《乡土情怀与民间意识——丘逢甲在晚清
思想文化史上的意义》。而选录此文的理由，很显然，是基
于"人"而不是"文"。

至于十五则小文，之所以分为上下两辑，不外乎前者以
人物为中心，后者则有相对明确的问题意识。

　　本书之采用"随笔"而非"论文"的架势，当初确实是有感而发，而且希望"文""学"兼修。只是时过境迁，不少文章失去原先特有的魅力。其功用，大概就像晋人《法显传》所描述的，在杳无人烟的戈壁沙漠中，残留着若干骆驼以及人类的尸骨，后来者据此得以辨认西行的路径。

　　若做如是想，则本书仍值得编辑。

2003 年 1 月 14 日于台大长兴街客舍

上
辑

工诗未必非高僧

——关于寄禅

近代湘僧敬安（1851—1912），字寄禅，俗姓黄，自称山谷后人。因在佛前燃二指供养，故号"八指头陀"；说话口吃，书信中亦自称"吃衲"。十八岁投湘阴法华寺出家，后历主湖南五大寺和宁波天童寺，1912年筹组中华佛教总会，被公推为会长，同年圆寂于北京法源寺。寄禅生前，诗名、僧名均满天下，唯有友人叶德辉不大以为然，谓其诗自高而僧则未必，理由是："工诗必非高僧。古来名僧，自寒山、拾得以下，若唐之皎然、齐己、贯休，宋之九僧、参寥、石门，诗皆不工；而师独工，其为僧果高于唐宋诸人否耶？"（参见钱基博《现代中国文学史》上编"中晚唐诗"节）

"工诗必非高僧"；反过来，"高僧必不工诗"。这是个很有趣的命题，可惜叶氏的论证不够严密，"高僧"与"名僧"不是一回事，慧皎作《高僧传》，即有感于前人之传"名僧"而不传"高僧"："若实行潜光，则高而不名；寡德适时，则名而不高。"（《〈高僧传〉序》）何况，着眼于宗教史上的贡献，寄禅可能高于寒山、拾得；谈论文学史上的功绩，寄禅也未必比不上寒山、拾得。尽管如此，叶氏的命题依然基本成立，确实，中国历史上的高僧绝大部分不写诗或写不出好诗，而历代著名的诗僧又都不是真正意义上的高僧。如此，兼有诗名与僧名的寄禅就更值得认真探究了。

一

尽管宋人严羽以禅喻诗名扬天下，后世文人也多有承袭其"大抵禅道惟在妙悟，诗道亦在妙悟"（《沧浪诗话·诗辨》）之说者，可实际上，诗、禅仍然无法合一。最主要的一点是，诗除了"悟"外，还强调"情"，而释家则以"无我"为立说的根基。佛学深不可测，各家解说千差万别，可在通过论证诸行无常和诸法无我来显示涅槃寂静的理想这一点上，却是大同小异。这种涅槃寂静的理想境界，可以成为学道的诗人和学诗的僧人永恒的歌咏对象，可这很难成为诗歌的"主流"——诗人毕竟更多执着于红尘千丈的世俗人生。还有一点，这种空寂的境界，经过千百年来无数诗人的咀嚼，说实在的，已很难再有多少新意了。"红泥肥紫芋，白石瘦青山。流水落花去，夕阳飞鸟还"（《山中漫兴》）；"松翠近可掬，泉声咽更闻。水清鱼嚼月，山静鸟眠云"（《访育王心长老作》）——这些诗不能说不精致，也确实颇具禅味，只是不待寄禅吟咏，中晚唐诗人集中不乏此类佳句。

僧诗要出新意，必须拓展表现领域，不能像宋代九诗僧那样只在山水风云、竹石花草中打滚（见欧阳修《六一诗话》）。可这很难，弄不好触犯戒律。寄禅说得对："我学佛者非真无情人也。"（《〈寄范清笙舍人、杨云门明经一首〉序》）问题是如何把学佛者之"真情"转化为激动人心的"诗情"。乡情、师情、友情，固然是寄禅的主要吟唱对象，山水情在诗集中也占有重要地位，且更多佳作。学道之人，山水花鸟不只是愉悦观赏的对象，简直是不可或缺的"道友"："平生好山水，遇胜辄流连。"（《九月初六日由沩山越茶洞……》）"休笑枯禅太枯寂，无情花鸟亦相亲。"（《天童坐雨呈鞠友司马》）这就难怪其笔下的山水花鸟别有一番情趣了，不少佳句为时人所传诵。如"天痕青作笠，云气白为衣"（《太湖舟中遣兴》）；"意中微有雪，花外欲无春"（《梅痴子乞陈师曾为白梅写影，属赞三首》）等。

可倘若寄禅只是吟咏山水花鸟，在近代诗坛中不可能占一席地位；其关于家国之情、兴亡之感的咏叹，无疑更耐人寻味。"我虽学佛未忘世"（《余别吴雁舟太守十三年矣……》），此乃近代僧人的一个突出特点，乌目山僧、曼殊上人、弘一法师，无不如此。大概战乱或换代之际，僧人生死、兴亡的感慨，更容易与俗人家国之情相沟通。在俗人是多一点"忧生之感"，在僧人则是多一点"忧世之情"。寄禅早期诗篇颇有不屑关心世俗人生，一味修道学禅之意，一直到1896年仍有"蜗争蛮触任纷纷，时事于今渐懒闻"（《吾生》）这样的诗句。甲午中日战争之后，其诗中渐多人间烟火味，"我亦哀时客，诗成有哭声"（《感怀》），以"感事"为题的诗篇也明显增多。而且诗中一再表白"我不愿成佛，亦不乐升天"；而唯一的希望是能够"普雨粟与棉"并"澄清浊水源"（《古诗八首》）。自然，这只能是一种良好的愿望，世界并不因高僧发大愿心而有所改变，于是只有"自怜忧国泪，空洒道人襟"（《重阳前三日登扫叶楼有感》）；或者如诗人绝笔诗所表达的："苦无济困资，徒有泪纵横。"（《壬子九月二十七日，客京都法源寺，晨起闻鸦有感》）即便如此，诗人忧国忧民之心还是相当感人的。1910年，寄禅于天童寺前青龙冈为己营造冷香塔，本已"一息虽存，万缘已寂"，可忽阅邸报惊悉日俄协约、日韩合并，"内忧法衰，外伤国弱。人天交泣，百感中来。"（《〈感事二十一截句附题冷香塔〉序》）作二十一首七绝。录二首以见一斑：

> 修罗障日昼重昏，谁补河山破碎痕？
> 独上高楼一回首，忍将泪眼看中原！

> 茫茫沧海正横流，衔石难填精卫愁。
> 谁谓孤云意无着？国仇未报老僧羞！

作为一代高僧，此等诗句自可见其大慈悲心，也不难想象其传颂一时。可由此而颂扬其为"爱国主义""同情革命"，则又未免离题太远。安徽巡抚恩铭被徐锡麟刺杀，寄禅赋感："皖江一夕中峰摧。"（《金陵闻安徽恩中丞被刺赋感》）慈禧太后病死，寄禅志哀："北望河山涕自横。"（《戊申十月二十四日……》）至于革命党人武昌举义，寄禅也大发感慨："可怜黄鹤楼前望，尽化红羊劫后灰。"（《遥闻四首》）其实，作为僧人，没必要要求其介入直接的政治斗争。说他忠于清室不对，说他同情革命也不对，他只是有感于国弱法衰。作为佛子，法之盛衰当然是第一位的，而法运、国运又往往联系在一起，故由忧法而忧国，这才谈得上"内忧法衰，外伤国弱"。寄禅之所以哀悼慈禧太后，诗中有注："戊戌变法有请毁寺汰僧者，圣慈不许，其议始寝。"而寄禅之所以对革命党人一开始没有好感，乃是惧怕"只缘充学费，遂议割僧田"（《感事》）。实际上，辛亥革命后各地确有毁寺办学之举，寄禅之赴南京谒见临时总统孙中山，以及到北京会见内务部礼俗司长，都是希望政府能禁止侵夺寺产。在僧人看来，此等护法大事自然是远远高于朝代的变更的，因此，与其从政治斗争，不如从宗教感情角度来理解寄禅的学佛而未忘世。

值此风雨飘摇之际，僧人忧生忧世的感情与俗人相通，故其诗感人。即便如此，僧人作诗仍有很大限制，比如说，无法歌咏人类最崇高最圣洁的感情——爱情，这几乎是僧诗无法弥补的一大缺陷。历史上有过写情诗艳词的和尚，如宋代的惠洪和近代的曼殊，可那是特例，非僧诗正格。寄禅作为一

代高僧，自然不会涉此险地自坠罗网。可偏偏有人故意出难
题，以艳诗见赠并索和，寄禅于是回敬："名士美人幽怨意，
云何却遣老僧知？"（《夏彝恂观察以赠沈桂芬诗索和……》）
寄禅自恃道力高深，偶尔也故临险境，比如作《弃妇吟》
《前征妇怨》之类，不过，此类诗寄禅无论如何也作不好，
只因心存训诫，老怕招人笑话，不免要因情见道。如《题苏
小小坟二首》："风流回首余青冢，始信从来色是空""美人
毕竟成黄土，莫向湖边泣暮云"。话是没说错，可实在大煞
风景，全无诗情美感。只有一次"置之死地而后生"，寄禅
居然于此中翻出新意来。事情经过是这样：寄禅作诗误用红
叶题诗典故，被人抓住把柄，于是只好硬着头皮辩解：

> 禅心不碍题红叶，古镜何妨照翠娥。
> 险处行吟方入妙，寄声岩穴老头陀。

确实是"险处行吟"，难为他如此妙解禅心，不怪时人
称为"题红佳话又翻新"，寄禅本人也颇为得意，又作一绝
作答：

> 十年匿迹住深山，只有孤云伴我闲。
> 剩得风骚余习在，题红佳话落人间。

话是这么说，可我相信，寄禅当年"险处行吟"时是吓出了

一身冷汗。此类事可一不可二，寄禅应有自知之明，特别是晚年名高，更不敢再冒此风险。而舍弃了男女之情，高僧吟诗不说淡然无味，毕竟有所欠缺，尤其是当他自觉道法日进之时。寄禅于此颇有感受："华发秋来觉渐增，近年诗思冷如冰。"(《次韵吴柳溪居士》)

二

这里涉及学佛与作诗的矛盾。而寄禅终其一生并未真的"诗思冷如冰"，反而因得到诸多当代名诗人的指教而进步神速。晚清诗家郭嵩焘、王闿运、王先谦、樊增祥、陈三立、郑孝胥、易顺鼎、俞明震等都与寄禅相唱和，而且相当推许其诗作。若寄禅在晚清诗坛卓然成家的地位得到确认，那么，问题就得这样转过来：如此工诗的寄禅，是否算得高僧？高僧与非高僧的界限相当模糊，这里不妨先探究寄禅的吟诗是否妨碍其学道，以及寄禅是如何处理学道与吟诗可能存在的矛盾。

寄禅在圆寂的那年写有一首五律，中有两句颇为惊心动魄："本图成佛祖，岂分作诗奴？"(《周菊人赠诗，次韵答之》)其实，就在寄禅出版第一本诗集的时候，他就有过大致相同的表示：

　　噫，余为如来末法弟子，不能于三界中度众生离火

宅，徒以区区雕虫见称于世，不亦悲乎！（《〈嚼梅吟〉自叙》）

此后，几乎每过一两年，寄禅就要专门作诗对自己的沉溺于歌吟表示忏悔。忏悔的原因，一是"我法看诗妄，能传不足荣"（《再成一首》）；"愿向空工乞真印，谁甘慧业作文人？"（《漫兴四首》）一是"文字情深道缘浅，多生结习根仍存"（《述怀答友人》），"道人学道诟负名，诗草删除呂义生"（《戊申二月由四明还湘……》）。前者因佛子并不看重诗文，能"度尽法界众生，与真如法性同其不生不灭"最佳，次则"发明真理，建立休业"，实在不行才"以高厚凄婉之情，为名山寿世之文"，但那已是第三种境界（参见太虚《中华佛教寄禅安和尚传》第六章）。出家人自然是成佛心切，至于诗名倒是可有可无。如果吟诗只是无助于成佛，两者尽可并行不悖；问题是寄禅认定"道缘浅"是因"文字情深"，这才对吟诗心怀恐惧。可作为嗜诗的僧人，寄禅又实在积习难改，"兴来说偈便成诗"（《遣兴》）。这一点常令他惴惴不安，而且越到晚年越是如此，为什么"渐愧高僧旧日称"？只因自知"文字障深禅定浅"（《衡山李志远少尉写竹见贻……》）。1908 年，寄禅作《秋夜书怀》，后半可谓悲痛之至：

悔因识字多生障，误堕狂禅最下乘。

心印光潜尘海暗，残宵掩泪续传灯。

只是即便如此，此老仍然吟诗不辍。不断忏悔"文字障"，可又不断执着于世谛文字，既然无法怀疑"忏悔"的"诗人"之真诚，那也只好归之于释氏所说的"因缘"了。

吟诗并非绝对有碍于学道，倘若只是"山居味禅寂，兴到偶吟诗"（《山居四首》），那无可非议。问题是寄禅并非"偶吟诗"的僧人，而是道道地地的"苦吟僧"。这一点寄禅并不忌讳，而且在诗中还屡有表白。"毕竟苦吟成底事？十年博得鬓如丝"（《感怀二首》）；"须从捻断吟逾苦，一字吟成一泪痕"（《书怀，兼呈梁孝廉》）；"四山寒雪里，半世苦吟中"（《对雪书怀》）；"五字吟难稳，诗魂夜不安"（《送周卜苍茂才还长沙……》）。诸如此类自写苦吟的诗句在集子中还有好些，《〈诗集〉自述》也自称："或一字未惬，如负重累，至忘寝食；有一诗至数年始成者。""苦吟枯索"在俗人本无不可，世上倚马立就的"才子"毕竟不多，"推敲"乃千古诗人雅事。只是作为和尚，整日"苦吟枯索"，如何学道参禅？岂不本末倒置误了生死大事？难怪老友陈三立半真半假地讥笑其吟诗成痴成癖："成佛生天，殆不免坐此为累，可笑人也。"（《〈白梅诗〉跋》）

以诗寄禅、以诗度世，这种冠冕堂皇的大话，寄禅不大好意思说。原因是他的"苦吟"，带有很大成分的"偿债"和"求名"的因素，而远不只是自娱或证道。"以诗会友"

本是雅事，叮弄到成了负担，整日为"欠债""还债"担忧，雅事可就成了俗事了。寄禅本就喜欢结交当世名人，1886年参加王闿运等人组织的碧湖诗社后，吟诗更成了日常功课，"还诗债"之雅居然也成了吟咏的对象。"数年风月陈诗债，今日应须次第偿"（《暮春禅课之余……》）；"只嫌吟鬓萧萧白，诗债经年尚未还"（《次韵酬严诗庵》）；"一笑相逢转愧颜，六年诗债不曾还"（《夏剑丞观察于六年前枉顾毗卢寺……》）。如此说来，和尚实在活得不轻松，慧业难得，诗债未偿，何来空寂心境？更何况偿诗债除了结人缘外，更包含佛子所不应有的争强斗胜心，这一点在吟白梅诗中表现得最突出。寄禅性爱白梅，甚至遗嘱圆寂后在冷香塔周围环植梅树（《冷香塔自序铭》）。可是其"闭门独自咏梅花"，并非完全出于不可抑制的诗情，而是带有比赛的味道。"云门方伯人中仙，百首红梅海内传。我愧白梅才十首，吟髭捻断不成篇"（《赠樊云门方伯四绝句》）。后来在"红梅布政"樊增祥、"白梅和尚"寄禅外，又出来个"绿梅公子"夏伏雏，且以七古一章见寄，颇有希望三足鼎立之意，寄禅于是作《答夏公子二绝句》，其中一为：

> 红梅太艳绿梅娇，斗韵争妍寄兴遥。
> 应笑白梅甘冷淡，独吟微月向溪桥。

既然"甘冷淡"，为何不断攀比，耿耿于世俗名声？吟诗自吟诗，但求适性娱情，不管他人说三道四，这才能真正脱出尘俗。可惜寄禅做不到这一点，舍不得浮名虚利。尽管他也曾歌吟："笑他名利场中客，为甚黄金不买闲。"（《山居，和连笏峰孝廉韵》）单凭他的热衷于比试诗作，人们也有权怀疑他并未摆脱名利之羁绊。

一开始或许真是一味嗜诗，并无其他杂念；可随着"诗名赢得满江湖"（《自题击钵苦吟图三首》），寄禅的吟风啸月不再是"无目的""非功利"的了。"苦吟"与"赛诗"已不大可取，更何况后期越来越多的唱酬寄和之作。唱酬的对象，有的是志同道合的诗友，有的则纯是附庸风雅的达官贵人。"喜留禅客饭，懒问达官名。"（《赠高葆吾》）这只是说说而已。翻翻其诗集，即使只看题目所列各式官阶，也可知其并非"懒问达官名"。此类唱酬诗，于诗于佛均无益，唯一的作用是获取诗名。对此，郑孝胥曾有一首赠诗说得颇为明白，其中前六句是：

> 头陀蓄髯有时名，交游一世多耆旧。
> 手持诗卷使我读，汲汲似欲传身后。
> 向谓我痴子更痴，痴而又贪佛所诟。

这首诗可谓击中要害：痴诗有碍学道，贪名更为佛所诟；寄禅实难辩解，只好王顾左右而言他，说说"嗟余学道老无成"之类的套话就敷衍过去了（《次韵答郑苏堪京卿七古二首》）。

三

"贪名"理论上应是有碍于学道，可实际上却无妨甚至有助于寄禅成为"高僧"。是否"高僧"，并非纯粹由佛学界考核评定，这其间达官贵人、诗人名士的推许与品评起了很大作用。以王闿运、陈三立在文坛上的地位，一加吹嘘，不难使寄禅诗名满天下；而郭嵩焘、易顺鼎、樊增祥都曾居要津，又都是寄禅多年的诗友，即使政界中人对其也不能等闲视之。可以这么说，寄禅在佛学界的威望，与其诗名及其诗友的显赫地位不无关系。

持律谨严或者学理精深，固然是有道高僧；即使道法不甚高深，可能于乱世中护法、弘法，不也是很可尊敬的高僧吗？前者重在对佛理的领悟，后者重在社会活动能力，也就是我们今天所说的"宗教活动家"。"痴诗贪名"在前者是不允许的；在后者则无碍。倘无诗名，何以结交当世名流并达到保护佛教事业的目的？主持一方大寺乃至筹组中华佛教总会，都并非道法高深就够了。尤其是在这"刹土变迁，新陈交替，困苦颠连，万方一概"的"法难"之际（《致宝觉居士书》），要使"佛日重辉，法轮再转"，就必须与当道权势打交道，实在无法清高。空谈佛理不见得奏效，讲交情反而有点用处。寄禅后期为护法而南北奔波，靠的也是他的诗名以及历年唱酬奉赠结下的交情。"可怜慧命垂危急，一息能延赖长官""只恐空门无处着，白头和泪上官书。"（《次秃禅者〈辞世偈〉韵,以纪一时法门之难》)话说得很难听,可挺实在,处此危难之际,同是"白头和泪上官书",别的高僧就不见得有寄禅本事大。这一点寄禅颇为自得。1906年,高旻寺月朗和尚与德恒和尚争座,请寄禅代为调停。寄禅除托扬州府知府及江都县知县"为高旻作大护法"外,还有本事"托现署藩司朱盐道转求周玉帅,为宝刹护法",这可不是寻常僧人所能办到的。难怪寄禅复月朗和尚信中颇有得意之色:

> 盖朱、陶二观察及朱大令,俱敬安故人。敬安平日以文字虚声,亦谬承当世士夫赏识,为法门请命,或不以丰干为饶舌也。

平日里吟诗担心堕入"文字障",关键时刻才知吟诗也可能有助于"学佛"。当然,这么一来,学佛人当初的誓言"自说烟霞堪作侣,此身终不近王侯"(《赠郭意诚先生》),也就不好再提了。寄禅晚年多与达官贵人交往,甚至赠诗与书信中语气卑下,不乏阿谀之词,想来也有不得已的苦衷。据说叶德辉引吴蔼次讽大汕和尚语赠之:"和尚应酬杂遝,何不出家。"寄禅笑颔之,不能答(钱基博《现代中国文学史》)。"不能答"可能是自知理亏,也可能是别有深意,还是不要过分刨根问底为好。

想当初,寄禅出家不久,识字无多,登岳阳楼而得"洞庭波送一僧米"句，人谓有神助，其后遂立志学诗。四十年后寄禅于多事之秋奔走护法，幸得有诗名相助，如此看来，"山僧好诗如好禅"也无可厚非。如果我们承认寄禅的"奔走护法"也算高僧的话，那么，叶德辉的断语不妨改一下："工诗未必非高僧"。只是工诗的高僧"忧诗复忧道"，其心理矛盾远比寻常佛子、诗人复杂，既不可盲目崇信，也没必要过分深责。

（所引诗文见《八指头陀诗文集》，长沙：岳麓书社，1984 年 4 月版）

逸事之外的辜鸿铭

——读《中国人的精神》有感

对于文人学者来说，没有逸事可供传诵，是一大遗憾。因为，几句隽语或一件雅事，其影响可能远远超过苦心经营的专门著述。反过来，逸事太多，同样也是一大遗憾。因为，大众乐于品味并传播逸事，无暇阅读著作，更不要说努力理解其精神了。相对而言，后者或许更可悲。书斋里的著述，虽说不被大众所赞赏，毕竟还有召唤知音的能力。餐桌上的逸事，由于被过度消费，甚至成了阅读的巨大障碍——最明显的例子，莫过于辜鸿铭。

近代以来的读书人，对于辜氏奇特的身世以及非凡的语言能力，还有诸多妙语，比如辫子、茶壶、三寸金莲等，不乏拍案叫绝者。可一句"文坛怪杰"，就基本上将其"消费"掉了。对于奇谈怪论，"宽容大度"的国人历来的态度是·可以欣赏，但不必当真。这么一来，名满天下的辜鸿铭，其实没有多少真正的听众。辜氏晚年自称京城一景，想来不无凄清落寞的感觉。满城争说辜鸿铭，这与西山看红叶或动物园里欣赏"国宝"大熊猫，差别不是太大。对于观赏者来说，有几人关心"观赏对象"的喜怒哀乐？

造成这种尴尬的局面，一半缘于辜氏立意"惊世骇俗"的论述策略；另一半则只能归因于国人对于文人逸事持久不衰的强烈兴趣。另外，辜氏著述大都用英文写作，这也妨碍国人对他的真正了解。十年前，岳麓书社出版《辜鸿铭文集》，薄薄一册，收入其用中文写作的《读易草堂文集》和《张文襄幕府纪闻》，虽也有精彩之处，比如介绍西洋礼教习俗、批评国人之前倨后恭，以及品鉴人物分辨理势等，但远不及同时同社出版的逸事集《文坛怪杰辜鸿铭》行时。沉寂了半个世纪的"辜鸿铭"，终于重新引起大众的关注，历来被作为落伍者描述的形象，开始呈现某种亮色。但是，直到近两年，作为思想家的辜氏，方才逐渐浮出海面。这种公众阅读兴趣的转移，很大程度上应归功于辜氏著述中译本的陆续问世。连载于《学术集林》的《中国札记》，香港牛津大学出版社的《中国牛津运动轶事》，海南出版社的《中国人的精神》，再加上黄兴涛所著、中华书局出版的《文化怪杰辜鸿铭》，国人对于辜氏的关注，开始超越"逸事"，转向"精神"。

用英文、法文向欧美介绍中国文化，辜氏前有陈季同，后有林语堂。有趣的是，被我扭到一起的"三剑客"，都是福建人——尽管辜氏只是祖籍福建。在《中国人的精神》中，辜氏也曾提及陈季同，但没有涉及其名满欧洲的《中国人自画像》等法文著述；至于林语堂30年代之喜欢谈论辜氏逸事，以及《吾国吾民》《生活的艺术》之追摹《中国人的精神》，足证辜、林之间的文化因缘。

辜鸿铭的学术生涯，以严厉批评西方汉学家起步，并非偶然。首先是充满民族歧视与文化偏见，其次则是缺乏对于中国人"文学和哲学原则"的整体把握能力。前者衍化出一系列"抗议型"著述，最著名的莫过于 1901 年结集的《尊王篇》。谴责列强的对华政策，尤其是八国联军的残暴与野蛮；与此同时，为中国政府以及中华文明辩护。作为受害者，辜氏的抗议确实"理直气壮"；可闭口不谈庚子事变中清廷的责任，实在说不上公允。为了批驳列强作为侵略依据的"黄祸说"，辜氏重新分辨"文明与野蛮"：生活水平只是构成文明的条件，而不只是文明本身；文明的真正含义，在于培养彬彬有礼、悠然自在的有教养者。在这个意义上，黄种文明并不构成对于白种文明的潜在威胁；而且，有其同样值得骄傲的存在价值。随着危机的缓解，辜氏对于中华文明的评价日高；第一次世界大战爆发以后，辜氏的立论更是由"争平等"转为"救世界"。借用《中国人的精神·导论》中的一句话："实际上，我的确相信，欧洲人民于这场大战之后，将在中国这儿，找到解决战后文明难题的钥匙。"

由辩护者转为传道者，辜鸿铭后期的著述，主要是赞美、推销儒家文化。不同于汉学家之注重枝节问题，辜氏以能"识大体"自傲。文章虽不长，却可以牵涉中西政体、法律、宗教、语言、文学等大题目。早期的中西文明比较，学识外，更需要悟性、直觉以及整体把握能力。辜氏在这方面，确有所长。比如，关于儒家不是宗教却又扮演宗教职能、关于汉语简洁且适合于传情以及"真正的中国人"拥有童心与智慧，故"永远有一种带诗意的宁静而具幸福感的精神状态"等，都并非无稽之谈。只是将这种对于理想中国的赞美，转化成为现实生存处境（包括小脚、辫子、太监、八股、纳妾等）辩护，则难避"自大""昏庸"之讥。

如何面对处于强势且咄咄逼人的西洋文明，是20世纪中国每个读书人都必须思考的问题。辜氏出于民族自尊而抗议西方的"傲慢与偏见"，超越具体的历史语境，探讨中国文化的内在魅力，其著述百年后仍有读者，可见此命题的严肃性。不过，在著名的文化保守主义者中，辜氏所受到的非议最多，其"重新出土"面临的阻力也最大，除了语言（用英语写作）的障碍，更重要的是其文体及论述策略。辜氏为人为文，语不惊人死不休，嬉笑怒骂，皆成文章。采用箴言体、笔记体写作，可以攻其一点，不及其余。不必论证，只求奇警，文章必然以气势而不是逻辑或学识取胜。常被论者提及的"旁征博引"，也只是相对于其时国人的西学水平而言。至于"国学"，更非辜氏所长。这就难怪"五四"以后，随着大批留学生归国以及专门研究机构的成立，辜氏随意性很强的中西比较，不再被学界所赞赏。而其广泛传播的"妙语"，更加深了与新文化人的矛盾与隔阂。

相对于辜氏在国内的政治活动，我更欣赏其在国外传播中国文化的功绩。除了《论语》《中庸》的英译,《中国人的精神》(英)、《呐喊》(德)、《辜鸿铭论集》(日)等的出版,毕竟为国外读者提供了与汉学家和传教士截然不同的另一个"中国"。在西方语境下谈论中国文化,自然是希望借东方文化补救西方文化的缺失。对这一论述策略不理解,无论是赞赏还是批判,我以为都是不得要领的。这种读者的锁定,决定了辜氏对东方文化的评价,必然与以改造中国、解决迫在眉睫的社会问题为己任的知识者大相径庭。或者说,后者主要面对"现实的中国",而前者谈论的则是"理想的中国"。在我看来,只要不越界发挥,二者各有其合理性。也就是说,当年新文化提倡者的批判锋芒,并不因辜氏的重新出土而黯然失色。

两年前,在东京的神保町淘旧书,与《春秋大义》(即《中国人精神》)失之交臂,懊悔莫及,曾在文章中有所表示。友人以中译本相赠,意在让我"圆梦"。迫不及待翻阅一遍,更加强化了我当初的直觉:谈辜氏,不该只限于"逸事",更有"精神",必须认真对待。

1996 年 4 月 22 日于京西蔚秀园

(原刊《中华读书报》1996 年 5 月 8 日)

最后一个"王者师"

——关于康有为

很想找个理由，说明写作的缘起。诞生一百四十周年？太早了；逝世七十周年？也太早了。戊戌变法乃康有为（1858—1927）一生事业的顶峰，是做文章的好时机，可惜百年祭不能提前。公车上书倒是发生在1895年，此乃康氏正式登上政治舞台的象征。寻访当年十八省举人集会地点松筠庵，也是一个好题目，只怕有人已经捷足先登。实在黔驴技穷，只好如实招来：偶然翻书，略有感触，于是写下了这三则不太连贯的札记。

不必纪念日，也能被后人所追忆，这其实更不容易。如此说来，讲不出具体缘由的"对话"，也并不辱没康君。

十多年前，我在广州中山大学念书。校园在珠江边，原是岭南大学旧址，红墙碧瓦，掩映在南国特有的大榕树的绿荫中。位于校园中轴线的小礼堂、大草坪、孙中山铜像、惺亭、喷水池尤其充满魅力，是晚饭后散步的最佳去处。小礼堂上刻着的孙中山题词"学生们要做大事，不要当大官"，常是朋友聊天的好话题。

今年春天回母校访问，发现题词没了[1]，大概是为了恢复那座小礼堂原先的风韵吧？我有点怅然。政、学分家，"读书"不是为了"做官"，这是晚清不少有识之士的共同见解，起码章太炎、蔡元培、严复、梁启超、吴稚晖等都有过明确的表述。真正使得中国读书人转变观念的，是西方教育制度的引进以及科举制度的退出历史舞台。只是作为政治家以及近代知识者的孙中山，在教诲学生走专业化道路的时候，不曾说清一点：有些"大事"，非"大官"不能做。尤其是安邦定国，或者说政权建设成为整个社会关注的中心时，不当官的读书人，可以"立德""立言"，却很难真正"立功"。

读书人由士大夫变为专家学者，这一大趋势，使得其经世致用的可能性日趋缩小。最后一个成功的"王者师"，大概得推康有为。读康氏七上清帝书，以及百日维新期间涉及政治、经济、军事、文化、教育等领域除旧布新的三十七封奏折，实在是"不亦快哉"！晚清志士之呼吁变法，往往从废八股、开学堂以育人才开篇。康氏大约三分之一的奏折，集中攻击科举取士之弊，主张引进西学以改良中国的教育及官僚体制。这一努力的结果，竟然使得读书人再也无法重温

---

[1] 文章发表后，承中大朋友告知，小礼堂上孙中山的题词并没被取消，只是因重修而暂时遮蔽。因涉及文章思路及立意，牵一发动全身，故不做改动。这里另作更正。

"为工者师"的旧梦了，这大概是康氏等所始料不及的。

此后还会有人上书献策，但设想最高当局接纳"王者师"的"耳提面命"，并改变其大政方针，几乎是痴人说梦。现代的政治家自有主张，不需要学者来发布预言，更不能允许其"蛊惑人心"。想想胡适献《淮南王书》，以及胡风的十万言建议，最好的结局也不过"免于追究"其"狂妄自大"。在某种意义上说，"学生们"之"不要当大官"，很大程度是"不能，非不为也"。政、学分途，并非是每个读书人都愿意接受的事实。

这才能理解为什么有那么多主张"学术独立"的学者，摇身一变，甚至比官员还要"官员"。

谈论现代中国学术，很难绕开康有为。梁启超撰《南海康先生传》，称20世纪新中国史开卷第一页，"必称述先生之精神事业"。这一"精神事业"，主要体现为政治思想，也包括教育与学术。在我看来，康氏的学术贡献，集中体现在疑经辨伪、托古改制以及以经术作政论。前两者为学术思路，第三则是治学方法。但康氏的思路与方法，其实大有关联，都可看作清末今文经学的集大成者。

晚清今文经学兴起，一受国势衰微刺激，一为汉学专制反弹，自梁启超、钱穆、侯外庐再三陈说，已为国人所熟知。从龚自珍、魏源以下的今文经学家，与"独得先圣微言大义于语言文字之外"的庄存与、刘逢禄辈尚有不同，就在于其表面谈论的是经术之是非，骨子里关注的却是国家政治、军事、经济大势。康有为将这一治学路数推到极端，对此，梁启超《清代学术概论》中有所评价：

> 有为、启超皆抱启蒙期"致用"的观念，借经术以文饰其政论，颇失"为经学而治经学"之本意，故其业不昌，而转成为欧西思想输入之导引。

"经学"不同于今人所理解的作为学科分类的文史哲，在漫长的历史岁月中，经学肩负着国家意识形态权威阐释的重任。不同学派对"经"的解释不同，可推导出一系列政治决策，故经学既是"学"，也是"政"。梁启超所标榜的"为经学而治经学"，只有在经学的权威已经失落、科举制度已经取消、学校也由培养"王者师"转为训练专家学者，才可能被接受。《清代学术概论》成书于1920年，对"学术"的理解，尤其是对今文经学的批评，明显受"五四"新文化运动的影响。

经学既是一种意识形态，也是一种学术研究。从政者谈经与治学者说经，毕竟还是大有区别的。前者讲求服务于一时一地的政治决策，后者必须遵循相对独立的学术理路。治经不可能完全不受社会思潮或政治集团的影响，但学者之追求实事求是或希望经世致用，还是对其学术风格起决定性的影响。最明显的是晚清的今古文之争。

说简单点，古文经学将孔子视为史学家，六经皆史，史的问题可以通过名物训诂来解决，有是也有非，学界自有公论。今文经学将孔子目为政治家，重在发掘其文字符号后面的微言大义。对于"微言大义"，文字训诂基本不起作用，重要的是解释框架。而且，义理之是非，往往一时无法公断。借用章太炎《诸子学略说》的思路，一是史学研究，一是哲学阐释，二者立场迥异。

问题在于，单是阐释义理，不足以服人，于是康有为也讲考据。"新学伪经""孔子改制"，这都是事实的求证，而不是义理的阐发。既然讲考据，就必须遵循考据的理路。批评者多从这里入手。考据确非康氏所长，目光如炬的思想家，作考据往往主题先行，然后循环论证。例如，为了证明六经皆孔子所作，康有为是这样立说的：孔子为教主，为神明圣主，故必然作六经；如不作六经，孔子仅为后世的贤士大夫，不成其为教主；只有知道六经确为孔子所作，"然后孔子之为大圣，为教主，范围万世而独尊者乃可明也"（《孔子改制考》卷十）。如此循环论证，更多地借助于信仰而不是学理，难怪考据家大不以为然。

钱穆著《中国近三百年学术史》，称康有为之最大贡献在于力反乾嘉以来之考据崇拜，别辟一讲求义理之新径；可惜《新学伪经考》等仍从考据而来，与自家宗旨不合。而以考据治经，非康氏所能胜任，因其"皆先立一见，然后搅扰群书以就我，不啻六经皆我注脚"。

这种指责，其实，当年广雅书院山长朱一新已有言在先。1891 年《新学伪经考》刻成，在学术界引起很大争议。其中以朱一新之贻书诘难，以及康氏之答辩，最有学术价值。朱氏的批评，或许可以代表绝大部分汉学家的观点："治经者，当以经治经，不当以己之意见治经。"像康有为那样，"凡古书之与吾说相戾者，一皆诋为伪造，夫然后可以唯吾欲为，虽圣人不得不俯首而听吾驱策"，在朱氏看来，实在是"凿空武断，使古人衔冤地下"。主张发掘孔子大义之学的康有为，根本不在乎朱氏考据失实的指责，反过来嘲笑"今日之害，学者先曰训诂"。这既是一种论辩的策略，也与康氏讲求经世致用的学术理想相关。

就在《新学伪经考》刻成的 1891 年，康氏的另一部著作《长兴学记》也问世了。这部为广州长兴里开堂讲学所著之学规，篇幅很短，影响却很大。特别是其明确提出义理、经世、考据、词章四门，对晚清学术思想的发展至关重要。此前戴震、姚鼐、章学诚都有义理、考据、词章三门之说，尽管所用术语略有差异。曾国藩开始称为学之术有四：义理、考据、辞章、经济。这一说法似乎与康有为很接近，但曾氏重心落在义理，与康氏之注重经世大不一样。

在《长兴学记》与《桂学答问》中，康有为批评清人普遍认可的"识字—通经—达道"这一治学方法，称其为"磨砖作镜""蒸沙而欲成饭"。康氏主张先从古圣贤心志入手，读通微言大义，然后再谈具体的考据问题。比如，先提出孔子改制为主，然后"字字句句以此求之，自有悟彻之日"。

如此治经，方可速成。因为，一旦"把柄在手""天下古今群书皆可破矣"。倘若落在乾嘉诸老手中，如此公然主张"六经注我"，实在宽恕不得。但康氏立说，主要目的是"托古改制"，故注重的是政治功利，而不是学术规则。

儒家作为一种有体、有用之学，在过去两千多年的中国历史发展中，发挥了很大作用。尤其是在社会动荡、危机四伏的时刻，儒家的经世观念必定更加深入人心。即如明末清初，留心世事，讲求实用，几乎成为知识界的共识。借用顾炎武的话来说，就是："君子之为学，以明道也，以救世也。"这种将"经世"置于"问学"之上，一转便是斥责无补于当世政治、经济、军事者为"无用之学"。晚清国势衰微，康氏之讲经世、斥考据，仍是这一思路的延续。

在《与沈刑部子培书》中，康有为称"自弱少已好任侠之举"，日日目睹小民之难，而学界又满足于追逐利禄，夸耀其无用之考据与词章，故发愤"讲求经世救民之学"。在康氏看来，其时，士大夫无力应付三千年未有之大变局，原因就在于"今天下博闻强识之士不少，患无知道者，尤患无任道者"。康氏自视甚高，个性极强，乃百折不回的理想家，非一般注重可行性论证的学者可比。梁启超为其师作传，称其"由阳明学以入佛学，故最得力于禅宗，而以华严宗为归宿焉"。但养直方刚大之气，万法唯心，毅然自任，行大无畏，虽千万人吾往矣，古往今来干大事业者，多有此等气概与精神。此等极主观极自信之理想家，根本不屑于纠缠名物训诂之类的"琐事"。梁启超《清代学术概论》称其师"万事纯任主观",认准了"孔子改制",不惜蔑视事实,强之就我,如此不守基本的学术规则,并非理想的"学者的人格"。

可是,康氏本来就不是通常意义上的学者。作为政治家与思想家的康有为,远比作为学者的康有为贡献大。你不能想象一个基本不懂外文与西学的"学者",敢于开设"万国史学"以及"外国语言文字学"之类的课程。而康有为主讲万木学堂,偏设此课。不是"能够",而是"必须"——这就是理想家的思路。读康有为的书,确实痛快淋漓,有一种解放的感觉。学界需要这种敢于"胡思乱想"的"异端"。大刀阔斧的开路先锋,会留下许多遗憾,但其"气势",值得后人永远追怀。

康氏的"吾不入地狱谁入地狱"的担当精神,对其时的青年,如大海潮、如狮子吼。但传统儒生以天下为己任的责任感,蕴含着"吾曹不出如苍生何"的自我感觉。晚清以降,知识者实际上已经不再主宰整个社会的命运,政权的合理性、合法性以及正常运转,已经不再依赖于"大儒"的出山。读书人的"经世致用",很可能只是一厢情愿。不只是"经世"是否办得到的问题,康氏的以经术为政论,有将一切问题政治化的倾向。或者说,允许甚至鼓励政治家对社会价值的"独占"。对所谓的"无用之学"的攻击,便潜藏着对学术独立价值的否认。此举,影响着此后整个20世纪中国学术文化的进程。

《康南海自编年谱》记光绪五年（1879）入西樵山读书，是我最喜欢的一段文字。在广州念大学时就曾拜读过，那时只是欣赏其少年意气、文采风流。为了这节文字，还与友人相约游西樵。出发那天，刚好下大雨，计划于是取消。此后兴趣转移，再也没有西樵寻访康老夫子的雅趣了。

十多年后，因研究学术史，重读康氏自撰年谱，仍对其二十二岁入山读书的那段追忆大为着迷：

> 以西樵山水幽胜，可习静，正月遂入樵山，居白云洞，专讲道佛之书，养神明，弃渣滓。时或啸歌为诗文，徘徊散发，枕卧石窟瀑泉之间，席芳草，临清流，修柯遮云，清泉满听。常夜坐弥月不睡，恣意游思，天上人间，极苦极乐，皆现身试之。始则诸魔杂沓，继则诸梦皆息，神明超胜，欣然自得。

正是在这一年，康有为初游香港，"乃始知西人治国有法度，不得以古旧之夷狄视之。"于是，在拜读国人"经纬世宙之言"外，又添了"渐收西学之书，为讲西学之基矣"。

这一兼采西学的思路，对于现代中国文化建设，自是生死攸关。可我还是更看重其独学西樵时之"专意养心"。康氏有别于晚清诸多博学之士的，是其"圣人气象"。此"圣人气象"之养成，与西樵山水颇有关联。正是西樵读书，使得其由独好陆王而醉心道释，冥心孤往，探本溯源，深有所悟。

　　梁启超《南海康先生传》述及此次修行时称："先生一生学力，实在于是。"说"学力"容易引起误解，以为指具体的知识修养，或安邦治国之计。说"心性"或许更合适些，既有儒家的"尽心知性"，也有佛家的"明心见性"。具体说来，梁氏所称道的"浩然出出世而入入世，横纵四顾，有澄清天下之志"，以及唯我独尊的气概，慈悲普度的心境，都与常人理解的"学力"不大一样。

　　读佛典，养心性，比起究西学、讲经世来，更需"山水幽胜"之助。

　　今年春天，有幸重游广州，说好这回一定西樵访胜。临出发时，又"有朋自远方来"，实在脱不了身。正懊悔不迭，听刚从西樵归来的朋友称，那里红男绿女，游人如鲫，再也不可能"席芳草，临清流""专意养心"了。如此说来，不游也罢，免得破坏我想象中的世外清净地、时有康圣人身影出没的西樵山。

1995 年 7 月 8 日于京西蔚秀园

（原刊《读书》1996 年 3 期）

乡土情怀与民间意识

——丘逢甲在晚清思想文化史上的意义

　　丘逢甲（1864—1912）的一生波澜壮阔，以二十岁作《台湾竹枝词》文名鹊起为起点，大致可分为各有高潮的三个时期：台湾时期的抗日（1883—1895）、潮嘉时期的办学（1895—1906）、广州时期的议政（1906—1912）。政治史家关注的是前后两期，教育史家、思想史家和文学史家则不一样，对中间这十二年的挣扎与崛起更感兴趣。办学与吟诗，本是丘氏两大嗜好，贯穿其一生。但相对而言，潮嘉时期的诗风慷慨苍凉，无愧梁启超"诗界革命一巨子"的期许[1]；办学则追求独立自主，超越时贤兴起人才的思考。

　　本文以"归籍海阳"体现的认同危机，以及"辞官办学"隐含的改革思路，作为理解丘逢甲的两个基点，兼及丘氏的诗歌创作与教育实践，突出其"乡土情怀"与"民间意识"在晚清思想文化史上的意义。最后，顺带讨论历来不被

---

〔1〕 梁启超：《饮冰室诗话》30页，北京：人民文学出版社，1959年。

重视的岭东之"文"与"学"。

一、客居潮州与乡土情怀

对于中国的读书人来说,唐人杜甫的《登高》,实在是再熟悉不过的了·"万里悲秋常作客,百年多病独登台。"作为传统诗歌意象,"常作客"与"独登台",其对应的,可以是"宦游""迁徙",也可以是"乱离"。而"登高"者的身份与处境不同,决定了同是"悲秋",感觉大不一样。晚清国势衰微,士大夫本多"悲秋"之叹;因抗日保台失败而内渡,又正值初秋时节,触景生情,不难体会丘逢甲的悲愤与忧伤。

《岭云海日楼诗钞》从离台内渡编起[1],头三首《鮀江秋意》《潮州舟次》《舟入梅州境》充斥传统诗歌意象:"离思""去国""西风""秋江""愁痕""天涯"。而读者一旦了解其被迫内渡身份,当更能欣赏第四首的标题:《客愁》。

归乡第一年(1895),诗人不时"独上高楼,望尽天涯路":"四山风紧湿云流,落叶声中客倚楼"(《重阳前数日风雨忽集,慨然有悲秋之意》);"鼎鼎年华去若流,天涯倦客怯登楼"(《倦客》);"消尽年光是客愁,倚阑斜日下山楼"

---

[1] 本文所引丘逢甲诗,只注篇名者,均出自《岭云海日楼诗钞》(合肥:安徽人民出版社,1984年)。

（《岁暮作》），由"登楼"而"悲秋"，似乎与传统文人身处逆境时的慷慨悲歌没有多少差异。

到了第二年（1896），情况略有变化，由一般意义上的"悲秋"，转为隐含着文化认同危机的"客愁"："庵圮楼荒客独游"（《铁汉楼怀古》）、"萧瑟天涯客思深"（《客邸晚怀》）、"琴剑萧然尚客游"（《去岁秋初抵鲩江，今仍客游至此，思之忾然》）、"鲍姑祠畔客登临"（《鲍姑祠》）、"客愁竟夕怜江月"（《秋怀》）。在梅州、在镇平、在潮州、在汕头，举目四望，全都是"客独游"，诗人似乎心理上没有任何归属感。这里的"客愁"，并非泛泛而论，而是有明确的指向。

是年初夏，好友谢颂臣重返台湾，丘逢甲先后作《送颂臣之台湾》《古别离行，送颂臣》和《重送颂臣》等篇什送行，除了表白与立志，主要是有家归不得的感慨："故乡成异域，归客作行人""华夷忽易地，何处为乡国？"如此认同（"王气中原在，英雄识所归"），如此乡思（"亲友如相问，吾庐榜'念台'"），如此志向（"百年如未死，卷土定重来"），如此局势（"何期汉公卿，师古多让德；忽行割地议，志士气为塞"），使得丘氏只能选择永远的"客游"。这无疑是个"艰难的选择"，可倘若坚持自己的理想，则此举几无回旋余地。因此，当诗人歌吟"客独游"时，确是别有一番滋味在心头，与古往今来无数骚人墨客之"纪游诗"大异其趣。

抗日战争时期，漂泊大西南的史家陈寅恪，有两句曾广泛流传的诗，道尽当年中国读书人的苦闷："南渡自应思往事，北归端恐待来生。"（《南湖即景》）陈先生的"预言"虽然落空，可所思"南渡"的"往事"，确无当世"北归"的先例。丘逢甲并非专门学者，可正如丘菽园说的，"家仙根工部熟于史事，其为诗也喜胪史"[1]，不可能对"南渡"的"往事"没有任何感应。实际上，内渡头几年，丘的感怀诗中常见"南渡"意象，如"南渡衣冠尊旧族"（《还山书感》）、"渡江早虑胡分晋"（《秋怀》）、"渡江文士成伧父"（《答台中友人》）、"北望胡尘泪满衣"和"衣冠南渡避胡兵"（《东山感春诗，次己亥感秋韵》）等。

以丘氏率义军抗日保台的经历，最欣赏的先贤，本该是辛弃疾，可诗集中经常浮现的，却是陆放翁的影子。选择陆游或辛弃疾作为追怀的目标，可能只是基于诗人的审美趣味，可我还是怀疑，这里隐含着一种难与人言的悲痛。就像陆放翁一样，审时度势的丘逢甲，大概意识到只能寄希望于"王师北定中原日，家祭无忘告乃翁"了。而这对于诗人来说，是个极大的挑战，即必须尽快完成"烈士心态"的转换，重新找到生活的目标与方向感；否则，只是"新亭空洒泪，故国莽怀人"（《客愁》），虽然感人，却无济于事。

好在是年秋天，经广东巡抚许仙屏的努力，丘逢甲奉旨"归籍海阳"；隔春，又由潮州知府李士彬聘为韩山书院主讲。这两件事，对于正"漂泊天涯"的丘氏来说，无疑是一

---

〔1〕 丘菽园：《挥麈拾遗》，见《岭云海日楼诗钞》479 页。

种安慰。这一点，从他的《长句赠许仙屏中丞并乞书心太平草庐额，时将归潮州》和《韩山书院新栽小松》，可以看得很清楚。前者称："天涯沦落苦无着，荷公还我东扬州。"后者则已是踌躇满志："要从韩木凋零后，留取清阴覆讲堂。"此后，还会有"客愁"，还会有"乡思"，可诗人已经迅速投身到潮嘉地区的文化教育建设中去，并由此获得了新生活的意义与乐趣。

与同期内渡的其他人不一样，丘逢甲没有过多的顾影自怜，也不曾努力去谋取一官半职，而是迅速地在"归籍海阳"与"讲学潮州"中获得相对稳定的心态。从第四年（1898）起，丘氏诗作数量大增，而且对居住地的历史文化表现出极大的兴趣。不算一般意义上的纪游诗，专门歌咏潮州风物的，就有《广济桥》四首、《王姑庵》绝句十六首、《千秋曲》《凤皇台放歌》《莲花山吟》以及由二十首五古组成的《说潮》(《岭云海日楼诗钞》收十七首，其余三首见《选外集》)。

以中国地域之辽阔、历史之悠久、文化之丰厚，任何一山一水一城一阙，都可能引发思古之幽情。问题在于，旅游者的"鉴赏"与当地人的"呵护"，二者不可同日而语。关键在于阅读者的心态，即，对于这些很可能"无关大局"的史事与风物，有无认同感。在"大江日夜东，流尽古今事"的《说潮》中，读者不难感觉到丘逢甲借叙述潮州史事触摸这块神秘土地之脉搏的急迫心情。而在《和平里行》及其序言中，丘氏参与当地文化建设之热切，更是溢于言表。因发现"和平里三字碑，为文丞相书，潮中志乘罕有载者"，丘氏于是引经据典，做了一番考证。所谓"书法厚重奇伟，非公不能作"，这种论证方式，足见其并非训练有素的金石学家。好在丘氏并非专家学者，宣扬"和平里三字碑"的目的，乃"以告后人之凭吊忠节与志潮中金石者"。并非对考据有特殊兴趣的丘先生，竟对潮州的历史文献表现出如此兴趣与热情，这才是我所格外关注的。

1908 年，时任广府中学堂监督的丘逢甲，吟诗作赋时，既有"相逢欲洒青衫泪，已割蓬莱十四年"（《席上作》）的悲愤，也有"但解此心安处好，此间原乐未应愁"的悠闲——后者的题目，尤其值得玩味：《归粤十四年矣，爱其风土人物，将长为乡人，诗以志之》。这两种似乎互相矛盾的自我表白，我以为都是真实的。只不过，后人为了突出其因忧国忧民而"凄凄惶惶"，相对忽略了同样必不可少的自我心理调适。东坡居士的"此心安处是吾乡"（《定风波》），常被解读者化简为"随遇而安"。按照丘氏的思路，必须是"爱其风土人物"，方才可能"此心安处"；如此"长为乡人"，也方才可能体会"此间原乐未应愁"。只可惜"归粤十四年"以及"将长为乡人"的说法，稍嫌笼统；大概与其时诗人已在省城广州立足，故不愿将视野局限于潮州有关。在我看来，完成由"客愁"到"心安"的转折，关键在"归籍海阳"，以及无数次的"居潮而言潮，稽古为悠然"（《说潮》）。

丘氏对于台湾的怀念——尤其是发为诗文，确实十分动人。可既然内渡，就不应满足于只是"新亭对泣"，必须找到新的生活方向。在这里，能否"心安"至关重要。不只热爱生于斯长于斯的台湾，而且热爱奉旨归籍的潮州；不只担任《台湾通志》"负责采访乡土故实"的采访师[1]，而且"越俎代庖"为潮人考据起"和平里三字碑"来历；不只撰写《台湾竹枝词》，而且赋诗《说潮》，如此浓厚的"乡土情怀"，与其人生理想融合为一，在晚清的思想文化界颇具特色。

1909 年，移居广州的丘逢甲有《题张生所编东莞英雄遗集》之作，将英雄济世的宏大志向与流连风物的乡土情怀合而为一，相当引人注目：

> 我爱英雄尤爱乡，英雄况并能文章！
> 手持乡土英雄史，倚剑长歌南斗旁。

乡土情怀，古已有之；到了清人，更由于考据技巧及辑佚方法的成熟，延伸为热心乡邦文献的搜集与整理。而在辑佚中突出"英雄"之"遗集"，则诗人的乡土情怀，自然是柔中带刚。回过头来拜读丘逢甲关于潮州的诗文，不难发现其基本特征：少"风情"而多"史事"与"人物"。《说潮》等诗，其实也是一种"乡土英雄史"。将"英雄"与"乡土"

---

〔1〕 转引自徐博东等《丘逢甲传》45 页，北京：时事出版社，1987 年。

相提并论，使得丘氏的"爱其风土人物"以及"但解此心安处好，此间原乐未应愁"，不能自动推导出"山水闲适"与"乡间隐逸"，而是明显地带有入世的意味。

这种在迁徙中迅速站稳脚跟并寻求发展的能力，与客家人的文化传统不无关系。先世由河南迁福建上杭，二世祖创兆公参文天祥军事，失败后迁广东梅州，┃八传至曾祖始迁台湾彰化，到了丘逢甲又因抗日保台而内渡。[1]如此清晰的迁徙路线，对于当事人来说，有很大的模范与暗示作用。在《岭云海日楼诗钞》中，有不少对于家族迁徙史迹的追怀。《还山书感》有曰："南渡衣冠尊旧族，东山丝竹负中年。"前一句加注："予族由宋迁闽。"《说潮》对于家族史的述说更为详细："中原忽龙战，九族开闽关。吾丘自固始，举族来莆田。"虽然由于当初族谱缺失，此诗以及《谒饶平始迁祖枢密公祠墓作示族人》之追溯"南州迁客宋枢密"可能有误[2]，但热心"寻根"这一举措所蕴含的心理动机，依然值得史家充分重视。后诗采用大量夹注，叙述本族八百年的迁徙史，其中最为动人心魄的是如下四句：

程江风雨韩江月，海云台岛径三迁。

仗剑归来人事改，故居只有青山在。

---

〔1〕 丘琮：《仓海先生丘公逢甲年谱》，见《岭云海日楼诗钞》480—481 页。
〔2〕 参见《岭云海日楼诗钞》66 页的原编者注。

也就是说，轮到丘逢甲因抗日而内渡，丘氏家族已经是第四次的大迁徙了。在表彰过家族历史上的忠臣与显宦后，丘逢甲做了意味深沉的总结：

> 山城遗俗朴不华，唯耕与读真生涯。
>
> 勉哉兄弟各努力，勿愧先邑称名家。

将此"示族人"诗作所表达的"耕读"与"忠孝"传家的理念，与丘复《潜斋先生墓志铭》所表彰的"家教"，以及丘逢甲的平生行事相对照，可见其确实"渊源有自"。

丘逢甲之所以能够由"归籍海阳"而迅速融入潮汕文化，除了祖上屡次迁徙养成的热爱乡土的"不二法门"，更有潮、嘉两州地理相邻、习俗相近、经济互补，比较容易互相渗透的缘故。更何况历史上台湾多潮州移民[1]，丘逢甲的《台湾竹枝词》早有歌咏：

> 唐山流寓话巢痕，潮惠漳泉齿最繁。
>
> 二百年来蕃衍后，寄生小草已生根。

时至今日，潮汕、闽南和台湾的语言及文化习俗，依然十分

---

〔1〕 参见饶宗颐《潮民移台小史》，《饶宗颐潮汕地方史论集》，汕头：汕头大学出版社，1996 年。

接近。不难想象，对台湾乡土极有感情的丘逢甲，"归籍海阳"并无太大的心理障碍。而日后创办岭东同文学堂，其《开办章程》所透露的目光，依然将潮、嘉及闽南视为一体：

> 本学堂设于汕头埠，名曰岭东同文学堂。虽由潮中同志倡设，然同道之嘉应、惠州，邻境之漳州、汀州各属，自当不分畛域，以广造就。[1]

关于丘逢甲之泯灭潮嘉界限，以一"归籍海阳"的客家人身份，积极投身潮汕的教育文化以及一般公益事业，没有比丘琮的描述更精彩的了。《岵怀录》中"居潮教化"一则，专门谈论丘逢甲如何帮助协调潮属、嘉属商民的矛盾：

> 先父自丁酉以后，六七年间均居潮属，历讲学海阳、潮阳、澄海、汕头等地，屡为排难解纷，兴利除弊，潮人甚为爱戴。潮属与嘉属商民时有土客之争，先父祖籍虽嘉属，而生长台湾，其土语与潮州同为福老系统，言语已为隔阂。又奉旨归籍海阳，每为地方尽力。故土客有争，辄得先父一言为解。壬子潮州土客械斗，时，先父已殁，潮父老犹思念，曰：使丘公在，必不至此也。[2]

---

[1]《岭东同文学堂开办章程》，《丘逢甲文集》304页，广州：花城出版社，1994年。

[2] 丘琮：《岵怀录》，见《岭云海日楼诗钞》506页。

最后的虚拟语句，在我看来，略嫌夸张。潮汕地区的土客矛盾由来已久，且牵涉许多实际利益，非某公道德文章所能轻易感化。我甚至怀疑丘逢甲之所以在潮汕办学屡招嫉恨，除了新旧人物的势不两立，还夹杂着潮、嘉两属绅士对于文化资源的争夺。

也正因为如此，我对丘氏的由于台湾经验，希望沟通潮、嘉、惠与漳、汀、泉各州，创造真正意义上的"岭东文化"大感兴趣。可惜，其历尽艰辛创建的岭东同文学堂，只是初成规模，还没来得及大展宏图，便因学堂资格、经费短缺以及地方士绅的恶意攻讦而黯然去职[1]。

二、辞官办学与民间意识

文人学者对于"乡土"的认同，从来不是被动接收，而是双向互动。选择什么样的史事与风物，取决于接受者的心理需求；而在诠释这些史事与风物时，由于加进了许多此时此地的个人感触，又反过来强化了解说者的文化立场。居潮期间，丘逢甲在诗文中一再吟颂的，一是韩愈，一是文天祥。不只因历代来潮士人中，这二位的声名最为显赫。丘氏的选择，其实隐含着一种自我人格的塑造。

---

[1] 参见夏晓虹提交给"丘逢甲国际研讨会"（汕头大学，2000 年 1 月）的论文《心关国粹谋兴学——丘逢甲教育理念的展开》。

虽说是"昌黎文山皆吾俦"（《东山酒楼放歌》），丘逢甲对二者的表彰，各有重点。也可以说，这种区分，对应着诗人心目中理想人格的两个侧面。丘氏早年为金山书院酒楼撰联：

> 凭栏望韩夫子祠，如此江山，已让前贤留姓氏；
> 把酒吊马将军墓，奈何天地，竟将残局付英雄！[1]

如果不是受眼前景物以及文字音韵的限制，将"马将军"替换成"文丞相"，当更能显示诗人的抱负与情怀。英雄的孤忠与前贤的遗教，二者互相补充且相互发明，构成了丘氏追怀的理想人格。而这两者，落实在潮州风物中，便是纪念韩、文二君的大量史迹。

丘逢甲之所以"平生心醉文丞相"（《与季平、柳汀饮东山酒楼》），除了"心恫大忠来吊古""零丁洋边与君遇"（《风雨中与季平游东山，谒双忠、大忠祠，兼寻水廉亭、紫云岩诸胜，叠与伯瑶夜话韵》），很容易引发"壮怀激烈"，切合其"地似西台宜痛哭，客归南峤怆孤忠"（《凌风楼怀古》）的心境外，还有其祖上与文山先生的因缘[2]。关于丘逢甲之刻意追摹文天祥，学界早有论列[3]，这里不赘。唯一需

---

〔1〕 此联见《岭云海日楼诗钞》454页。
〔2〕 参见《题岳忠武王书前后出师表石刻》自注和丘琮《仓海先生丘公逢甲年谱》，载《岭云海日楼诗钞》301页、480页。
〔3〕 如吴宏聪等主编的《丘逢甲研究》（广州：广东人民出版社，1997年）便有多篇文章谈及。

要补充的是，对于潮州本地人物的选择，丘逢甲的着眼点，显然不在学识与功业，而是忠烈与气节（如《说韩》之歌咏马发、陈璧娘等），这与其"平生心醉文丞相"，恰好可以互相发明。

诗人对于韩愈的追怀，相对来说更复杂也更有趣。与文丞相形象的一以贯之不同，先贤韩愈之进入丘氏视野，有一变化的过程。几乎是天意，诗人一踏上潮汕大地，便与唐人韩愈发生联系："关吏钓鳌疑海客，舟人驱鳄说文公。"（《潮州舟次》）。第二年，在《谒潮州韩文公祠》中，诗人之突出"孤臣去国""逐客呼天"，自是借他人酒杯，浇胸中块垒。至于对韩愈的表彰，集中在谏迎佛骨和驱除鳄鱼，再就是笼统的"千秋道学重开统，八代文章始起衰"。直到第三年出任韩山书院主讲，深切体会"要从韩木凋零后，留取清阴覆讲堂"，对韩愈在潮州的功绩，方才有了全新的理解，表彰的重点，也因而从"驱鳄"转为"讲学"。

就在这首《韩山书院新栽小松》中，还有一联很能表白作者此时的心境："何须定作三公梦，且养贞心共岁寒。"此时的诗人，似乎已立志放弃仕途，而专心于教书育人。诗人志向的确立与韩愈形象的转化，二者互为因果。第二年，丘氏撰《韩祠歌同夏季平作》，在表彰韩愈"止阅八月教泽长"时，特别感慨其"先立学校登秀良，余事更为游山忙"。此后，诗人以兴办教育为己任，追求"今日树人兼树木，早兴地利起人才"（《去岁往长乐劝学，今闻学堂开学，喜而有作》)。以壮怀激烈的"孤忠"心境，来从事因"平实"而显得波澜不兴的"教化"事业，其实并不容易。除了自家"烈士意识"的成功转化，还必须给世人一个合理的解释。

依据丘琮的追记，丘逢甲曾感慨抗日保台时民智未开，"其政制有足多者，惜人民仍乏教育"，故其创建台湾民主国的努力只能归于失败。正是有感于此，丘氏"内渡后锐意于兴学启民智"[1]。不管是否自觉意识到，这种振振有词的辩解本身，反而显示立说者某种程度的"心虚"以及时论的巨大压力。对于内渡的前抗日首领之将精神专注于并非可以马上收效的教育事业，"胸有大志"者很可能不以为然。目前无法确认将"内渡后锐意于兴学启民智"这一选择与保台失败的教训直接挂钩，到底是父亲的原意呢，还是儿子的误记。但有一点，这段被广泛征引的名言，无意中淡化了丘逢甲对于教育事业的强烈兴趣。

丘氏办学的冲动，并非始于内渡。当初进士及第，即无意仕途，告假还乡。回台后又谢绝了唐景崧从政的盛情邀请，毅然以讲学育才为自家职责。纵观丘氏一生，有过若干"虚职"，却没有得到过稍微像样一点的"实缺"。不是没有可能当官，而是不愿意，这在同时代的读书人中，确实少见。此种温厚且淡泊的性情，决定了丘逢甲本质上是个"书生"。书生报国，并非特有政治抱负及军事谋略，只是不忍

---

[1] 丘琮：《岵怀录》，见《岭云海日楼诗钞》504—505 页。

见山河破碎，方才挺身而出。这其实正是古来中国读书人所信奉的"天下兴亡，匹夫有责"。不料因缘凑合，在某一特殊时刻，丘氏被推到了历史的前台，扮演举足轻重的主要角色。内渡后，除了保持一腔悲愤，以及对台湾的深深怀念，即所谓"平生去国怀乡愁"（《舟入梅州境》），丘氏的注意力逐渐转向其更为擅长的办学，我以为是明智的选择。与许多一旦"上妆"便永远无法恢复"本色"的士人不同，丘逢甲的可爱之处，在于其清楚自己能做什么，以及坚持按自己的性情及志趣办事。

江山渊称丘逢甲内渡后，婉谢大吏出仕的邀请，"只愿担任教育事宜"，遂被聘为广州府中学校校长、旋又任两广方言学校校长[1]。比起韩山书院主讲等，省城的官办学校级别高，校长的地位也更显赫，立传者出于好心，尽量拣重要的职位述说。如此苦心，可以理解；可这么一来，最能体现其文化情怀与教育理念的潮州办学，竟被一笔抹杀了。还是丘瑞甲能理解兄长的追求，其《先兄仓海行状》对丘逢甲潮州讲学之苦心孤诣多有铺陈，到省城后的诸多职位反而一笔带过[2]。1913年秋，丘瑞甲为《岭云海日楼诗钞》作跋，称："当台湾立国失败而归，主持岭南教育者十数年，专以培植后进、灌输革命为宗旨。"[3]如此表彰，则又有点不着边

---

〔1〕 江山渊：《丘逢甲传》，见《岭云海日楼诗钞》466—467页。
〔2〕 丘瑞甲：《先兄仓海行状》，见《岭云海日楼诗钞》469页。
〔3〕 丘瑞甲为《岭云海日楼诗钞》所作跋，见《岭云海日楼诗钞》473页。

际了：除了"主持岭南教育"的说法夸大其词，还抹去了当初独立办学的艰辛；至于"灌输革命"云云，亦非丘氏创办岭东同文学堂的宗旨。

关于丘逢甲创设岭东同文学堂的艰辛历程及实际效果，研究者已做了许多探讨[1]。最关键的史料，当属《创设岭东同文学堂序》。以下这段话，前半部常为论者所引录：

> 我潮同志，深慨中国之弱，由于不学也。因思强中国，必以兴起人才为先；兴起人才，必以广开学堂为本。爰忘绵薄，广呼同类，拟创设岭东同文学堂，举我邦人士，与海内有志之徒而陶淑之。……非不知荒陬僻陋，神州大局，岂遂借此挽回？然蚁驮一粒，马负千钧，各竭力所得为，亦我同人不得已之志之可共白者也。[2]

其实，前半部乃晚清志士的共识，丘氏的论述，在理论上没有任何独创性。倒是后半部颇有新意，值得认真反省。史家对于僻居一隅因而无法影响全局的有识之士的努力，似乎缺乏必要的理解与同情。因而，能够进入史书并为后人所记忆的，就只有成功者的耀眼光环，而不存在奋斗者的苦心孤诣。想想当初那些明知无法撼动"神州大局"的地方上的开

---

〔1〕 参见吴宏聪等主编《丘逢甲研究》所收录的论丘逢甲教育思想及实践诸文。
〔2〕 《创设岭东同文学堂序》，见《丘逢甲文集》303—304 页。

明绅士，如何以"蚁驮一粒"的心态从事社会改良，实在也挺动人的。就像"慕柳去潮，吾道益孤。'我瞻四方，蹙蹙靡所骋'，惟有竖起脊梁，守定宗旨为之而已"[1]，如此奋斗精神，远比其实际功绩更值得后人关注与表彰。

倘若限于宗旨明确、思想开放以及课程设置新颖，岭东同文学堂实无独创性可言，只不过是晚清崛起的无数新学堂之一。而且，无论就规模、影响还是持续时间，岭东同文学堂都说不上特别"出类拔萃"。教育史家之不太涉及，其实也难怪。倘若不是因创设者丘逢甲特殊的历史地位，今日学界不可能格外关注它。可是，换一个角度，不单纯以成败论英雄，将丘逢甲的教育理念考虑在内，则很可能"峰回路转"。在我看来，丘氏之办学，有两点最为值得注意，一是游说南洋华侨捐资[2]，一是主张摆脱官府控制。前者夏晓虹等人文章已有论述[3]，而且最具潮汕文化特色，不要说专门学者，便是一般民众，也都对此模式耳熟能详；后者则关涉

---

〔1〕《答梁诗五函》，见《丘逢甲文集》275 页。

〔2〕 丘逢甲之游说南洋华侨捐资办学，既指向国内，也指向国外。后者如1898 年 7 月 20 日《天南新报》刊登丘逢甲致丘菽园信，建议其振臂一呼，在新加坡创办学堂，并称此举"保国可也，保教可也，保种可也；既不然，仅全心合力，以保在洋之权利亦可也"。前者则不妨以 1900 年初春丘逢甲南洋之行前给惠潮嘉道沈絜斋所写的信为例，丘氏在信中表达"使各埠商民能以材力上报国家"的信心（见《丘逢甲文集》284 页）；而日后岭东同文学堂之得以正式开办，与丘氏此行大有关系。

〔3〕 参见"丘逢甲与近代中国"研讨会（汕头大学，2000 年 1 月）上夏晓虹的《心关国粹谋兴学——丘逢甲教育理念的展开》以及张克宏、王慷鼎的《丘逢甲的南洋之行》。

本文主旨，不妨多说几句。

1899 年底，丘逢甲给远在新加坡的好友丘菽园写信，介绍筹划中的岭东同文学堂，其中特别强调其民间办学的追求：

> 内地阻压两力均大，不能如海外办事之自由。呼应不灵，阻抑百出，虽有胆气者为之束手，保商局之不能切实办事者以此。若今所议设之同文学堂，则以同志数人为干，不经由官绅；若办成，似比保商局收效为速，计筹款集，明春即可开设也。[1]

这段话，很容易让人联想到同年九月梁居实复丘逢甲的信。在那封信中，梁氏同样讨论私立学校的必要性与可行性：

> 窃谓今日学堂，其责任不宜诿之于官吏，宜担之以绅商。历观欧美、日本各国学堂，莫不以公立、私立者为之提倡，为之补助，而后官立者得集其大成；希腊之何克美德学塾、美之哈华德院、日之庆应义塾，其尤著也。[2]

丘逢甲对美国哈佛大学或日本庆应义塾大学之办学宗旨与具体操作不甚了然，似乎也没有详细了解的愿望。这是因为，

---

〔1〕《复菽园》，见《丘逢甲文集》267 页。

〔2〕 梁信见郑喜夫编撰《民国丘仓海先生逢甲年谱》169 页，台北：台湾商务印书馆，1981 年。

丘氏的主张学校私立，不是刻意模仿西方，而是从总结中国历史的经验教训中推导出来的。因此，这与其说是教育理念，还不如说是政治理想。

1904年，丘逢甲为共同操办岭东同文学堂的知己温仲和（字慕柳）撰写诔文，表彰"不仕不显"的"耆儒硕学"之"归而讲学于郡邑"，称其"以其学说陶铸当世人才"，并影响"人心风俗"，远胜于混迹官场"循资干进"者的与国计民生"渺不相涉"。这段话近乎夫子自道，对于理解丘逢甲之何以安身立命，实在太重要了。诗人明显地将"仕宦"与"讲学"对立起来，而且力赞后者之厥功甚伟：

> 夫中国自秦以后，益集权中央政府，主国是，持风会，唯一二亲贵强有力者任之。无论起布衣徒步之不得遽与也，即循资干进，积年劳至卿贰，天下望之巍然，而察其身之与国，多若渺不相涉。则固不如耆儒硕学之不仕不显，而归而讲学于郡邑者，犹得以其学说陶铸当世人才，其所鼓舞而激劝者，于人心风俗往往大受影响也。[1]

而1899年丘逢甲代潮阳县令裴景福所撰的《重修东山韩夫子祠及书院启》，将"教养之事"作为"士绅之贤与民间之富与好义者"的共同责任：

---

[1]《温柳介先生诔》,《丘逢甲文集》326页。

予谓士资于教，而必先有以养之。教养之事，其究
逮民而必先基于士。士者，民望也。已修公祠，因稍优
予诸生膏火，以资其学。苟关心桑梓大计者，当亦察知
其为益之大且远。予守土吏宜先捐廉为倡，然所以缵承
公志以无负海滨邹鲁之名者，则唯士绅之贤与民间之富
与好义者是望。[1]

站在官府的立场，要求民间捐资办学，与民间自觉承担起教
养责任，将其作为"桑梓大计"来苦心经营，二者不可同日
而语。为县令代撰"书院启"，丘氏或许不无规讽的意味；
可很快的，诗人便将目光投向士绅及海外华侨。

对于丘逢甲的无意仕途、以教育为终身职责，丘琮《岵
怀录》中有一段话，可以帮助我们理解诗人的志趣：

先父常谓自联捷成进士，即绝意仕进。曾叠受保举
及招聘，多不就。以清末朝廷昏聩，仕途污浊，政不易
为，不若居乡奉亲，专意养士讲学，或为民间仗义兴
革，反有意义也。[2]

诗人之"居乡奉亲，专意养士讲学"，绝非只是洁身自好。

─────────────

[1]《重修东山韩夫子祠及书院启》，《丘逢甲文集》296 页。
[2] 丘琮：《岵怀录》，见《岭云海日楼诗钞》509 页。

不愿进入污浊的仕途，固然是"政不易为"，可更因为"为民间仗义兴革，反有意义也"。

内渡第一年，诗人作《野菊》，托物言志。诗前有小序："寻秋东皋，有金英烂然于陇之畔，开不后时，而乃无赏者。喜其独秀，而复伤其不遇也。长言咏叹，岂曰不宜？"倘若只是"伤其不遇"，无甚稀奇。可诗人之赞叹"烂漫依然见本真"的野菊，其实别有幽怀：

> 淡极名心宜在野，生成傲骨不依人。
> 陶潜死后无知己，沦落天涯为怆神。

《岭云海日楼诗钞》中多有咏菊之作，可诗人追摹的目标，并非"采菊东篱下"的陶渊明，而是躬耕于南阳的诸葛亮。

如此自我期许，与其对于先祖光辉业绩的不断追忆大有关系。1909 年吟《忆上杭旧游》十五首，其四最为感慨遥深：

> 寻碑亲拜左丞坟，谱牒都成史阙文。
> 七百年来遗老尽，更无人说旧参军。

此诗下有小注："维禄公坟曰左丞地，家谱以公孙迁粤者，官居左丞，故云。考始迁粤为公玄孙，乃宋左丞议郎，即信国参军创兆先生父也。"同年所作《以摄影法成澹定村心太平草庐图，张六士为题长句，次其韵》，"东望军山念吾

祖"句也有小注:"君山一名军山,以创兆先生参文信国军
时,义军由此过也。"丘氏诗文中屡屡提及曾参文天祥军国
大事的先祖"创兆先生",可见其抱负,绝非只是"悠然见
南山"。之所以偶尔"采菊东篱下",表达的是"宜在野"的
"傲骨",而非隐士情怀。世事如此,诗人只好强作欢颜:
"此间山水清雄良足寄怀抱,且收长剑韬神锋。"可刚刚表示
"教取子孙识字为耕农",紧接着又是"梦中忽见海上故亲
友"。从"绝意仕进"、选择"在野立场"这一特定角度,才
能理解丘氏的忽而壮怀激烈,忽而希望耕读传家。

据丘琮追忆,作为晚清著名诗人的丘逢甲,并不希望子
孙沉湎于诗文,而是将建功立业放在第一位:

> 诗亦为抒写胸怀陶冶性灵之文艺耳,无关大旨。大
> 丈夫当建业立名,为国为民牺牲,不可但图自了也。

同样否定"但图自了",丘逢甲之迥异于时贤,在于其明确
意识到"办学"也是头等功业,也需要"为国为民牺牲"的
心志与能力。以"社会"而非"朝廷"作为献身的目标,这
与前面提及的"乡土情怀"不无关系。在"服务桑梓"的
过程中,逐渐形成相对独立的"民间意识",摆脱传统的以
"庙堂"为中心的思维方式,此乃近代中国另一值得关注的
新动向。

丘逢甲之选择远离权力中心的独立兴学之路,与其秉承

"家教",故"和平忠厚,笃信程朱之学,一以躬行实践为主",出而任事则"艰苦能耐,毅然不避艰险"[1]大有关系。但将其放在晚清以降的中国现代化进程中来考察,我们会发现丘的思路虽非"主流",但并不孤立,起码章太炎、严复、黄遵宪等都有类似的设想。相对而言,章、严、黄等的立说更为时贤以及后人所关注,丘则不太为人注目。为什么?这里牵涉岭东的地理环境、文化氛围、知识传播途径以及由此形成的人格特征。当然,还有近代岭东之文与学在整个中国文化布局中的地位。

三、自上而下与自下而上

作为晚清有数的大诗人,丘逢甲的"立言",颇为时贤及后人所珍重,但这并非其主要志愿,就像中国历史上无数胸有大志的骚人墨客一样,丘氏也有"立功"与"立德"的自我期待。《重晤梁辑五光禄话旧》中关于"咏诗"的歌吟,看似自我表彰,实则隐含着牢骚与不满:

　　　　风雅都从变后奇,古来词客惯哀时。
　　　　可怜倒海倾河泪,独立苍茫但咏诗。

---

[1] 这里系借用丘复《潜斋先生墓志铭》中对丘逢甲父亲潜斋先生的评价,丘复所撰墓志铭见郑喜夫编撰《民国丘仓海先生逢甲年谱》245页。

对于"穷而后工"的诗人来说，晚清天翻地覆的大变局，固然为其驰骋想象、抒发情怀提供了极好的时空，可于风云变幻之际，只能"独立苍茫但咏诗"，其实也是"不得已而为之"。

单凭"不以诗人自限"，其实不足以显示丘氏的特色。说白了，此乃千古文人"永远的遗憾"。问题是，倘若天遂人愿，诗人又能何为？这一追问，方才凸显丘逢甲的眼光与胆识。按照常人的思路，所谓"得志"，不外获得朝廷重用，身居高位因而"大展宏图"。这种"入世情怀"，不管掺杂多少个人权力以及对金钱的欲望，还是习惯性地被作为"济世雄心"来表彰。而丘逢甲则明显摒弃此"公私兼顾"的追求。同时内渡诸公，经过一番努力，多已谋得一官半职，唯有丘氏仍坚持独立办教育，为什么？

其时，正在汕头主持岭东同文学堂的丘逢甲，吟《重送王晓沧次前韵》六首，其中有"江山霸气消沉尽"的悲愤，有"竞争世界论天演"的睿智，有"钓龙台上啸寒烟"的闲适，但最关键的，还是以下这两句："才人从古不宜官，置汝犀参短簿间""一官便具奴才性，谁是英雄出此圈？"以如此决绝的口吻，自断官路，使其"在野"，不再是古已有之的"待价而沽"。

与孙中山等在海外发起以"排满"为口号的反抗运动相比，这种因蔑视"奴才性"而拒绝进入官场，似乎显得境界不高。但略微调整视线，不难发现，远离"保皇"与"革命"之争的丘氏，将对于国家/民族命运的承担，落实在社会/桑梓的改良，而不是朝廷/皇上的恩赐。这一点，其实大有新意，很值得重视。在丘氏看来，中国自秦以降实行"集权中央政府"，使得只有"一二亲贵强有力者"才有义务和能力"主国是，持风会"。这一制度，迫使所有"胸有大志"者，都首先必须投入到为占据要津而进行的残酷搏杀中。好不容易"积年劳至卿贰，天下望之巍然"，其实也仍然无关国事之兴衰。还不如凭借一己之良心与学识，"归而讲学于郡邑"，起码还可"以其学说陶铸当世人才"，并且影响一时一地之"人心风俗"[1]。将以集权中央为唯一指向的"政治斗争"（暂不论其是非正邪），转化为以建设地方为主要目标的"社会改良"，在20世纪中国，始终不被看好；但作为一种很有影响的潜流，不时浮出历史地表，依旧可能引起史家的关注。

只有从这个角度，僻居岭东一隅的丘逢甲，其所作所为才具有全局性的意义。因为，即便如丘氏所言，"岭东之兴学也，自汕头之同文学堂始。今则韩江上下游数百里间，学风之盛，不下于他流域。其引新潮而大之，论者皆推同文"[2]，仍然是"神州大局，岂遂借此挽回"。不曾撼动"神州大局"的丘逢甲，之所以引起史家的关注，在于其思想前卫，而不是功勋卓著。从近代中国思想史上看，丘氏起码对

〔1〕 参见《温柳介先生诔》，《丘逢甲文集》326页。

〔2〕 参见《萧母姚太夫人七秩开一寿序》，《丘逢甲文集》333页。

知识者所直接面对且亟待解决的几大难题，提出了自己的初步答案。首先是如何改造中国，其次是坚持什么立场，第三是哪来推进动力，第四则是何处寻找思想资源。

尽管在具体人事关系上，丘逢甲不喜欢康有为，而对孙中山则大有好感。但既然将"兴办学堂"作为改造中国的主要手段，这一选择，决定了其思想路线更接近于温和的"改良派"，而不是激进的"革命派"。由于辛亥革命在中国历史上的巨大贡献，不少研究者刻意渲染丘对于"革命"的支持，且将其"办学"说成是为"辛亥革命"培养人才。这一论述思路，潜在的心理背景是，"革命"的意义必定远高于"教育"。但实际上，近代中国的不少仁人志士，选择的是另一种截然不同的思路。

1905 年春天，孙中山在伦敦拜访前来公干的严复，论及改造中国的方案，二位先驱者意见明显相左。严复长子严璩撰《侯官严先生年谱》，用不加褒贬的语调，记录下此一意味深长的历史性会面：

> 府君言：以中国民品之劣、民智之卑，即有改革，害之除于甲者将见于乙；泯于丙者将发之于丁。为今之计，唯急从教育上着手，庶几逐渐更新乎！中山先生曰："俟河之清，人寿几何？君为思想家，鄙人乃实行家也。"[1]

---

[1] 严璩:《侯官严先生年谱》,《严复集》第五册 1550 页, 北京: 中华书局, 1986 年。

依照这段记载，"政治"与"教育"之功效，区别不在于是非，而在急缓。孙中山先生虽然不太同意当务之急是"从教育上着手"，但充分尊重严复的选择，且将其上升为政治家与思想家思维方式的区别。

可与此相比照的，有另外两件事。一是此前几年，丘逢甲赴南洋调查华侨情况并筹集办学资金。其时，康、梁等正积极活动筹款，准备策动勤王。梁启超担心这么一来筹款必定分散，因而对有限的钱财可能被用于办报刊、建学堂表示不满："此等事非不紧要，而无奈我辈可以谢天下之望者在彼不在此，既顾此则诚恐失彼。"[1]可日后梁氏的真正功业，依旧是当初以为不太紧要的办报与讲学，而非策动武装起义。另一件事是1917年留美学生胡适归国，一踏上故土，目睹了国内"出版界的孤陋，教育界的沉寂"，当即从热心社会活动一转而为"不谈政治"。在《我的歧路》中，胡适做了如下表述：

> 我方才知道张勋的复辟乃是极自然的现象，我方才打定二十年不谈政治的决心，更想在思想文艺上替中国政治建筑一个革新的基础。[2]

在一个相信"学为政本"的国度，强调"教育"乃政治革新

---

〔1〕 参见丁文江《梁任公先生年谱长编初稿》上册102页，台北：世界书局，1972年。

〔2〕 胡适：《我的歧路》，《胡适文存》二集卷三，上海：亚东图书馆，1924年。

的基础，本来应该没有多少争议。问题在于，面对千钧一发的严峻局势，"百年树人"的号召，是否属于"远水解不了近渴"。五年后，相信"天下兴亡匹夫有责"的适之先生，终于还是打破了自己设置的禁忌，发表《我们的政治主张》，开始了漫长的议政乃至从政的历程。

在动荡不安的20世纪中国，稍有良知的读书人，大都是"国事家事天下事事事关心"；只不过将自己的志业定位在"教育"还是"政治"，其立场以及趣味，还是有很大区别。将国民素质还是制度建设放在首位？这其实是晚清以降改革的先驱者们争论不休的大问题。强调"开民智"者，必定注重"开学堂"；注重"变国体"者，当然强调"设议院"。撇开墨守成规反对任何变革，或者只要科技成果不要制度创新者，思想家们一般都会兼及学堂与议院，分歧在于孰先孰后、孰轻孰重。在我看来，这是两种截然不同、各有价值且无法互相取代的选择。没有急于扶持国势者的勇猛精进，百年中国的政治变革，不可能如此波澜壮阔；没有平实而艰辛的"教育救国""科技救国""实业救国"等作后盾，耀眼的制度变革很可能只是一纸空文。民初国会的形同虚设，以及五四运动期间学生所发挥的巨大作用，起码告诉我们，"兴办学堂"对于改造中国的实际贡献，并不一定比"政治革命"虚幻[1]。

---

〔1〕 参见拙文《设议院与开学堂》，见陈平原、夏晓虹主编《触摸历史——五四人物与现代中国》331-342页，广州：广州出版社，1999年。

即便同样主张改造中国当"从教育上着手",也因其政治／文化立场的差异,而发展出很不相同的进取方式。章太炎论学主"实事求是",反对康、梁等今文学家的"经世致用",讥笑其借学术进入政权结构中心或凭借政权力量来推行其学术主张为"沽名钓誉"。而在具体的办学方针上,一重官学,一尊私学,两者更是大相径庭。康有为将政治乃至教育改革的希望全都押在皇上的诏令上,自然不把民间办学的热情与传统放在眼里。幻想"但有明诏",就能全面接管原先"皆有师生,皆有经费"的民间所办书院、义学、社学、学塾等,进而推行其教学主张[1]。也就是说,只将民间的私学作为被动改造对象,突出朝廷干涉并强行推广某种教育制度的权力与作用。这种设想,理所当然地遭到坚信"学在民间"的章太炎的强烈反对。争论的焦点,不在教育要不要改革,而是支撑教育乃至学术健康发展的,到底是朝廷官府,还是民间社会[2]。章太炎对中国私学传统的推崇,在学术精神上是力主自由探索"互标新义",反对朝廷的定于一尊与学子的曲学干禄;而在具体操作层面,则是希望借书院、学会等民间教育机制,来保持学术的相对独立与自由发展。在文化立场上,丘逢甲与章太炎颇为相通,只是不若后

〔1〕 参阅康有为《请饬各省改书院淫祠为学堂折》,《康有为政论集》312 页,
      北京:中华书局,1981 年。
〔2〕 参见拙著《中国现代学术之建立》第二章"官学与私学",北京:北京
      大学出版社,1998 年。

者思路清晰且表述明确。

假如真的坚信"学在民间","大一统"的论述格局必然出现巨大的裂缝。与朝廷的"集权中央"因而可能"舆论一律"不同,"民间"的特点是分散、独立、众声喧哗,根本无法做到"整齐划一"。而这,恰好与上文屡次提及的乡土情怀以及地方史研究的新趋势若合符节。美国学者柯文(Paul A. Cohen)在《在中国发现历史》中曾论及"中国中心取向"的历史研究的四大特征,其中最为关键的,一是将中国社会按"纵向"分解为若干阶层,推动下层社会尤其是民间历史的撰写;一是按"横向"将中国分解为区域、省、州、市、县,以展开区域与地方史的研究[1]。前者可对应上文提及的丘逢甲等人的思路,即社会革新不一定体现在京城权贵的争议,也可以落实在僻居一隅的地方士绅的主动介入[2]。自下而上的改革,固然不像皇上诏令天下那么惊天动地,可自有其实际效果和理论意义。正是这强调私学与注重地方二者的相互映照,构成了另一个同样值得给予强烈关注的政治 / 文化空间。

---

〔1〕 参见柯文著、林同华译《在中国发现历史——中国中心观在美国的兴起》165页,北京:中华书局,1989年。
〔2〕 古来中国人"告老还乡"以及"服务桑梓"的观念,使其很自然地介入家乡的政治和教育文化事业。所谓"一乡有一善士,则一乡化之",乡间士绅在传统社会所起的教化作用不容忽视。而这一功能,随着现代化 / 城市化的推进而逐渐消失,其结果是城乡之间在经济与文化上的差别日益扩大。

　　后者先是按空间分为沿海文化与腹地文化，后更借用史坚雅（G. W. Skinner）的区域系统理论，将 19 世纪的中国定义为东北、华北、西北、长江上游、长江中游、长江下游、东南沿海、岭南与云贵九大区域[1]。除了柯文书中介绍的诸多英文著作，90 年代台湾"中研院"近代史研究所主持并出版的系列著作《中国现代化的区域研究》，基本上也是采取这一理论假设。在此论述框架中，远离朝廷的广东南海、浙江绍兴、安徽桐城等，均成了具有全局性意义的研究课题[2]，因其成果在某种程度上修正了此前的若干宏大叙事。

　　同样道理，晚清潮嘉地区的思想文化、经济社会以及作为大诗人兼社会活动家的黄遵宪、丘逢甲等，也应该有较大的研究价值。虽然学界日渐注重区域文化研究，但通常都是将行政区域与文化传统混而为一，以"岭南文化"来涵盖整个广东的历史文化。而实际上，地处"岭东"的潮嘉地区，无论方言、习俗、历史、文化乃至学术资源，均有相当程度的独立性[3]。这一点，常被立足区域而放眼全国的学者们所忽略。举远近不同的两个例子，说明潮嘉地区的历史文化特征，是如何被不恰当地"抹杀"的。1916 年，严复写信给弟子熊纯如，称"康、梁生长粤东，为中国沾染欧风最早之

〔1〕　柯文著、林同华译：《在中国发现历史——中国中心观在美国的兴起》144 页。

〔2〕　同上书，148 页。

〔3〕　简要的论述，请参见饶宗颐《何以要建立"潮州学"》和杜经国《潮学研究发刊词》，均见《潮学研究》第一辑，汕头：汕头大学出版社，1993 年。

地，粤人赴美者多，赴欧者少，其所捆载而归者，大抵皆十七八世纪革命独立之旧义"[1]——熟悉晚清史事者，当不难明白这里所说的"粤人"，基本上限于珠江三角洲。1997年，青年学者杨念群出版《儒学地域化的近代形态》，论及湖湘、江浙和岭南三大区域及其知识群体的互动，其中使用不少有关潮州的史料，可所概括的"岭南文化"特征——"神秘主义""浪漫奇情"和"狂放气魄"[2]，又明显与潮嘉地区的乡风民俗以及士绅学识格格不入。学界关于"岭南文化"的众多论述，并非毫无道理；我想指出的是，以世人所理解和阐述的"岭南文化"，来解释文化上"另有渊源"的潮嘉地区，显得力不从心。

晚清广东出人才，珠江三角洲的思想家康有为、梁启超、孙中山以及文学界的吴趼人、苏曼殊等，擅长"放眼世界"，且都具有全国性的影响。而"僻陋"的岭东，也出了两个大人物，不过不以政论或小说见长，而是以诗歌著称于世，那便是黄遵宪与丘逢甲。这两位来往密切、多有诗歌唱和的老乡，恰好都对乡土有浓厚的兴趣，都颇有地方自治的愿望，都倾向于改良而不是革命，都与日本（而不是欧美）因缘较深，都坚持以普及教育与文化建设为本。这一点，显然与康有为、孙中山所选择的改革策略不尽相同。这到底是

---

〔1〕 参见《严复集》第三册648页，北京：中华书局，1986年。

〔2〕 参见杨念群《儒学地域化的近代形态》第三章和第八章，北京：生活·读书·新知三联书店，1997年。

偶然的个人的因素呢，还是带有某种地域文化特征，一时恐怕很难遽下结论。

对于丘逢甲与岭东文化的关系，这里之所以只限于提出问题，原因是学界对近代以来的岭东到底有无相对独立的文化形态，至今仍心中无数。假如通过缜密精细的个案研究，证明真的存在值得努力发掘、认知并阐扬的"岭东文化"，将可以调整学界对于中国现代化进程的解释。而本文之讨论丘逢甲将"乡土情怀"与"民间意识"相结合的思路在晚清思想文化史上的意义，只不过是为此类更为厚实阔通的研究"提起话头"。

2000 年 1 月 5 日初稿，1 月 26 日改定于西三旗

（原刊《潮学研究》第八辑，广州：花城出版社，2000 年 7 月）

有思想的学问家

——关于章太炎

身兼斗士与学者的章太炎（1869—1936），一生屡遭世变，多次卷入政治斗争旋涡，可依然著述、讲学不辍。早年奔走革命，不忘提倡学术；晚年阐扬国故，可也呼吁抗日。在政治与学术之间徘徊，是清末民初学者的共同特征；章太炎的好处是干什么像什么，是个大政治家，也是个大学者。后世学人关于民国以后的章太炎是否"退居于宁静"的争论，未免过分集中关注其政治生涯。换一个观察角度，由从政转为问学，很难简单地认为"颓唐"或"消极"。在我看来，章太炎不只是革命家，更是近代中国最博学、思想最复杂高深的人物。鲁迅称章氏为"有学问的革命家"，我则倾向于将其作为"有思想的学问家"来考察。

一

谈论章太炎的思想与学术，很难不做分期把握，因其思想庞杂且变化多端，根本无法"一言以蔽之"。前人关于章氏思想发展的分段，颇多可议之处。关键不在分段时提前几年抑或推后几年，而在使用的理论尺度以及无意中表露出来的论者的学术思想。

最常见的弊病是过分依赖历史事件，而不大考虑对象自身的特性。甲午战争、辛亥革命和"五四"运动，当然会在章氏生活和思想上打下烙印，可将其作为分段依据则略嫌牵强。外在的政治事件与个体的生命体验和思想学术追求不能画等号，尤其是像章太炎这样有极强烈的独立意识的思想家，根本不会随时势流转。将个体感受直接依附于外界发生的政治事件，说成是其"必然的反映"，而不尊重个体独特的生存处境、感情世界以及内在思路，所有历史人物的思想发展也就只能一刀切了。

与此相关联的是，过分突出所谓革命派与改良派的斗争（或光复会与同盟会的分裂），用外在的政治行动作为评价的唯一依据，抹杀章太炎思想的深刻性与复杂性，使得历史人物一下子平面化了。清末民初，知识分子上下求索，许多见解既空泛又深刻，一时难断是非曲直。只因为辛亥革命成功，就断言"革命"是好、"立宪"是坏，未免过于草率。史学家吕思勉曾指出一个有趣的现象：君主和民主比较，自然君主较旧而民主较新；可将革命和立宪比较，"革命是吾家旧物，而立宪的观念则来自西洋"（或者说革命是旧而立宪是新）。主君主立宪的康、梁与主民主革命的孙、章，都不是"新旧—中西"（更不要说"进步—落后"）这样简单的模式所能概括的。

章太炎自述思想变迁，有一句话很精辟："自揣平生学术，始则转俗成真，终乃回真向俗。"（《菿汉微言》）这话常被研究者引用，可具体阐释却五花八门，尤其是关于"真""俗"的界定。比如，随顺众生为俗，破除迷妄为真；具体事物为俗，抽象哲理为真；史学为俗，哲理为真；学以致用为俗，实事求是为真；儒学是俗，佛学是真；经验现象是俗，心灵本体为真，等等。章氏既持真俗之辨，又主"真妄同源"，颇多精彩之论。不过，倘以这假定性的"真俗"说衡量章氏一生，其"转俗成真"与"回真向俗"恰好落实在两次系狱。"遭世衰微，不忘经国，寻求政术，历览前史"——此乃未经"真"洗涤的"俗"；"及囚系上海，三岁不觌，专修慈氏世亲之书……解此以还，乃达大乘深趣"——此即"转俗成真"；"癸甲之际，厄于龙泉，始玩爻象，重籀《论语》"——此乃"回真向俗"。三年系狱，三年幽禁，前后两次被囚，精神状态不大一样，可都促使章氏深思熟虑，重新反省其政治理想及学术追求，在某种程度上促成了思想转变。这种转变当然不是一夜之间完成的，《太炎先生自定年谱》和《太炎先生自述学术次第》对此也含糊其词；为了论说方便，只能作如下大致划分：第一次转变以1906年出狱东渡日本为界；第二次转变为1915年幽禁中作《菿汉微言》自述"回真向俗"为标志。以此二变三段来把握章太炎的思想变迁，相对强调内在思路而不是外在行动、价值追求而不是政治倾向。

二

　　谈论章太炎的学术思想不容易，因其糅合百家而又自成宗派，思想资料和学术渊源颇为复杂，不同时期所吸收、所推崇的又很不一致。不过，大致而言，章氏学术思想的形成，依其先后可分为古今文之争、中西学之辨和儒道释的调适三个层次。值得注意的是，章太炎不是在一种平静状态下接受某一思想（或学术观念），而始终是坚持"依自不依他"的独立意识，在争辩中、对抗中，选择取舍、融会贯通的。

　　章氏治学讲求自得，既反泥古，也反媚外。评判历代学术，其重要标尺就是能否"独立自得"。而对西方学术，章氏从来都是以我为主，不为所拘，有时甚至故显倨傲，言辞刻薄；另一方面，章太炎其实颇为善于向学术上的对手学习，借助论争激发灵感，完善自家学说。20世纪20年代章太炎有一段自白，很能表明他这种治学风格："我们更可知学术的进步，是靠着争辩，双方反对愈激烈，收效愈增大。我在日本主《民报》笔政，梁启超主《新民丛报》笔政，双方为国体问题辩论得很激烈，很有声色；后来《新民丛报》停版，我们也就搁笔。"（《国学概论》）

　　至于为了匡正时论，故作惊人之语，在章太炎也不稀奇，1906年，章太炎写下对新文化运动影响甚大的《诸子学略说》，批评儒家"以富贵利禄为心"；十六年后表示忏悔此"狂妄逆诈之论"，并解释当时立论乃因"深恶长素孔教之说，遂至激而诋孔"（《致柳翼谋书》）。这种解释并非无稽之谈，章氏好多轰动一时的惊人之论是服务于其时的政治论争的。李泽厚称其为"半政治半学术的广阔评述"（《章太炎剖析》），不无道理。正因为如此，对其分析评判，不能限于字面所述事实或所依学理，更得考虑其特定语境和潜在的对话者。

章太炎对康有为借公羊学倡改制的良苦用心其实颇有领悟，只是对其论学诡怪恣肆主观武断始终不以为然。早年为了"以革政挽革命"，章氏曾应邀与康门弟子共事，可"论及学派，辄如冰炭"；只因考虑到其时政治斗争形势，才没有公开批评康氏学说。戊戌政变后，他甚至针对世人对康有为的攻击，挺身而出为其辩护，并自认与康氏"论学虽殊，而行谊、政术自合也"（《〈康氏复书〉识语》）。只是到1900年解辫发主排满以后，政治上与康、梁等君主立宪派分道扬镳，章氏才多次著文痛诋康有为的今文经学。康有为立说过于武断，弟子梁启超也承认其师"以好博好异之故，往往不惜抹杀证据或曲解证据"（《清代学术概论》）。这种治学方法，与作为古文经学大师的章太炎所标榜的求是精神大相径庭。再加上政见歧异，故章太炎对之热讽冷嘲不遗余力。这么一来，章氏也就难得平心体会康氏立说的长处，"门户之见，时不能免"（同上）。

在今古文之争中，章太炎无疑是站在古文经学一边；而在中西学之辩中，章氏似乎以中为主，这有其特殊的理论背景，并非盲目排外。只是针对日渐加剧的"欧化主义"，章太炎才大声疾呼"用国粹激动种性，增进爱国的热肠"（《东京留学生欢迎会演说辞》）。究其实际，章氏对向西方求学理这一思潮并不反感，而且自觉投入其中，不只释译日人岸本武能太的《社会学》，东走日本时更"旁览彼土所译希腊、德意志哲人之书"。这使得他在著述中叫以小时与苏格拉底、柏拉图、亚里士多德乃至康德、费希特、黑格尔、叔本华、尼采、休谟、赫胥黎、斯宾塞等西哲对话与辩难，并以之作为建构理论体系的参照。更何况，章氏还有另一手绝活——对印度哲学的了解，使得他能够随意征引从婆罗门、胜论、数论各宗乃至《法华》《华严》《瑜伽》诸经。对此，章太炎非常得意，口述《菿汉微言》时以融会贯通"华梵圣哲之义谛，东西学人之所说"自许。可毋庸讳言，章氏对"东西学人之所说"，谈不上精深研究，好多只是依据第二三手材料和同时代人的研究成果（一如梁启超《卢梭学案》《近世第一大哲康德之学说》和鲁迅的《摩罗诗力说》），都是连编带写，近乎纂述，当然也都不无发挥。好在章太炎本就是"依自不依他"，用近乎"六经注我"的态度，借助这些西方学说来构建自家的理论体系。

章太炎之不同于清儒，不只在于他有幸借鉴泰西学说，学术眼界更为广阔；更在于其超越考据，直探义理，成为近代中国真正有思想的大学者。章氏认定学者之病实者（执着滞淹）当施泻，病虚者（浮华夸诞）宜施补，"鄙人夙治汉学，颇亦病实。数年来，以清谈玄理涤荡灵府，今实邪幸已泻尽"（《致宋燕生书》）。诂经精舍七年，章太炎受过严格的朴学训练。由朴学而小学而史学而玄学，此乃章氏治学的大致门径。借用弟子许寿裳的话，就是"以朴学立根基，以玄学致广大"（《章炳麟》）。倘就追踪玄学而言，章氏的精神漫游之路大致如下：先是由儒入佛，次则以佛反儒、以佛解庄，最后是儒释道互补。《菿汉微言》中虽有"文孔老庄是为域中四圣，冥会华梵，皆大乘菩萨也"的话，但与传统文人之调和儒释道还是有所不同。就玄理而言，章氏认定中外学说，"无过《楞伽》《瑜伽》者"，只是"佛法虽高，不应用于政治社会"，这才有待于老庄与文孔（《太炎先生自述学术次第》）。而儒道相较，又以孔子学说更切于人事，故国势日危时须格外阐扬儒侠，而不可独用佛道。经世求切于人事，求是则不妨高妙。就理论趣味而言，章太炎最欣赏的还是佛学，其著述的思想深度也大大得益于佛学的滋润。

三

古今、中外、儒释道三个层次之间，并非完全隔绝，而是处于互动、对话的状态。这一点，章氏自述学术次第时关于"汉学—科学—法相"三者关系的辨析最能说明问题。分层次只是为了便于把握，有时候根本无法分清孰先孰后。统而言之，章氏之治学，以第三层（哲理与眼光）成就最高，可根基则是第一层（方法与修养）。

在今古文之争、中西学之辨和儒释道的调适过程中，章太炎逐渐形成自己独特而庞杂的思想体系。不过，在这有形的三层次的努力中，有一种无形的特殊动力，或者说思维习惯，驱使他为寻求真理而上下求索并取得丰硕成果。这就是其独行侠的气质以及否定性的思维特征。从上世纪末作《明独》，断言"知不独行，不足以树大旅""大独，大群之母也"起，章氏一生始终"特立独行""狂生""名士""异端""在野党""神经病""章疯子""矜奇立异""忤时违众"等等，这就是世人对章氏此一性格特征的褒贬。其中"神经病"的说法，是章太炎1906年在《东京留学生欢迎会演说辞》中供认不讳的："大凡非常可怪的议论，不是神经病人，断不能想，就能想也不敢说。说了以后，遇着艰难困苦的时候，不是神经病人，断不能百折不回，孤行己意。所以古来有大学问成大事业的，必得有神经病才能做到。"章太炎晚年批评世人趋新骛奇，可"立说好异前人"（包括今人），正是章氏平生活学一大特点，其得失皆系于此。

侯外庐称章太炎研究中"表现出自我横冲的独行孤见，在中国思想史上这样有人格性的创造，实在数不上几人"（《近代中国思想学说史》）。贺麟在《当代中国哲学》中则断言："他不但反对传统的中国思想，他同样地反对西方的新思想，其勇于怀疑，与康有为之破除九界、谭嗣同之冲决网罗，有同等甚或更大的思想解放、超出束缚的效力。"萧公权以"抗议"二字作为章氏政治思想的核心（《中国政治思想史》）；河田悌一则干脆称章太炎为"否定的思想家"（《否定的思想家——章炳麟》）。所有这些说法，都是注意到章氏立论的这一特色。

这种标新立异、锐意创新的学术风格，好处是总走在时代前头，善于救弊扶偏，"事未至而先见败征，众人方醉而己独醒"（庞俊《章先生学术述略》）；可一味颠倒时论，为否定而否定，虽能出奇制胜，但易失之偏激。

以"独行孤见""勇于怀疑""抗议""否定"为思维特征的章太炎，在清末民初这一场思想文化震荡中，其才华发挥得淋漓尽致，一点儿也不奇怪——这本来就是一个拆散（破坏旧世界）的时代。时过境迁，章太炎许多当年传诵一时的"妙语"与"怪论"，都可能被人遗忘，但其"特立独行"的气势，至今仍令人神往。

1992 年 1 月于京西畅春园

（原刊《文学自由谈》1992 年 2 期）

激烈的好处与坏处

——也谈刘师培的失节

晚清多奇才，刘师培（1884—1919）便是其中不可不提的一位。翻阅《刘申叔先生遗书》，你会惊讶，一个三十六岁便英年早逝的学者兼政治家，竟能有如此丰富的著述！单是《遗书》所收，便有论群经及小学者二十二种，论学术及文辞者十三种，群书校释二十四种，诗文集四种，读书记五种，教科书六种，合计七十四种。今人很难不认同黎锦熙的感慨："以三十六龄而遽谢世，而著述之勤、贡献之富，殆未有如刘君者也。"[1]

仪征刘氏治经，传至刘师培，已是第四代，《遗书》所收著述，包含若干先辈的思路乃至成果。但申叔治学兴趣广泛，对新出现的课题反应极为敏捷，再加上讲求旁推与会通，不汲汲于笺释字句，与祖辈治学风格迥异，分辨起来不是很难。

---

〔1〕 黎锦熙：《刘申叔先生遗书序》，《刘申叔遗书》27 页，南京：江苏古籍出版社，1997 年。

故学界对于申叔先生的"著作权"及学术成就，一般没有异议；争论的重点在于，如此天纵之才，为何一再失节？

短短十六年间，由热心仕进的举子，转为力倡"光复汉族"的反清义士，再充当搜捕革命党人的密探，继而列名拥戴袁世凯恢复帝制的筹安会六君子，终领衔《国故》月刊对抗新文化运动……如此连续急转弯，刘师培的政治立场及入世方式，在讲求"气节"的中国文人眼中，自是不可饶恕。"语云：'一失足成千古恨。'刘光汉 之而再，殆扬雄华歆之流亚欤！"[1]冯氏此语，不只表达了批评者的共同愤怒，而且上挂下联，建构起令人侧目的"失节者"谱系。

只是刘师培之一再"失节"，作为近代中国重要的历史现象，其蕴含的意义，不仅仅是古人早就感慨过的"有才无德"。

一、"委身学术"的假设

钱玄同曾将清末民初五十余年作为"中国学术思想之革新时代"，并称："其中对于国故研究之新运动，进步最速、贡献最多、影响于社会政治思想文化者亦最巨。"这一革新运动，在钱氏看来，可分为前后两期；前期始于1884年而

---

[1] 冯自由：《记刘光汉变节始末》，《革命逸事》第二集215页，北京：中华书局，1981年。

止于 1916 年，其特点是众多仁人志士崛起于清政不纲、丧权辱国的危机时刻：

> 于是好学深思之硕彦，慷慨倜傥之奇材，嫉政治之腐败，痛学术之将沦，皆思出其邃密之旧学，与夫深沉之新知，以启牖颛蒙，拯救危亡。在此黎明运动中最为卓特者，以余所论，得十二人。[1]

这十二英杰，按发表著述先后为序，分别是康有为、宋衡、谭嗣同、梁启超、严复、夏曾佑、章太炎、孙诒让、蔡元培、刘师培、王国维、崔适。十二人中，年龄最小、治学条件最为优越的，是刘师培；可惜的是，个人品格最为人疵议的，也是刘师培。

"家传朴学，奕世载德，蕴蓄既富，思力又锐"的刘君，著述所及，方面甚多，钱玄同将其"最精要者"概括为四事："一为论古今学术思想，二为论小学，三为论经学，四为校释群书。"[2] 其实，刘师培的文学史及文论，同样成绩斐然。眼界甚高的鲁迅，在论及国人的文学史著时，唯一推崇的，便是刘师培的《中国中古文学史》。另外，刘君对于无政府主义思潮以及《共产党宣言》的介绍，既是思想，也是学术，

---

〔1〕 钱玄同：《刘申叔先生遗书序》，《刘申叔遗书》28 页。
〔2〕 同上。

同样不可漠视。以今日学科分类而言，刘师培几乎涉及人文研究领域的各个侧面，且大都有所建树。可就这么一个不世出的大学者，生前身后，备受世人唾骂，怎不令人扼腕？

这就难怪刘君的好友蔡元培，在为《刘申叔先生遗书》所撰的《刘君申叔事略》中，为其略做辩解，称其失节乃受小人蛊惑，晚年讲学北大如何受学生欢迎，平生著述如此丰富，"勤敏可惊"。可所有这些，又都无法抹杀刘氏"气节有亏"这一铁的事实。故文章只能以无可奈何的感叹结尾：

> 向使君委身学术，不为外缘所扰，以康强其身而尽瘁于著述，其所成就宁可限量？惜哉！[1]

这大概是许多钦佩刘君学问者的共同心愿。也正因如此，会有若干虚拟的逸事流传。一不小心，祈使句成了陈述句，第三人称转为第一人称，蔡君的"感慨"，转眼间成了刘君的"自述"。

我这里指的是近年出版的《刘师培评传》(方光华著)，其中关于刘师培临终忏悔的精彩描述，我以为是出于作者的虚构：

> 1919年11月20日（阴历九月二十八日），刘师培

---

[1] 蔡元培：《刘君申叔事略》，《刘申叔遗书》18页。

的生命到了最后一刻。他派人把黄侃叫来，并吃力地对他说："我一生应当论学而不问政，只因早年一念之差，误了先人清德，而今悔之已晚。"并希望黄侃将他的学术继承下来，把它再传给后代。是日，刘师培气绝身死，年仅 36 岁。[1]

方书本来近专著而远小说，绝大部分材料注明出处，唯独我最关注的这一戏剧性场面，没有给出资料来源。

即便作者真有所本，必定也是不实的传闻。查北京大学教员档案，在刘师培去世前一个多月，黄侃便已辞去北大的教职，转赴武昌任教去了。得到刘师死讯，黄侃先是以诗志哀，后又撰《先师刘君小祥奠文》，述及北京重逢以及别离的经过：

> 我滞幽都，数得相见，敬佩之深，改从北面。夙好文字，经术诚疏，自值夫子，始辨津涂。肺疾缠绵，知君不永，欲慰无辞，心焉耿耿。我归武昌，未及辞别，曾不经时，遂成永诀。始闻凶信，以诗表哀，恩德莫称，临文徘徊。[2]

---

〔1〕 方光华：《刘师培评传》106 页，南昌：百花洲文艺出版社，1996 年。

〔2〕 黄侃：《先师刘君小祥奠文》，《黄季刚诗文钞》61 页，武汉：湖北人民出版社，1985 年。

"未及辞别"故"遂成永诀"的黄侃，不可能分身来京倾听刘师的临终忏悔，这点毫无疑问。不过，只提供黄侃不在现场的证据，最多说明方著考证有误；我更想说的是，依刘师培的个性及一贯行事风格，很可能"有怨"，但"无悔"——尤其不会追悔其曾经积极"问政"。

"论学而不问政"，既非刘师培本人所愿，甚至也不是其家族的传统。四代治经，不等于有意远离政治、拒绝仕宦，只是时运不济而已。才情横溢、心高气傲的刘师培，不会满足于皓首穷经，关于这点，读读《甲辰年自述诗》就能明白。"飞腾无术儒冠误，寂寞青溪处士家""一剑苍茫天外倚，风云壮志肯消磨"——既壮怀激烈，又利欲熏心，二者密不可分[1]。朱维铮先生说的没错，少年得志且欲望强烈的刘师培，绝缘于革命思潮，则必定结缘于清朝统治，而绝不会"远离政治"。因为，在中国的现实处境中，固守书斋，意味着远离功名利禄，老死南窗之下。而这绝非刘师培的志趣。另外，在一个大变动的时代，能够敏感于时代潮流，"不仅趋时，而且超前"，提出种种即便时过境迁便烟消云散的激进主张，引起公众的注意，在思想史上留下痕迹，这也是一种获得成功的"诀窍"。如今，刘君留下一大堆五花八门、变幻莫测的论学兼论政的文字，"或许他作为纯学者还达不到这样的成

---

[1] 刘师培：《甲辰年自述诗》，初刊于 1904 年 9 月 7 日至 12 日的《警钟日报》，收入李妙根编《刘师培论学论政》，上海：复旦大学出版社，1990 年。

就。"[1]因此，对于蔡元培的惋惜，朱氏表示不以为然。

我想替蔡先生略做申辩。首先，"委身学术"，并不一定意味着"固守家法"或"远离政治"。清末民初，几乎所有的大学者、大文人，都是"铁肩担道义，妙手著文章"，蔡元培本人更是如此。其次，蔡先生所说的"外缘所扰"，大概不是指关注国家命运，而是汲汲于社会的承认——说白了，就是世人很难忘怀的"功名利禄"。再次，对于刘师培的惋惜，所有的友人及崇拜者，都是指向其"失节"，而不是其"问政"。古往今来，问政兼论学的文人学者很多，并非都像刘师培那样，落到被世人嘲骂的地步。

一句话，作为大学者，刘师培的陷落，并非因其"问政"的激情，而是因其介入社会的心态及手段。

二、"侦心探龙"的手段

30年代中，张继、汪东各自为《刘申叔先生遗书》作序，其时"筹安会六君子"恶名犹在，故二人均主要为刘君之依附袁世凯复辟帝制辩解。前者称"参政京师，卒为佞人牵引，其出处进退之间，颇遭讥议，要非其本怀，未足以为深病也"[2]，这还只是推卸责任；后者的辩解更有趣：

---

〔1〕 朱维铮：《刘师培论学论政序》，见《刘师培论学论政》。

〔2〕 张继：《刘申叔先生遗书序》，《刘申叔遗书》26页。

> 夫袁氏盗国，与胡虏华夏，则有间矣。申叔明春秋
> 夷夏之防，严建卫种族之辨，激扬士气，以文字为义师
> 先声，其功实与章君胡汪相伯仲。[1]

言下之意，刘君早年提倡"光复汉族"的大功，可以抵消其
"复辟帝制"的小过。依汪君的意见，功过的大小，取决于
涉及的对象："种族革命"的重要性，远在"政体变更"之
上。且不论种族、政体孰轻孰重，单是只讲刘君的"光汉"，
而不提其沦为清廷密探，便知此乃出于友情的"曲为辩解"。

汪东出于好意，重提刘师培的反清活动。可实际效果则
是"哪壶不开提哪壶"。刘君一生失误多多，有牵涉安身立命
的根基，也有只是具体认识的问题。比如，常为人诟骂的主
编《国故》月刊以对抗新文化运动，便属于文化观念的差异。
依附袁世凯，撰写《君政复古论》《联邦驳议》等，性质自是
严重多了，但仍有"政见不同"可作托词。唯独由反清义士
一转而为清廷密探，单从思想文化立场，无论如何说不过去，
只能归结于个人的心术与德操。在我看来，刘师培一生最大
的失误，正是由一代大儒沦落为"侦心探龙"——如此恶谑
的绰号，乃鲁迅 1918 年 7 月致钱玄同信中提出的[2]。钱、鲁
二君，与刘师培的交谊深浅有别，但都推崇其为学而鄙薄其

---

〔1〕 汪东：《刘申叔先生遗书序》，《刘申叔遗书》26 页。
〔2〕《鲁迅全集》第 11 卷 351 页，北京：人民文学出版社，1981 年。

为人，尤其不能原谅其充当清廷密探这一下贱的行径。

事情的大概经过是这样的：1907年末，正热衷于宣传无政府主义的刘师培，突然随妻子何震回国，向两江总督端方献"弭乱十策"。次年2月，重返东京的刘氏夫妇，政治态度更趋激烈，力主"颠覆人治，实现共产"。这期间，因提议改组同盟会并谋夺领导权不成，渐有异志，再加上因事与章太炎、陶成章等大起冲突，于是"外恨党人，内惧艳妻，遂不得不铤而走险，始真为江督端方之侦探矣"。归国后的刘师培，邀功心切，听说被通缉的陶成章自南洋归来，"日与两江督标中军官米占元往各码头查探成章行踪"，久之不得，难以复命，又乘革命党人不备，参加其秘密集会，终于密告成功[1]。此事固然可鄙，但更令人寒心的是，其时刘君正满腔热情地宣传"最最新潮"的无政府主义！以前还以为是1908年10月因《衡报》被禁才"铤而走险"，故章太炎、蔡元培都尽力为其"一时糊涂"辩解；《与端方书》以及所附"弭乱十策"的披露，则表明刘君前一年归国时便已"打通关节"。

1934年11月2日的《大公报》上，刊发了洪业的《清末革命史料之新发现——刘师培与端方书》。这封据考写于1907年冬的输诚信，与1904年正月的劝降函（手稿藏中国第一历史档案馆"端方档"），形成绝妙的对照，让人感慨万

---

〔1〕　参见冯自由《记刘光汉变节始末》和陶成章《浙案纪略》（见中华书局1986年版《陶成章集》）。

端。"劝降"与"输诚"的对象，竟然都是满洲贵族中颇有改良思想的"端帅"！

自称"幼治《春秋》，即严夷夏之辨"的刘光汉，先论证一番"恢复神州之土"的必然性，而后"推心置腹"地奉劝端方："故为尔辈计，莫若举西（两）湖之疆，归顺汉族。我汉族之民，亦可援明封火保赤之例，赦尔前愆，任职授官，封圻坐拥，岂不善哉？"[1]一介书生与封疆大吏，二者力量悬殊，决定了其"劝降"只是笑话一桩。

时过境迁，由"劝降"转为"输诚"，话可就不大好说了。端方大概忘了那封劝降信，刘师培则不能不先做自我检讨。照样强调自己的家学渊源，不过，这回的语气，由原先的"炫耀"，一改而为"忏悔"：

> 束发授书，勉承先业，略窥治经家法，旁及训故典章之学。意欲董理故籍，疏通证明，以步戴、段、阮、王之后。适时值艰虞，革命之说，播于申江，揭民族主义为标，托言光复旧物。师培年未逾冠，不察其诬，窃以中外华夏之辨，默合于麟经。又嗜读明季佚史，以国朝入关之初，行军或流于惨酷，辄废书兴叹，私蓄排满之心。此虽由于《苏报》之激刺，然亦以家庭多难，泯其乐生之念，欲借此以祈遄死也。

---

[1]《上端方书》，《刘师培辛亥前文选》95页，北京：生活·读书·新知三联书店，1998年。

即便是检讨文章，刘师培也都写得章法分明，开篇即强调其初衷乃"哀民生之多艰"，并尽量将"政治立场"转化为"思想认识"。紧接着，笔锋一转，境界"豁然开朗"：

> 东渡以后，察其隐情，遂大悟往日革命之非。盖孙文本不学之徒，贪淫性成，不知道德为何物。为之徒者，咸希冀功成之后，可以骤跻贵显。下劣者则假革命之名，敛财以餬口。

对于输诚者来说，单是骂骂"民族主义尤与公理相违"显然还远远不够。于是，刘师培开始为如何巩固大清的江山社稷出谋划策。据说，最有效的补救之策有五：民事不可轻也；豪民不可纵也；外观不必饰也；农业不可忽也；浇德不可长也。可这些治国方略，纯属纸上谈兵，相信端方不会感兴趣。真正体现刘君"欲以弭乱为己任，稍为朝廷效力，兼以酬明公之恩"的志向的，还是下面这段悄悄话：

> 若明公俯鉴其愚忱，乞暂将此次之报告秘密弗宣，并俾师培时往来东京、上海间，以徐行其志，则一二载之内，必可消弭革命之焰，以抒国家之虞。[1]

---

〔1〕《清末革命史料之新发现——刘师培与端方书》，初刊《大公报》1934年11月2日《史地周刊》第七期，后收入中华书局1981年版《洪业论学集》。

如何保证"徐行其志"不是"缓兵之计",有附录的"弭乱十策"为证。十策中,最关键,也最为切实可行的,一是让刘"暗为运动",搞垮革命派诸报刊;一是卧底暗侦,如发现孙文、黄兴等"有潜入腹地事,即行报告"。后来事态的发展,与之大致吻合。

据标点并发表此信的洪业称,他见到的只是抄本,而非原件。因此件关系重大,希望"今尚有健在者,当能证其虚实也"[1]。时至今日,未见任何辨伪的文字,倒是弟子苦侃的题记,从另一角度确认了此信的存在。

黄侃《申叔师与端方书题记》,撰于洪业披露此文的第二年,公开发表则是六十年后(见《学术集林》卷一,上海远东出版社,1994年8月)。擅长考据的黄先生,不在辨伪方面大做文章,而只是在"解读方式"上下功夫,实在"不得要领":

> 此书盖为脱身之计,兼遂绐资之谋。以迂暗之书生,值狡黠之戎虏,宁有幸乎?书稿流传,贻人笑柄,至可痛惜!然谓申叔反复无恒,卖友卖党,又谓所言可充史料,则何不于书中辞气细玩绎之。

不同意洪业"可充史料"的说法,可又拿不出此信当属伪造的证据,所谓"脱身之计"的假设,也就显得相当勉强。不

---

[1] 参见《洪业论学集》130页。

过，黄先生对刘师培输诚后备受冷落的交代，倒是让我们
大开眼界，领略封疆大吏是如何将一介书生玩于股掌之上
的。接到输诚信，端方先是致书，"道倾慕已久，得一握手为
幸"；等到刘师培真正归降，"至则遽以肩舆舁入督署，三月
不见，申叔遂见幽矣"。既然归降是真，不得重用，怨不得别
人，也洗刷不了干系。故门人黄侃行文至此，感慨遥深：

> 要之申叔不谙世务，好交佞人，忧思伤其天年，流
> 谤及于身后。尝尽言而不听，有失匡救之义，侃亦何能
> 无愧乎？[1]

在《始闻刘先生凶信为位而哭表哀以诗》中，黄侃还极力为
其师开脱，称："时命既差池，濡足增烦忧。逡巡岂初愿，
审虑权图喉。利轻谤则重，位高祸实由。"[2]十五年后，读
《与端方书》，终于不得不承认其师"好交佞人"，其"流谤
及于身后"，乃咎由自取。

三、"洁身"与"内热"

在清末民初的政坛与学界，与刘师培关系极为密切、谊

---

〔1〕 黄侃：《申叔师与端方书题记》，《学术集林》卷一，上海：上海远东出
版社，1994 年 8 月。
〔2〕 黄侃：《始闻刘先生凶信为位而哭表哀以诗》，《刘申叔遗书》24 页。

兼师友的，大概当推章太炎和黄侃。章、黄二君，也都心高气傲，特立独行。可在涉及民族前途、国家命运这样大是大非的问题上，立场却很坚定，不曾出现大的偏差。这里仅以章太炎所撰《黄季刚墓志铭》为例，说明"昏"与"不昏"的差别：

> 民国四年秋，仪征刘师培以筹安会招学者称说帝制。季刚雅与师培善，阳应之，语及半，即瞑目曰："如是，请刘先生一身任之！"遽引退，诸学士皆随之退。是时微季刚，众几不得脱。[1]

章太炎对平日极为尊刘的黄侃，关键时刻之不徇私情，大为赞赏。古往今来读书人之讲求"气节"，这个时候方才体现出来。

在1905年撰写的《伦理教科书》中，刘师培也曾特别强调"良知"的作用，尤其是认定其足以"振作士民之气节"：

> 凡良知学派立说，咸近于唯心，故阳明之徒，多物我齐观，死生平等，不为外欲所移，亦不为威权所慑，而济民济世所益尤多。[2]

---

[1]《黄季刚墓志铭》,《章太炎全集》第5卷260页，上海：上海人民出版社，1985年。
[2]《伦理教科书》第一册二十三课，《刘申叔遗书》2038页。

正人必先正己，提倡气节与自我修养，二者密不可分。故刘君由注重社会公德的"说良知"，转入着眼于个人修养的"论洁身"：

> 若激其有耻之心（《中庸》言："知耻近乎勇。"盖知耻则有决断，有决断则知所去舍。），长其淡泊之志（诸葛亮曰："淡泊以明志。"），庶乎可以洁身矣。然身之当洁，约有三端：一曰不惑于利……二曰不惑于势……三曰不惑于嗜欲。[1]

对于意志不太坚强的人来说，"淡泊以明志"，谈何容易！刘君何尝不想"明志"，只是抵御不了"利""势""嗜欲"的诱惑。1908 年春，蓄意"投诚"清廷的刘师培，得便为《国粹学报》三周年写了以下祝词：

> 昔虞卿弃相，穷愁著书；子云草玄，寂寞自守。不以学术为适时之具，斯能自成一家言。盖舍禄言学，其业斯精；以学殉时，于道乃绌。[2]

思路很清楚，表达也很精当，可"说了等于白说"。撰写此

---

[1]《伦理教科书》第二册三十三课，《刘申叔遗书》2069 页。
[2]《国粹学报三周年祝辞》，《刘申叔遗书》1791 页。

文，刘君总不会是为了自我解嘲吧：刚刚上过"弭乱十策"，怎好意思侈谈"舍禄言学"与"寂寞自守"？

　　对于刘师培的失节，蔡元培曾极力为其开脱，如称"有小人乘间运动何震，劫持君为端方用""君忽为杨度等所勾引，加入筹安会"[1]。将过失推给恶妇或庸友，这倒是与刘师培的思路一致。在《与端方书》中，刘师培称其误入"排满"之歧途，也是被友人胁迫：先是蔡元培设暗杀会于上海，"迫师培入会"；继而孙文创立同盟会于东京，"蔡元培、黄兴又以入会相诱胁"。可在我看来，将自家过失全都推给别人，并非大丈夫的作为。况且，《伦理教科书》在"论洁身"时，有如下妙语，已经堵绝了自身的退路：

　　　　要而论之，不能洁身，咎在己而不在物（盖己身先不正，斯为外物所移）[2]。

以子之矛，攻子之盾，刘君之失节，确实"咎在己而不在物"。故我同意前人的意见，刘的失误，很大程度应归咎于其"不能忘情爵秩"[3]"好异矜奇，惝急近利"[4]"虽渊静好书，而心实内热"[5]。值得一提的是，刘、尹二文均身心并

〔1〕　蔡元培：《刘君申叔事略》，《刘申叔遗书》18页。
〔2〕　《伦理教科书》第二册，《刘申叔遗书》2069页。
〔3〕　陈钟凡：《刘先生行述》，《刘申叔遗书》15页。
〔4〕　刘富曾：《亡侄师培墓志铭》，《刘申叔遗书》16页。
〔5〕　尹炎武：《刘师培外传》，《刘申叔遗书》17页。

论，将申叔先生过于强烈的个人欲望，与其多病、早逝联系起来。而这，正是蔡元培将"不为外缘所扰"与"康强其身"挂钩的本意。

以醉心功名利禄来批评历史人物，在当代学界实在显得落伍。可理论一深奥，越说越复杂，也有穿凿附会的危险，反而掩盖了本来一眼就能看穿的原始冲动。比如，个人欲望以及精心算计，如何规定着某些初看相当光明正大的选择。即如时贤对于刘师培之抛弃纯粹汉学的家学，而取"通儒"的姿态，大都极为赞赏。我不否认刘君这一选择蕴含着时代学术的发展趋向，值得大力表彰。我想说的是，即便在确定学术方向上，刘君也是精心计算，且其中不乏媚俗以博功名的个人欲望。

发表于 1907 年的《清儒得失论》中，有这么一句"得道之语"："夫考证词章之学，挟以依人，仅身伺倡优之列；一言经济，则位列宾师。世之饰巧智以逐浮利者，孰不乐从魏、包之后乎？"这种学术思路背后的"成本计算"，上不了台面，论者一般不会涉及。对清学发展了如指掌、对儒生心思洞若烛火的刘师培，在古今文及汉宋学之争中，为了剥夺"经世之学"的道德优越感，将读书人心知肚明但又不好直接说穿的谜底，和盘托出：

> 要之，纯汉学者，率多高隐。金石校勘之流，虽已趋奔竞，然立身行己，犹不至荡检逾闲。及工于词章

者，则外饰倨傲之行，中怀鄙佞之实，酒食会同，唯利
是逐。况经世之学，假高名以营利；义理之学，借道德
以沽名。卑者视为利禄之途，高者用为利权之饵。外逞
匡时化俗之谈，然实不副名，反躬自思，亦必哑然失笑
（唯包世臣稍近有用）。是则托"兼爱"名，而博"为
我"之实益。[1]

谈"义理"者，未必都是"借道德以沽名"；讲"经世"者，
更不能一概归诸"假高名以营利"。但有一点，刘师培看得
很准：备受当局关注的思路、话题、领域、学科，容易获取
功名利禄，因而也就更能吸引"从业人员"。选择冷门话题
的，很少奔竞之徒；集合在显学旗帜下的，则不乏欺世盗名
者。刘氏的这一判断，大致不差。

可"以史为鉴"者，既鉴人，也鉴己；既警世，亦自
励。以汉学为根基的刘师培，之所以突然间转入"经世之
学"，是否也是意识到"纯汉学者"，最多只能"伺倡优之
列"？不满足于"高隐"的刘氏，于是不失时机地大谈"经
济"？世人往往假定，学者之选择"议政"或"从政"，必
定基于安邦治国的雄才大略与拯世济民的菩萨心肠，故道德
境界无可挑剔。万一失足落马，那也是"动机"与"效果"

---

〔1〕《清儒得失论》，初刊《民报》14 号（1907 年 6 月），见《刘申叔遗书》
1535—1540 页。

难得统一，可以谅解。其实不一定。也有隐藏强烈的个人欲望、经过精心算计的"壮士"，借用刘师培颇为刻毒的说法，这才叫"托'兼爱'名，而博'为我'之实益"[1]。

一般所说的"从政"，既体现为立足民间的"抗议"，也落实为位居庙堂的"管理"，前者往往基于道德激情，后者则具有支配力与实际利益。当然，二者可以转化，比如民国初建，许多晚清志士便一转而为新朝显贵。但不管是在朝还是在野、当权还是反叛，"从政"从来都是最刺激、最冒险也最具浪漫色彩的事业。因为：

> 政治生涯可以让人产生权力感。知道自己在影响着别人，分享着统治他们的权力，尤其是感到自己手里握着事关重大历史事件的命脉，会令职业政治家超然于日常的琐细事务之上，即使正式说来他仅仅是个地位平常的人。[2]

没有巨大野心与强烈激情的人，根本就不应该从政。从政者之最大限度地追求权力，乃娘胎里带来的印记，可以暂时不加褒贬。韦伯设想的"为政治而生存"与"靠政治生存"，实在很难截然区分。投身政治者，其原始动机，有高尚的，

---

〔1〕《清儒得失论》，初刊《民报》14 号（1907 年 6 月），见《刘申叔遗书》1535—1540 页。

〔2〕〔德〕马克斯·韦伯著，冯克利译：《学术与政治》100 页，北京：生活·读书·新知三联书店，1998 年。

可也不乏卑微的，很难一概而论。将历史人物之"论政"，不加分辨地置于"论学"之上，未免神化了"政治"这一特殊志业。需知，在一个"官本位"的社会里，要求才高气盛、少年得志的读书人，"舍禄言学""寂寞自守"，并非易事。自清末至今，"问学"不若"问政"红火，乃大势所趋。单从"以天下为己任"来解读"舍学言政"之"大趋势"，很可能高估了中国读书人的道德境界。

刘师培之不曾像蔡元培希望的那样"委身学术"，实在是生不逢时。以刘君的才学，早二十年，不难在科举场中博取功名；晚二十年，也可成为第一流学者而备受尊崇。就在传统的"士大夫"向现代的"专家学者"过渡的中间，刘师培出场了。原来唾手可得的仕途，眼看着全成泡影；而刚刚建立的新学体系，又尚未被广泛接纳。对于像刘师培这样欲望强烈且自视甚高的文人来说，何处觅取功名，确实是个大问题。壬寅八月（1902 年）赴开封乡试中举，正踌躇满志间，忽闻此科会试将延至丙午（1906 年）举行，于是有了关键性的 1903 年初上海之行；到上海不过月余，申叔先生便更弦易辙，立志"排满"了。朱维铮先生称刘氏上海之行乃"敏感到中进士入翰林的清梦快被打断了"[1]，虽属于无法实证的假设，却也不无道理。若如是，对于刘师培等近世文人学者之选择，还是具体评价好，不必过分扬"政"而抑"学"。

---

[1] 朱维铮：《刘师培辛亥前文选·导言》，见《刘师培辛亥前文选》。

四、"激烈派第一人"之追求

刘师培的真正特色，其实不在于晚清文人常有的"问政"，而在于其"问政"时采取一种特别激烈的姿态以及不断地改换门庭。

1903年初随友人到达上海后，很快被章太炎的"排满论"所征服，同年即发表《攘书》《中国民族志》和《中国民约精义》三书，主张攘除清廷、光复汉族、获取民权自由。如此敏感于时代潮流，"该出手时就出手"，不能不佩服刘君天分之高、胆识之大。应该说，这个头儿开得很精彩。接下来，可就不太妙了，由民族主义而无政府主义，而清廷密探，而国粹大师，而筹安会六君子……几乎每两三年必有一变，而且每一次转变都很突兀，让追摹其后的崇拜者目瞪口呆。理清这一系列转变的"内在思路"实在不易，因为"机缘凑合"的因素太多。意志不强，定力不足，易受外界影响，这只是问题的一个方面；我更关注其思维方法，即每立一论，总喜欢推到极端。

对于理解刘师培的思维方式，有一篇短文值得重视，那便是1904年发表在《中国白话报》第六期上的《论激烈的好处》。此文署名"激烈派第一人"，可见其自我期待。而且，刘君说到做到：致信端方劝其"舍逆从顺"，加入蔡元培组织的暗杀团，参与万福华谋刺王之春事件，所有这些同年发生的事件，可以确证其"激烈派"的身份。至于是不是

"第一人"，那倒不必深究，因晚清"激烈派"很多。只是如此激烈的反清义士，三年后竟献策消灭在日的"激烈派"，五年后又主动投入端方幕中，真令人不胜感慨。回过头来，细细品味刘君的"激烈论"，方才在"好处"的背面，读出很难认同的异味。

《论激烈的好处》开宗明义，将亡国的危险归咎于"平和"两字，尤其反感"那一种治新学的人，看了几部《群学肄言》等书，便满嘴的说平和的好处"。这里指的是社会思潮，而并非专门针对译述《群学肄言》并主张渐进改革的严复本人。在刘君看来，"平和"的改革之所以成为主潮，就在于其两面讨好，而且没有任何危险性：

> 天下唯这种平和党的人，又获名，又获利，又能保全身家妻子。这维新的人既说他开通，那守旧的人又不说他悖逆。他既能在守旧的面前讨好，又要在维新的面前做名，所以他所做的事业都是平稳不过的。[1]

可如此瞻前顾后，根本无法将中国的改革事业向前推进。这个时候，真正需要的，是不顾个人安危、置生死于度外的"激烈派"。将"革命"与"改良"如此严重的政治路线之争，

---

[1]《论激烈的好处》，初刊于 1904 年 3 月出版的《中国白话报》第 6 期，署名"激烈派第一人"，见《刘师培辛亥前文选》63—66 页。

简化为"敢死"与"怕死",实在有点漫画化。借"受难"与"牺牲"获取道德优势,作为一种打击改良派的有效策略,不只是刘师培,章太炎、黄侃等人也都有类似的论述。

即便如此,刘君的"激烈论"出现最早,阐发精到,更值得注意。在刘君看来,"激烈"的好处有三。第一点"无所顾忌",大概没有人不同意:

> 大约天下的人,最难的是不怕死。到了不怕死,无论什么事件,都可以做出来。所以古时候的大刺客、大游侠、大盗、大奸,都是出来拼命做事情的。但是这一种人,都是激烈派,不是平和派。[1]

第二呢?曰"实行破坏""天下的事情,没有破坏,就没有建设"。故倡言破坏的激烈派,比主张建设的平和派更有价值,更有可能"做空前绝后惊天动地的大事业"。以论证的彻底性而言,第二点已经有些不太完满,可还说得过去。第三个好处,乃有利于"鼓动人民"。如此策略化的考虑,很可能引起今人的反感。但对于刘师培来说,这一切都是自然而然的:"这一种著书、出版、演说的人,宗旨也要激烈。"为什么,理由很简单:"激烈方能使人感动,并发生影响。"

---

[1]《论激烈的好处》,初刊于1904年3月出版的《中国白话报》第6期,署名"激烈派第一人",见《刘师培辛亥前文选》63—66页。

不谈"宗旨"之是非，只讲"激烈"方能动人，虽能奏效，终非大道。起码我对刘师培的以下议论不以为然：

> 现在的人，宗旨既然激烈，就是做一部书，说一句话也都是达于顶点的议论，与那一种平和人不同。[1]

为了追求效果，不惜扭曲思路，尽量把话说满说绝，"达于顶点"，确实是雄辩家的不二法门。可对于学者或负责任的政治家来说，此乃大忌，因其很容易为追求"掌声鼓励"而放弃"基本立场"，以至令人怀疑其立说的真诚。

像刘师培这样学有渊源而又聪明绝顶，连"降表"都能写得眉飞色舞的大才子，同一件事，说正说反易如反掌，而且都能"自圆其说"。文章写得太容易了，随意挥洒才情的结果，"立说"成了纯粹的"技巧"，不再关涉"心智"与"良知"。读单篇文章，你会觉得有道理，起码也是自成一家之言。可把众多文章放在一起，你会因其立说歧异而眼花缭乱。不要说时间略有参差，即便同一时期，也都是自家文章里便已"众声喧哗"。不是作者思路不清，而是面对不同对象"应机说法"，而且"说一句话也都是达于顶点"。因此，众多掷地有声的豪言、隽语搁在一起，原先小小的裂缝，也

---

〔1〕《论激烈的好处》，初刊于 1904 年 3 月出版的《中国白话报》第 6 期，署名"激烈派第一人"，见《刘师培辛亥前文选》63—66 页。

都变得无法弥合。

才思枯竭者一旦投机取巧，很容易因捉襟见肘而备受指责。才学丰厚者则不一样，说圆说扁都有学理依据，除非你做"诛心之论"，否则只能承认各有宗旨。举个例，1907年，正热衷于无政府主义的刘师培，撰写了《人类均力说》，称实现"均力主义"的社会，年逾二十者统一排工：二十一岁筑路，二十二岁开矿伐木，二十三岁至二十六岁筑室，二十七岁至三十岁制造铁器陶器及杂物，三十一岁至三十六岁纺织及制衣，三十七岁至四十岁蒸饪，四十一岁至四十五岁运输货物，四十六岁至五十岁为工技师及医师。五十岁后呢？一律从事教育工作。不必追问三十制陶、四十蒸饪、五十任教的理由，乌托邦的魅力，并不因具体设计的不合理而该被肆意嘲笑。我不满意的是，刘师培在设计理想社会的同时，还要卖弄其熟读经书的长处：

> 至于有妨学业，则古之学者耕且养，三年通一经，而伊尹躬耕，傅说版筑，均学为王佐，非工事无妨学业之证乎？[1]

"古之学者耕且养"，这没错；可以此论证学术不必专门钻研，这像四代传经、家学渊源的人说的话吗？

---

[1]《人类均力说》，《刘师培辛亥前文选》113 页。

刘师培论学，历来祖述戴东原，在很多诗文里表示过无比景仰之心。1905 年的《读书随笔·孔门论学之旨》称：

> 若夫汉儒说经，稽古二字，释以三万言，则博而不约（近世经学家亦蹈此失）；陆王末流，自矜顿悟，束书不观，则约而不博。博而且约，其唯朱紫阳、戴东原乎？[1]

同年，刘迳撰写了《东原学案序》和包括戴震在内的《六儒颂》；1906 年，意犹未尽的刘师培，又有《戴震传》问世；1907 年发表的《论近世文学之变迁》《近儒学术统系论》《清儒得失论》和《近代汉学变迁论》等文，随处可见对于东原学问的高度赞赏。同年 10 月间出版的《天义报》第八、九、十卷合册上，申叔发表《非六子论》，转而清算"顾黄王颜江戴"等"近世巨儒"：

> 昔读其书，辄心仪其说，以为救民以言，莫六子若。由今观之，则乱政败俗蠹民，亦莫若六子。[2]

为什么一夜之间，戴震等原本有大功于世的"巨儒"，一滑而为"乱政败俗蠹民"的罪人，理由很简单，申叔已经改信

---

〔1〕《读书随笔·孔门论学之旨》，《刘申叔遗书》1947 页。
〔2〕 申叔：《非六子论》，《天义报》第八、九、十卷合册，1907 年 10 月。

无政府主义，故：

> 凡旧说之涉及人治者，稍加采择，无一不足以殃民。
> 而近世学士所交称者，则为六子之书，故明著其弊，以
> 醒群迷，使无识之流，不得托前人之说之（以）自饰。
> 即他说之近于六子者，亦可援此证彼，以阐其非。[1]

这是典型的刘氏笔法，尽弃前学与投诚新说，二者相得益
彰。由顶礼膜拜到肆意讥讽，只是一念之差。日后还会把话
说回来，可眼下只好拿"前学"当垫脚石了——以大批判开
路，表明改换门庭确实出于真心。

尹炎武在批评刘师培"虽渊静好书，而心实内热"时，
称其："时乃尽弃所学，以诡随流俗，以致晚节末路，不能
自脱，伤哉！"[2]这话大致在理，可必须略作修正：刘君之
不时"尽弃所学"，不是追随流俗，而是希望走在时代前面。
上升下降、左冲右突、南转北向，刘君的变化速度极快，不
只一步到位，而且有所发挥，真的是"矫枉过正"。过于追
求戏剧性效果，这与其说是现代政治家的思路，不如说更像
是春秋战国时代的游士。可惜，晚清虽也是社会大转折时
代，毕竟不同于处士横议、立谈可取卿相的先秦。不断地

---

〔1〕 申叔：《非六子论》，《天义报》第八、九、十卷合册，1907 年 10 月。
〔2〕 尹炎武：《刘师培外传》，《刘申叔遗书》17 页。

"脑筋急转弯"，一步错，步步错，真不知错过了多少好时光。

在我看来，这种"聪明反被聪明误"的局面，与申叔先生过于迷信"激烈"的效用有关。清末民初，乃风云激荡的时代，志士之"激烈"，其实是常态。若章太炎，其激烈的程度，比刘师培有过之而无不及。而且，章太炎从民族主义到无政府主义再到文化保守主义，每一步也都走得很彻底，可时人及后人对于章的"激烈"与"转弯"并不反感，就因为确信所有这些，均出自章的独立思考。凝视这些时高时低、忽左忽右的蹒跚脚步，也令人肃然起敬。当然，这与章太炎始终坚守民间立场，不以"激烈"取"功名"有关。

严格说来，真正的"激烈"，只适合于永远的反对派，就像章太炎之守护精神，盯住信仰之火，只管"信念伦理"，而不问能否实现。既想表现"激烈"的姿态，又觊觎官府特供的功名利禄，可就麻烦了。知行完全合一很难，但也不能弄成自家缺什么，便故意提倡什么。一边跟清廷眉来眼去，一边大谈无政府主义，总让人对学者的尊严与诚意产生怀疑。

力求激烈的思维方式，加上出人头地的欲望和博取功名利禄的渴求，三者搅和在一起，难免一再摔跤。刘师培的大起大落以及连续急转弯，缘于其将"激烈"当作手段。为激烈而激烈者，一旦时局变迁，再不可能从"激烈"得到好处时，很容易变得比此前的左派还左、右派还右。看多了袖子一甩，又成了另一副模样的"变脸"，反而怀念起"顽固派"之不肯见风使舵，执着于自己的理想，不屑于为了追求效果而"说一句话也都是达于顶点的议论",那样的学人,不管主张革命还是提倡改良,都值得信赖——至于同不同意其观点,则是另一回事。

1999 年 1 月 21 日于京北西三旗

附记:

很早就开始注意刘师培了,不只是因申叔先生与北大有特殊因缘,更因其生命历程体现了近代中国学人的追求与陷阱。可限于学力与资料,一直不敢动笔。50 年代以后,刘氏的著作极少重印,除了《中国中古文学史·论文杂记》,再就是《古书疑义举例五种》中收入其《古书疑义举例补》。大约十年前,我盯上了琉璃厂中国书店机关服务部里那套1936 年版的《刘申叔先生遗书》。没能得手的原因,主要是"水涨船高":个人经济能力的提高,一直没能赶上古书涨价的速度。听说扬州大学早有整理出版刘师培文集的计划,不知何故,至今尚未问世。近年,终于陆续收有《刘师培论学论政》(上海:复旦大学出版社,1990 年)、《刘申叔遗书》(江苏古籍出版社,1997 年)、《刘师培辛亥前文选》(北京:三联书店,1998 年)等书,总算可以做点研究了。可开笔极不顺利,几次废书长叹:如此才学、如此见识,落得如此下场,需要师友再三为其失节辩解,实在令人难堪。记得刘君流寓四川时有《书扬雄传后》诗云:"雄志本淡泊,何至工献谀""宋儒作苛论，此意无乃拘。"我既没宋儒那么严苛，也没申叔先生这般通脱，唯一可以比附的是结尾四句："吾读扬子书，思访扬子居。斯人今则亡，吊古空踌躇。"（《刘申叔遗书》1932页）

（原刊《东方文化》1999年?期）

行云流水一孤僧

——关于苏曼殊

对于作家来说，去世以后十年到三十年，是个可怕的年代。很多人从此永远消失，不再被记忆和阅读。苏曼殊（1884—1918）也曾面临这样的危险，不过很快化险为夷。苏氏逝世于1918年5月，其时，"五四"文学革命正方兴未艾。文学革命的主将陈独秀、钱玄同、刘半农、鲁迅、周作人等，都与苏曼殊有或深或浅的交谊，在横扫"旧派文学"时，自然对其网开一面。周作人后来在《答芸深先生》中认可"曼殊是鸳鸯蝴蝶派的人"的说法，可当初新文化人却对其多方回护。钱玄同甚至大谈苏曼殊小说"自是二十世纪初年有价值的文学"，惹得局外人胡适之莫名其妙，直斥"《绛纱记》所记全是兽性的肉欲""《焚剑记》直是一篇胡说"。钱氏的答辩很妙，不说曼殊好坏，干脆以其特有的偏激，声称要讲有价值的小说，只能从今日开始（参阅钱玄同《寄胡适之》《答胡适之》和胡适《答钱玄同》，见《中国新文学大系·建设理论集》82—88页，上海良友图书印刷公司，1935

年）。钱、胡争论发生不到半年，曼殊便撒手人间，从此真正进入"文学史"。

五年后，胡适撰写《五十年来中国之文学》，可想而知，苏曼殊只能被"有意遗漏"。此事引起许多"年青气盛的文学家"的强烈不满，反而激起怀念和评论苏曼殊的热潮。1927年，郁达夫试图调和两种截然对立的"曼殊观"，在表同情、表敬意并赞赏其译诗的同时，批评其小说创作；紧接着陈子展撰写《中国近代文学之变迁》，基本上遵循这一思路，突出表彰曼殊的译诗（参阅郁达夫《杂评曼殊的作品》，《洪水》第3卷31期，1927年；陈子展《中国近代文学之变迁》98页、147—162页，上海：中华书局，1929年）。可倘若苏曼殊只是个翻译家，很难想象能使得那么多文学青年如痴如醉。就在这时，柳亚子编辑的、印刷精美、图文并茂的《苏曼殊全集》五卷出版了，为读者展现了另一个更加丰富多彩的文学家形象。

柳氏的工作影响极为深远，"全集"提供的曼殊形象远比文学史家的评判深入人心，以至创造社成员陶晶孙40年代会说出这样的话："曼殊的文艺，跳一个大的间隔，接上创造社罗曼主义运动。"（陶晶孙：《急忙谈几句曼殊》，《牛骨集》，上海：太平书局，1944年）苏曼殊的艺术精神与创造社诸才子相通，这点算是说到点子上；只是所谓"大的间隔"，在我看来并不存在。"五四"那代人出于文学"革命"的需要，过分夸大了上一代人的缺陷。其实，晚清的文界革命、诗界革命和小说界革命，对"二十世纪中国文学"的形成有相当积极的意义。我谈中国小说叙事模式的转变，便是将晚清和"五四"两代小说家放在一起论述的。而这其间，苏曼殊小说承前启后的作用尤其突出。

经过近三十年的沉默，进入 80 年代以后，作为诗人、小说家的苏曼殊，在中国大陆又重新大放异彩。近年出版的苏氏作品选集之多，令人眼花缭乱；此次，浙江文艺出版社又准备推出其小说全编[1]，也算是对其文学史地位牢固的新例证。我之所以乐意从事这项工作，一是与苏氏结缘颇深，二是自信集子能给读者新面貌。至于把人们津津乐道的苏氏充满传奇色彩的一生留在最后，就因为相信不靠风流逸事，曼殊作品也能传世。若如是，不妨先读其小说，顺便读点有关其文学思想的杂著；有空且有瘾，再去考证曼殊那扑朔迷离的身世。

十二年前，我第一次撰写关于苏曼殊的论文。那时，我正在中山大学念研究生，不知是南国的春雨、杜鹃的凄艳、

〔1〕 本文乃浙江文艺出版社版《苏曼殊小说全编》（此书因故未出版）的《前言》。该书的编排，力图体现作家写作的轨迹，不大受以往译／著、小说／散文理解的局限。"正编"收《惨世界》《娑罗海滨遁迹记》《断鸿零雁记》《大涅红泪记》《绛纱记》《焚剑记》《碎簪记》《非梦记》；"副编"收《岭海幽光录》《燕子龛随笔》；"附录一"收《〈文学因缘〉自序》《〈拜轮诗选〉自序》《〈潮音〉自序》《与高天梅论文学书》《〈双枰记〉序》；"附录二"收《书苏元瑛事》（章太炎）、《〈绛纱记〉序》（章士钊）、《〈绛纱记〉序》（陈独秀）、《〈碎簪记〉后序》（陈独秀）。

石板路的蛙鸣，还是年轻人必不可少的遐想与惆怅，偶然翻阅苏曼殊的书，竟从此一发而不可收拾。先是诗，接着是小说，最后被其"行云流水一孤僧"的境界迷住了。按照那时的学科划分，苏曼殊不属于我的专业范围，好在我也没指望拿它混学位。文章写得很顺利，因其中隐藏着不少个人感慨。说得不好听，也是一种"借他人之酒杯，浇自家胸中之块垒"。

> 也许，在中国，再也不会有那样毫不造作的"不僧不俗、亦僧亦俗"的奇人；即使有这样的奇人，也不会有那样绚烂瑰丽的"不僧不俗、亦僧亦俗"的作品；即使有这样的作品，也不会有那样热情真挚的"不僧不俗、亦僧亦俗"的读者！（《论苏曼殊、许地山小说的宗教色彩》，《在东西方文化碰撞中》，杭州：浙江文艺出版社，1987 年）

开篇这一段文字，颇受时人赞赏；可惜近乎"少年不识愁滋味"，以后再也没有胆量如此放言空论。不过，这段话指出的"不僧不俗、亦僧亦俗"，却是我理解苏曼殊的重要角度。

出家人徘徊、挣扎于世间法与世外法之间，这本来是一个老掉牙的故事。我注意到社会转型与文化冲突给这个故事涂上的"现代色彩"，以及方外之人的难言之恫，如何借助第一人称小说叙事而得到淋漓尽致的表述——在此之前，我只读到过历代若干风流和尚的"艳诗"，还没有见佛门弟子写作言情小说的。不只是文体的改变，苏氏小说对方外之人内心矛盾描写之细腻与大胆，使我了解，除不食人间烟火的有道高僧和不念经光打架的酒肉和尚外，还有那么痛苦的灵魂。"人谓衲天生情种，实则别有伤心之处耳。"（《冯春航谈》，《苏曼殊全集》第一卷166页，上海：北新书局，1928年）这话我信，苏曼殊的痛苦确实比一般的宗教徒或才子佳人深刻。其中一个重要原因，便是其"以情求道"之虚妄，以及在东西方文化冲突中的尴尬。借用小说中的一个典型意象：主人公在新旧两种女人面前无所适从，最后只好悬崖勒马。

此后十年，我主要从事小说研究，对苏曼殊的观照，也逐渐从宗教思想转为小说艺术。在《中国小说叙事模式的转变》和《二十世纪中国小说史》第一卷中，我对清末民初的两位奇人刘鹗和苏曼殊给予特殊关注，认定其创作对中国小说艺术的革新影响甚大。撰史时注重文学潮流或发展趋向，不免相对模糊了个人的独创性，在某种意义上说是"怠慢了"天才作家。曼殊大概算不上"天才"或"大才"，这一点我基本同意郁达夫的看法（参阅郁达夫的《杂评曼殊的作品》）；可曼殊是个很值得怀念、很能引起后人"对话"兴趣的"奇才"。不知为何，老觉得我与他因缘未断，还必须为"行云流水一孤僧"做点什么。

去年秋天起，我到曼殊出生且多次出入的东瀛访学一年。春花秋月，不时涌上心头的诗句，除了黄遵宪，就是苏曼殊。大同学校的诗碑、不忍池边的荷花、琵琶湖畔的古刹以及"春雨楼头尺八箫",都是我与苏曼殊对话的绝好机缘。斗换星移,再也没有"亲持红叶索题诗"那样的雅事与韵事了,可《本事诗》十首、《东居杂诗》十九首等仍让我深深感动。最不可思议的是,今年 6 月游长崎,登佐世保市的弓张岳展望台,主人告知,远处隔海相望的两座岛屿,左边是平户市,右边是若松町。猛然间记起苏曼殊的两首绝句:

> 行人遥指郑公石,沙白松青夕照边;
> 极目神州余子尽,袈裟和泪伏碑前。(《谒平户延平诞生处》)

> 契阔死生君莫问,行云流水一孤僧。
> 无端狂笑无端哭,纵有欢肠已似冰。(《过若松町有感示仲兄》)

这两首诗恰好都是我最喜欢的,没想到近百年前触发苏君诗情的景物,瞬间全奔来眼底。当年航海渡日必经此地,如今改乘飞机,平户、若松也就难得一见了。可惜,任我睁圆了眼睛,风雨中仍只见其朦胧的影子。

有了这一层新因缘,苏曼殊似乎更是非说不可的了。可不知为什么,反而觉得无从说起。无法言说的时候,最好的办法自然是沉默。借这本小说集的编辑,暂时告别相伴多年的老朋友，也算是没有办法的办法。

　　谈论苏曼殊的诗文小说，常见的评语有"哀感顽艳""清丽隽永""佳趣天成""超尘绝俗"等。其中高天梅的说法"其哀在心，其艳在骨"（高旭：《愿无尽庐诗话》，《苏曼殊全集》第五集234页），最容易被接受；因世人之激赏曼殊，有一大半是为了其浪漫气质，以及随之而来的生活方式和精神风度。　一且涉及具体的艺术分析，评价可就天差地别了；上引胡适等人的责难，并非毫无根据。诗文好说，以曼殊的性灵与才气，不难倾倒一时；小说对生活经验、文字感觉以及想象力的要求更高些，而这些本非曼殊所长。据陈独秀回忆，曼殊小时没好好念过中国书，1903年与陈在上海初会时，"汉文程度实在不甚高明"。这位刚刚开始调平仄讲押韵、学做中国诗的二十岁青年，已在报纸连载翻译小说《惨世界》。《惨世界》并不忠实于原著，用陈独秀的话说是"胡添乱造"（柳亚子：《记陈仲甫先生关于苏曼殊的话》，《苏曼殊研究》，上海：上海人民出版社，1987年），今人则倾向于将其作为"译者"独特的艺术想象解读。值得注意的是，此书不同于曼殊以后的其他小说，是用白话写作的。陈独秀只承认对此书有"润饰"之功，也就是说，选择白话翻译小说应该是苏曼殊本人的主意。

　　随着汉文程度的提高，曼殊开始用文言写作。1908年发表的《娑罗海滨遁迹记》和《岭海幽光录》，可作为其练笔的习作。到《断鸿零雁记》刊行时，苏氏清丽俊逸的叙事语言已经大获好评。在曼殊学诗、学文的十年中，陈独秀和章太炎所起的作用最大。这也是本书专门收录若干章、陈等人文章的原因，除了为阅读曼殊小说提供某种背景材料，更希望展示曼殊在其师友心目中的形象，以及其成长历程。

将曼殊的小说按创作时间排列，而不是按传统将其分成译、著两类，目的自然是为了凸显其艺术发展线索。小说语言的变迁，在这种新的排列组合中得到清晰的展现。至于译、著方式的不同，是否影响其文体，我颇为怀疑。《惨世界》并非真正意义上的译作，这点学界早有定论。《娑罗海滨遁迹记》来源及行文多有疑点，难怪柳亚子称："曼殊好弄玄虚，或者此书竟是自著，而托名重译，也未可知。"此书原题《印度人笔记》，一般将其作为散文看待。可正如曼殊自序所指出的，"其人盖怀亡国之悲，托诸神话"（参阅苏曼殊、柳亚子为《娑罗海滨遁迹记》所写的序、跋，《苏曼殊全集》第二册 275 页、307 页）。就其叙事的曲折与结构的完整而言，此篇定为小说，可能更合适些。

"附录一"收录几篇曼殊的文论，用意显豁，不必多费口舌。有疑问的，很可能是《岭海幽光录》和《燕子龛随笔》。苏曼殊的"随笔"，不同于"五四"以后介绍进来的 Familiar essay（小品文），而更近乎中国古代无所不录、"残丛小语"式的"小说"。尽管曼殊所撰西方文类意义上的小说，从文体到立意，受中国古代笔记影响甚深，将上述两种"杂著"混合编入也未尝不可；为了避免因概念含糊而引起不必要的争议，我把它们列为副编。其中的不少片段，在《断鸿零雁记》中也曾出现；即便只是作为其补充材料阅读，也都很有趣味。

关于苏曼殊的身世，是许多专家学者考证的对象，我对此不曾下过真功夫。五年前撰写《二十世纪中国小说史》第一卷，别出心裁地"注重进程，消解人家"；作为补充，为十四位小说家拟了小传。当时的想法是，"小传"力求叙述准确，文字简洁，可以独立成文。现在看来，大致也还说得过去。抄录有关苏曼殊部分，略作修订，以供一般读者阅读。

苏曼殊（1884—1918），名戬，字子谷，后更名玄瑛，法号曼殊，别署燕子山僧、昙鸾等。祖籍广东香山恭常都沥溪乡（今属珠海市）。出生于日本横滨。父为旅日华商，母为日本人。六岁返乡读书。十三岁至上海，始习英文。1898年赴日本，入横滨大同学校。1902年入东京早稻田大学高等预科，参加革命团体青年会。翌年改入成城学校学陆军，并加入拒俄义勇队及军国民教育会。同年辍学归国，入苏州吴中公学任教。旋至上海任《国民日日报》翻译，在该报连载半译半著的小说《惨世界》。报纸被封后赴香港，又至惠州削发为僧。1904年曾欲暗杀康有为，随即南游暹罗、锡兰，习梵文。返国后，先后执教长沙湖南实业学堂、南京陆军小学、长沙明德学堂、芜湖皖江中学。1907年东渡日本，与章太炎等发起组织亚洲和亲会，并与鲁迅等人筹办文学刊物《新生》，未成。著《梵文典》八卷，出版《文学因缘》。次年，所译《拜伦诗选》成书。1909年，撰英文《〈潮音〉自序》，任梵学会译师，后南游新加坡，转至爪哇，在中华会馆教授英文。1910年，有《与高天梅论文学书》。1912年回国，入南社。主《太平洋报》笔政，发表《断鸿零雁记》。欲重译《茶花女遗事》，未果。又至安庆，主讲安徽高等学校。1913年冬，赴日本。1914年，刊布《天涯红泪记》（未完），出版编译之中英诗歌合集《汉英三昧集》。随后两年，《绛纱记》《焚剑记》《碎簪记》陆续刊发。1917年，《非梦记》发表，为最后之小说作品。1918年5月2日卒于上海。曼殊诗、画俱佳，文亦可诵。诗集有《燕子龛遗诗》（1920），笔记有《岭海幽光录》（1908）、《燕子龛随笔》（1913）等。小说除《惨世界》外俱用文言，清丽凄婉。遗作由柳亚子辑为《苏曼殊全集》（1928）。

1994年立冬于京西蔚秀园

（初刊《学者的人间情怀》，珠海：珠海出版社，1995年）

"当年游侠人"

——关于黄侃

很久以前就熟悉了黄侃（1886—1935）的各类逸闻，可真正认真拜读他的学术著作，却是近两年的事。说实话，到现在，我对他音韵训诂方面的成就仍不甚了然。自认比较了解的，还是他的《文心雕龙札记》以及若干关于文学、玄学方面的短论。明知这不是季刚先生主要的学术贡献，但《黄侃论学杂著》《文字声韵训诂笔记》《量守庐群书笺识》等又非我所敢信口雌黄。只好采取迂回战术，虚晃一枪，转而欣赏起《黄季刚诗文钞》《蕲春黄氏文存》以及《量守庐学记》来了。

诗文比起学术著述来，与作者的人格精神关系更为密切。假如不只希望读其书，还想识其人，从欣赏诗文入手，倒不失为值得推荐的一路。而且这"一路"，很可能就像晋人王献之所说的："从山阴道上行，山川自相映发，使人应接不暇。"（《世说新语·言语》）晋人善于鉴赏山水，故风神潇洒；风神潇洒的晋人，反过来又成了后世文人反复品味的一大"景观"。

并非每个学者都能成为值得鉴赏的"景观",但深得晋人情致风韵的黄侃,却当之无愧。

记得当初读《民报》,深为 1907 年第十八号上运甓撰写的《释侠》所吸引。文章称"侠之名,在昔恒与儒拟。儒行所言,固侠之模略",这种侠、儒并举,章太炎的《訄书·儒侠》早已有言在先。有意思的是,此文对暗杀的鼓吹,竟也是靠"解字"来"说文":

> 侠者,其途径狭隘者也。救民之道,亦云众矣,独取诸暗杀,道不亦狭隘乎?夫孤身赴敌,则逸于群众之揭竿;忽得渠魁,则速于军旅之战伐。术不必受自他人,而谋不必咨之朋友。专心壹志,所谋者一事;左右伺候,所欲得者一人。其狭隘固矣,而其效或致震动天下,则何狭隘之足恤乎?

晚清谈游侠、主暗杀的文章不少,但大都直截了当,不若《释侠》之"咬文嚼字"。这大概与作者的学术趣味有关。"运甓"即黄侃,字季刚,时年二十二岁,正师从章太炎,治音韵训诂之学。

或许是少年气盛吧,黄侃接过其师儒、侠并举的主张,进一步引申发挥:"儒者言仁义,仁义之大,舍侠者莫任矣。"将整个中国的命运，系之于"以夹辅群生为志"的大侠，不只因其"穷厄不变其救天下之心"，更因其"敢死"。其时，章太炎所主持的《民报》，正与梁启超主编的《新民丛报》，就中国前途及命运展开论战，黄氏将对方之主张君主立宪简化为"畏死"，而称"吾党之志，以敢死为先"（《论立宪党人与中国国民道德前途之关系》）。毫无疑问，提倡"敢死之气，尚义之风"，在道义上占有绝对优势。值得一提的是，晚清志士之提倡游侠，并非只是嘴上说说，不少人真的挥剑上阵。

据说，黄侃先生手订的诗词多按年月编次（潘重规《量守遗文合钞说明》），可惜鄂版《黄季刚诗文钞》改为按文体分类，一般读者很难理解诗文的真正意旨。《感遇》六首之三，与《释侠》等文思路很接近，应该是同时期的作品。其中对游侠的推崇，甚至衍生出对易水河边白衣冠送别的众宾客的不满：

> 荆卿事不成，能为倚柱笑。惜哉舞阳懦，遂贻勾践诮。大侠济蒸黎，私恩非所报。燕客皆庸流，徒工白衣吊。悲歌痛不还，勇气曾非挠。自惜一身亡，莫御强秦暴。萧条二千载，易水风犹啸。

在黄氏看来，"徒工白衣吊"无济于事。实际上，鄙视只会纸上谈兵、论侠的季刚先生，1910年即应湖北革命党人之邀归国，共图大举。其发刊报章激扬民气，纠合义兵以图解救武汉之围等，《量守庐学记》中多有提及。

辛亥革命后，曾以游侠自许的季刚先生，"自度不能与时俗谐，不肯求仕宦""壹意学术，退然不与世竞"。章太炎、汪东为之撰写墓志铭和墓表，都强调其转入学界，部分由于愤世嫉俗。因愤世而"幡然折节攻诗书"，必定满腹牢骚。当初"占名咸入同盟会""同时我草驱胡檄"，如今则"春来羁旅无人问，抚今怀古缠深恨"（《初春得平君岛上见寄诗，感念今昔，因成长歌一首，还寄》）。

不是说"功名如脱屣，意气本凌云"吗（《怀陈君》），为何还有那么多牢骚？"壹意学术"确实是兴趣所在，只是天下未必真太平，书生难得尽兴。文人喜欢哭穷，自古皆然。可读读《章炳麟论学集》中关于黄氏谋职的诸多说法，不难明白本就脾气大的季刚先生何以有那么多不满。"绝学真无累，多文亦自煎"（《在河南寄刘生》），"文采知相累，风尘愧独全"（《遣兴》），以及"文章供覆酱，时世值烧书"（《戏题〈文心雕龙札记〉尾》）等，季刚先生此类诗句甚多。

但是，最让我感觉惊心动魄的，却是其《效庾子山咏怀》中一联："此日穷途士，当年游侠人。"

好在转入学界的季刚先生，并没有完全忘记"当年游侠人"的风采与意气。最明显的，便是章太炎《黄季刚墓志铭》所记的"俾倪调笑，行止不甚就绳墨"，以及汪东《蕲春黄君墓表》所称"常被酒议论风发,评骘当世士,无称意者"。

当事者或许不喜欢其桀骜不驯,世人则乐于传播其"言小学不相中,至欲以刀杖相决"之类的韵事。听多了此类逸闻,黄侃先生到底生活在魏晋还是民初,似乎都成了问题。此语并非故弄玄虚。季刚先生之心仪魏晋,我想是不言而喻的;就连太炎先生,也不时将得意门生与晋人相比拟,甚至认定其人该入《世说新语》。

1909年,章太炎为黄侃《梦谒母坟图题记》书后,对黄氏性情及学问有相当精妙的描述:

> 蕲州黄侃少承父学,读书多神悟,尤喜音韵,文辞淡雅,上法晋宋。虽以师礼事余,转相启发者多矣。颇好大乘,而性少绳检,故尤乐道庄周。昔阮籍不循礼教,而居丧有至性,一恸失血数升。侃之念母,若与阮公同符焉。

所谓"少绳检"而又"有至性",确是黄侃的最佳画像;至于比诸阮籍,也是再合适不过的了。黄氏流传甚广的诸多奇谈怪论以及乖僻举措,于此角度解读,很容易领悟。

1934年,即黄侃去世前一年,章太炎又为其撰写《量守庐记》,称此庐之命名取自陶渊明诗义。陶氏《咏贫士》诗云:"量力守故辙,岂不寒与饥?知音苟不存,已矣何所悲。"生于衰世之黄季刚,不愿附和"末学奇邪之论""不欲以此乱真诬善",于是,也就只好步武靖节"量力守故辙"了。黄侃接读此记,"欢庆感激,殆不可任",当即上书答谢,表示"谨当寻绎宝训,勉之毕生,不坠师法,以酬恩造"。从阮籍到陶潜,章氏始终以晋人比拟黄侃,此举大有深意在。实际上,黄氏确实也以魏晋风流自诩。

晋人之受赏识,很大程度因其名士风流,玄远洒脱。这一点,鲁迅先生的《魏晋风度及文章与药及酒之关系》有非常精彩的描述。此外,我还想谈谈晋人对于"任侠"的兴趣。表面上一文一武,风马牛不相及;可史书上诸多关于名士的描述,如"倜傥放荡""旷迈不群"等,也都适应于游侠。同样思想通脱,同样意气纵横,魏晋文人之歌咏游侠,并非不可思议。

嵇康、阮籍、陶渊明,大概是最常被后人所追忆的魏晋文人。并非一味服食养生,也并非只是采菊东篱,洒脱中有所执着,一个明显的例证,便是喜欢谈论不太轻松的游侠。嵇康固然有"采药钟山隅,服食改姿容"的游仙之思(《游仙诗》),但也有"豫让匿梁侧,聂政变其形"的游侠之咏(《答二郭》)。《文心雕龙·体性》称:"嗣宗倜傥,故响逸而调远;叔夜俊侠,故兴高而采烈。"此等为人之"倜傥"与"俊侠",落实在诗中,便是常被提及的"师心"与"使气"。读读阮籍《咏怀》中"壮士何慷慨"及"少年学击刺"诸篇,不难明白《晋书·阮籍传》所言不虚:"傲然独得,任性不羁"的阮籍,确实"本有济世志"。

不只时时"师心""使气"的嵇、阮并非真正的隐士，就连醉卧菊丛、历来以淡泊超然真率玄远著称的陶渊明，也有不太平淡的时候。比如，《杂诗》之"忆我少壮时""猛志逸四海"，《拟古》之"少时壮且厉，抚剑独行游"，《读山海经》之"刑天舞干戚，猛志固常在"以及《咏荆轲》的"惜哉剑术疏，奇功遂不成"，在在体现其"非直狷介，实有志天下者"（顾炎武《菰中随笔》）。

古往今来，"有志天下者"多矣，不足以作为评判文人学士的标准。尤其是少年不识愁滋味时的放言高论，与老来之回首平生，很可能形成极大的反差。以少年时之高谈游侠，来论证其人之慷慨悲歌，或者勇于拯世济难，其实是相当冒险的。季刚先生对此有充分的自觉。其《阮籍咏怀诗补注》中，对"危冠切浮云"一首的补注是："远游负俗，阮公所以见嫉于礼法之士，殆以此与？"至于"少年学击刺"一首的补注，更有意思，恰好与早年的《释侠》形成鲜明对照：

> 少年任侠，有轻死之心。及至临军旅、闻金鼓，而悔恨立生，则知怀生恶死，有生之所大期。客气虚骄，焉足恃乎？！

这一注解，自然是基本扣紧阮籍诗句，可也包含个人感慨。其实，晋人之提及游侠，也大都是采用追忆的口吻。有所反省、有所追悔，但更多的是感慨光阴流逝，以及"任侠"志气与心境之不可复得。少年游侠，与中年游宦、老年游仙一起，共同构成中国人理想的人生三部曲。

入世已深的"当年游侠人"，明知不可能再次"抚剑独行游"，但仍希望保存当初的"意气"。太炎先生对这位弟子也极为关切，与吴承仕通信时常常提及。《章炳麟论学集》439页，录有1924年10月23日章答吴书，甚可把玩：

> 得书为之喷饭。季刚四语，止可入《新世说》，于实事无与也。然揣季刚生平，敢于侮同类，而不敢排异己。昔年与桐城派人争论骈散，然不骂新文化。今之治乌龟壳、旧档案者，学虽肤受，然亦尚是旧学一流，此外可反对者甚多。发小犯而纵大凶，真可怪也。劝之必不听，只可俟后世刘义庆来为记述耳。

撇开具体人事之是非，就像章太炎所说的，暂时将黄氏的举措理解为"与实事无与也"；那么，其"意气用事"之可笑与可爱，方才表露无遗。这也是章氏虽屡次表示对黄氏"侮同类"而不"排异己"的不满，但都一笑置之；反过来，还很欣赏这种无是非得失，而且不讲策略的"意气用事"。

可这仍然不足以尽述季刚先生。就像不循礼法而又事亲极孝一样，季刚先生为人狂傲，治学却极谨慎。《蕲春黄氏文存》附有《黄先生语录》百余则，虽非季刚先生的直接著述，但多在弟子的回忆文章中出现过，大致可信："治学第一当恪守师承，第二当博学多闻，第三当谨于言语""汉学之所以可畏者，在不敢放松一字""凡研究学问，阙助则支离，好奇则失正，所谓扎硬寨，打死仗，乃其正途"。这些论学之语，出自"当年游侠人"之口，总显得有点不协调。季刚先生以名士风流著称，论学时却又如此谨慎，绝无一般名士之不求甚解与不能服善的习气。

很容易将此等学风归之于清儒家法，这自然不错，只是失之浮泛。《复许仁书》中，黄氏对清学有相当严厉的批评，可仍然强调治经"以笃守师说为宜"。下面这段话，不见得为人所理解：

> 与其创新说以正前文，不若守旧闻而乏奇识。大抵少年锐气，无往不形独到。董理旧文，则无事乎此。侃六七年前每事好为新说，自事仪征而后，乃恍然于所尚之非，而已驷不及舌矣。

如此褒扬"守旧"而贬斥"创新"，实在不合"五四"新文化运动以后的学术潮流。黄氏再三陈述"笃守一经"的必要性，正是针对时人之"好为傀异"。私下里，季刚先生也有"先须专主一家""继须兼通众家"之类的说法（《黄先生语录》），但在公开场合，季刚先生更愿意标榜其"说经独本汉唐传注正义"。对于黄氏此等抵抗流俗之苦心，章太炎在

《中央大学文艺丛刊黄季刚先生遗著专号序》中有所披露。

就像章太炎所说的，季刚先生"性虽倜异，其为学一本师法，不敢失尺寸"。提及小学必称太炎师，提及经学则是仪征刘申叔。黄侃之师从刘师培，本身便是近代学界的一大雅事。1919年，时年三十四、任北大教授已六年、学业上卓然成家的黄季刚先生，正式拜只比自己长两岁、而且已有十几年交谊的刘师培为师，理由是经学不如对方。拜师当年，刘君即去世，季刚先生仍谨守师礼，动辄称先师如何如何。谨守师礼与突破师说，二者并不矛盾，也就是前引章太炎所说的，名为师徒，"转相启发者多矣"。

最能体现季刚先生"扎硬寨打死仗"之治学风格者，莫过于点书。季刚先生讥笑世人读书不细，只愿"煞书头"，而不肯一字一句读通读透。引一段1928年5月3日日记，已见季刚先生的读书方法：

> 余观书之捷，不让先师刘君。平生手加点识书，如《文选》盖已十过，《汉书》已三过，注疏圈识，丹黄烂然。《新唐书》先读，后以朱点，复以墨点，亦是三过。《说文》《尔雅》《广韵》三书，殆不能遍数。

如此读书，实在说不上潇洒。章太炎《菿汉闲话》称"学者虽聪慧绝人，其始必以愚自处"，举的例子便是黄季刚。不过，据太炎先生称，一旦"昭然如披云雾见青天"，便该

"智愚杂用，无所不可"。而季刚先生似乎更愿意始终"以愚自处"，因其去世前一月，仍在点《唐骈文钞》。世人皆知季刚先生狂傲，唯独读书时竟如此如履薄冰。《与徐行可书》对此有个解释："常人每自尊大，至于吾辈，见事略多，辄自谓比之古人，曾无其足垢之一屑。前路遥远，我劳如何乎？"关键在于见事略多与前路遥远，故多有敬畏之心，无暇自尊自大。

对学问多有敬畏之心，季刚先生于是不敢轻言著述。尝言五十后当著书，可惜年仅及五十而殁。就在季刚先生去世的第二天，章太炎致书吴承仕，感慨其得意门生"身后著述无传，亦由闭距太严之过，真可为太息者也"。撰写墓志铭时，太炎先生仍念念不忘这一点。"著述无传"云云，固是夸大其词，但季刚先生由于落笔过分矜持，未尽其才，却是学界所一致公认的。只是黄氏之学术成就，与其谨严的治学风格密切相关，太炎先生赞赏的"以愚自处"的另一面，或许必然是其大不以为然的"不肯轻著书"。所谓"成也萧何，败也萧何"是也。

辛亥革命后折节诗书且后来大有成就者正不少。由"当年游侠人"自觉且自愿转为"今日穷途士"，除了"乐道"故而只好"安贫"外，还有生活方式及精神气度的改变。各人情况不同，调整的策略也迥异。比如，熊十力依然故我，在其述学文字中仍意气风发，颇具大侠精神；陈垣则以儒雅博学见称于世，为人治学均平正通达。只有黄侃——还可以加上其师章太炎、同门周树人，都是为人狂狷，而治学则格外谨严。

既是名士风流，又能苦读诗书，这实在是新鲜事。记得梁简文帝有言："立身之道与文章异，立身先须谨重，文章且须放荡。"这句话在道学家眼中，自是大逆不道。于是，历代文人颇有以之为靶子者。假如不把"放荡"单纯理解为风流韵事，我不觉得此话有多大的弊病。其实，借文章故作放荡，制造许多真假艳遇，此乃引起公众注意的不二法门。只是这千古文人的小秘诀，本来不该说破。

至于学者可就不一样了，总不能把论文当小说写，穿插几百首自鸣得意的情诗。学术著作如也"放荡"起来，读者可就无所适从了——不管此"放荡"是真是假，是"风流倜傥"，还是"天马行空"。

或许这话可以倒过来。对学者而言，立身不妨"放荡"，著述且须"谨重"。这里的"放荡"，必须加引号，主要指的不是"艳遇"，而是像黄侃那样的"行止不甚就绳墨"。对于受过大侠精神感召、愿意"远游负俗"的学者，这一策略并非不可行。

1995 年 7 月 13 日午后

（原刊《读书》1995 年 11 期）

中辑

"兼容并包"的大学理念

——蔡元培与老北大

作为北京大学"永远的校长",蔡元培（1868—1940）之值得不断追怀,在于其一举奠定了这所大学的基本品格。百年中国,出现过无数英雄豪杰,但要讲对于北大的深刻影响,至今没有可与蔡校长比肩者。时至今日,蔡元培之出长北大,几乎成为一个"神话"——个人的学识才情与时代的要求竟如此配合默契,千载难求,不可复得。

蔡元培对于现代中国的巨大贡献,主要在大学教育。蔡先生的大学理念,在1930年为《教育大辞书》而撰写的《大学教育》中,已得到系统的表述;至于其实现程度,则不妨参照1919年自撰的《传略（上）》。有趣的是,二者均以"思想自由"与"兼容并包"为中心来展开论述。

在《大学教育》中,蔡先生强调大学生多能自治,学校不妨放任,此乃大学与中学的根本区别。这两个判断互相依存:既然学生有判断是非的能力,大学因而不该垄断思想;大学鼓励自由思考,学生因而得以独立判断:

　　近代思想自由之公例，既被公认，能完全实现之者，厥唯大学。大学教员所发表之思想，不但不受任何宗教或政党之拘束，亦不受任何著名学者之牵制。苟其确有所见，而言之成理，则虽在一校中，两相反对之学说，不妨同时并行，而一任学生之比较而选择，此大学之所以为大也。

这是个很简单的命题，可真正实行起来，却不容易。因其牵涉现代教育的目的、民族国家的权威、意识形态的控制等，绝非只是校园里湖面上随意泛起的涟漪。就像蔡先生说的，之所以允许"两相反对之学说"并存，除了信任大学生独立思考的能力，更包括对于正常的学术竞争与思想激荡的理解。"我素信学术上的派别是相对的，不是绝对的"（《我在北京大学的经历》）。并置多种学说，允许学生"比较而选择"，将此作为大学教育改革的核心，乃是基于对传统中国思想缺陷的思考。

　　在 1919 年 8 月所写的《传略（上）》中，蔡校长迅速将其治理北大的经验理论化，于张扬其大学理念的同时，表达了宏大理想，即，改造传统中国思想界趋向于"定于一尊"的思维方式：

　　子民以大学为囊括大典包罗众家之学府，无论何种学派，苟其持之有故，言之成理者，兼容并包，听其自由发

展，曾于《北京大学月刊》之发刊词中详言之。然中国素
无思想自由之习惯，每好以己派压制他派，执持成见，加
酿嘲辞，遂有林琴南君诘问之函，孑民据理答之。

同样是强调"兼容并包"，上面提及的《〈北京大学月刊〉发刊词》与《致〈公言报〉函并答林琴南函》略有区别。前者讲的是"兼容"不同学术流派，如哲学之唯心论与唯物论、文学之写实派与理想派、伦理学之动机论与功利论、宇宙论之乐天观与厌世观；后者则突出"兼容"不同政治主张，即大学教员以学术造诣为主，并不限制其校外活动。而"吾国承数千年学术专制之积习，常好以见闻所及，持一孔之论"，对于持异议者，轻者逐出教席，重者消灭肉体。如今，借助于引进西方的大学体制，蔡先生希望建立得以自由思想的"安全岛"。

借用伊赛尔·伯林的概念，"兼容并包"乃是一种"消极自由"，其特征在于保证不同学说得以自由表述。在中国的特殊语境中，制度性的"兼容并包"，比个人性的"思想自由"，或许更难实现。这才能理解为何蔡元培在论述"对于学说，仿世界各大学通例，循'思想自由'原则，取兼容并包主义"时（《致〈公言报〉函并答林琴南函》），往往强调的是后者。1945 年 11 月，清华大学校长梅贻琦在《日记》中写下这么一段话，可与蔡元培的上述说法相参照：

　　　对于校局，则以为应追随蔡孑民先生兼容并包的态

度，以克尽学术自由之使命。昔日之所谓新旧，今日之
所谓左右，其在学校应均予以自由探讨之机会，情况正
同。此昔日北大之所以为北大，而将来清华之为清华，
正应于此注意也。

作为大学校长，蔡、梅二君都深知，能否"兼容并包"，对
于大学来说，"生死攸关"。所谓吸引大师，所谓专深学术，
所谓独立思考，没有制度性的"兼容并包"作为后盾，根本
无法实现。

大学为什么需要兼容并包？鼓励学术创造、便于学生选
择、承认真理的相对性等，固然可以算作答案。但是，在蔡
元培心目中，最重要的，还是如何拒绝党派或教会的压制，
以保持教育的相对独立性。这一思路，与蔡先生游学德国的
经历大有关系。

论及大学的相对独立性，蔡元培常以德国为佐证。五四
运动爆发，蔡校长为抗议政府的镇压爱国学生而辞职。在
《不肯再任北大校长的宣言》中，蔡先生称："我绝对不能
再做不自由的大学校长：思想自由，是世界大学的通例。德
意志帝政时代，是世界著名开明专制的国，他的大学何等自
由！那美、法等国，更不必说了。"三个月后，在全体师生
的强烈要求下，蔡校长回校复职，其《回任北大校长在全体
学生欢迎会上的演说词》曰："诸君都知道，德国革命以前是
很专制的，但是他的大学是极端的平民主义；他的校长与各

科学长，都是每年更迭一次，由教授会公举的……这是何等精神呵！"以德国教育为参照系，强调即便政治专制的国家，大学也有相对的独立与自由。蔡校长之组织教授评议会，鼓励学生开展社团活动，反对党派或政府直接控制校园，都是力图在制度上保证大学的"平民主义"与"兼容并包"。

"五四"新文化运动时期，追慕德国大学的独立与自由风气的，并非只有蔡元培一人。除了留学生的实地考察，翻译著作的流行，也是理解德国大学精神的重要途径。1916年商务印书馆出版的《德国教育之精神》（吉田熊次著，华文祺等编译），对传播德国大学理念，起过不小的作用。该书介绍德国大学生平日的自由散漫与关键时刻的爱国激情，与日后北大学生的行为颇为相类——尽管二者并非直接的师承。书中这样谈论"真为自由之神境"的德国大学：

> 德国大学之教育主义，可以自由研究四字尽之。德之学校教育，本施极严肃之教育，唯大学则全然不同，而施无制限之自由主义教育。大学教授得以己所欲讲者讲之，大学学生亦得学己之所欲学，潜心于己所欲研究之问题，遂以是为学制而公认之。

这种教授讲课与学生听课的绝对自由，背后蕴含的是对于学海无涯的理解、对于个体选择的尊重，以及对于独立思考的推崇。在蔡元培建构北大传统的过程中，德国大学作为重要的理论资源，曾发挥了很大作用。

制度是由人建立起来的，同样借鉴德国学制，清廷看中的是其"保帝国之统一"（《学部奏请宣示教育宗旨折》），蔡元培欣赏的却是保证教授与学生"自由研究"。几乎所有关于蔡氏教育思想的著述，都会论及其"兼容并包"。我想追究的是，除了德国大学的榜样外，还有什么因素，促使其成功地建立起老北大值得自豪的传统。

个人魅力无疑不可忽视。作为老革命党的蔡元培，在民初政局举足轻重，乃首任教育总长。这一资历，非绝大多数局限于校园的教育家可比。前清的翰林、民国的部长，再加上曾留学德、法，新旧两派都对蔡先生青目相加。有学问，能办事，地位高且为人谦和，蔡元培几乎得到各种不同政治理想的人士共同的推许，这在"城头变幻大王旗"的时代，实在是个奇迹。

作为一种教育理想，"兼容并包"并非蔡元培的"独得之秘"；可只有他学得最像，也用得最好。这就不能不归功于其个人气质。很多人都提到蔡先生性情的宽厚、温润、恬淡、从容，很有主见，但从不咄咄逼人。无疑，所有这些，都有利于其主持校政时之"兼容并包"。众多评述中，梁漱溟的说法最精彩。在《纪念蔡元培先生》一文中，梁氏称：

关于蔡先生兼容并包之量，时下论者多能言之，但我愿指出说明的：蔡先生除了他意识到办大学需要如此之外，更要紧的乃在他天性上具有多方面的爱好，极广博的兴趣。意识到此一需要，而后兼容并包，不免是人为的（伪的）；天性上喜欢如此，方是自然的（真的）。有意的兼容并包是可学的，出于性情之自然是不可学的。有意兼容并包，不一定兼容并包得了；唯出于真爱好，而后人家乃乐于为他所包容，而后尽管复杂却维系得住。——这方是真器局、真度量。

冯友兰的说法略有不同，不过意思相通，都是着眼于蔡元培"极高明而道中庸"的人格修养。"蔡先生的教育有两大端，一个是春风化雨，一个是兼容并包。依我的经验，兼容并包并不算难，春风化雨可真是太难了。""春风化雨是从教育者本人的精神境界发出来的作用"，因而很难模仿，也无法弄虚作假（《我所认识的蔡孑民先生》）。首先是人格魅力，而后才是学识、才情、地位等，否则便无法理解，为何那么多"恃才傲物"的北大人，唯独对蔡校长心服口服。

蔡元培对现代大学的理解，一是兼容百家，二是专深学术，此举既关思想，也及教育。百年中国，有独立的大学理念，而且能够真正付诸实施的，不敢说仅此一家，但蔡元培无疑是最出色的。这是因为，有其位者不一定有其识，有其识者不一定有其位；有其位有其识者，不一定有其时——集天时地利人和于一身，才可能有蔡元培出长北大时之挥洒自如。康有为之追求速成，乃典型的政治家思路；章太炎之壁立千仞，可以成为文人追忆的目标；蒋梦麟的一丝不苟，有能力办好任何一所学校——唯有蔡元培那样的学识、胸襟、性格、才情，方才能够胜任建构"北大传统"那样的伟业。

作为大学校长，真的要"循思想自由原则，取兼容并包主义"，并非易事。既须对抗社会的压力，又要建立内部的秩序，"众声喧哗"而又"有条不紊"，方才是大学的理想状态。不只是组织结构上的东西兼容、新旧并包、少长咸集，更重要的是如何最大限度地调动各方的积极性，以达其自由思考、专深研究之目的。这里，大学校长的学识与兴趣，起了重要的作用。

能容纳异己，固然是一种美德，但作为大学校长，这远远不够。因为，假如无法判断何种学说"言之成理"，一味"兼容"，大学将成为千奇百怪无所不有的"杂货铺"，根本无法承担培养高深人才并引导学术进步的责任。作为大学校长的蔡元培，其难能可贵之处在于，能够准确判断不同思想学说的价值，并确定或听其自然，或适当支持，或大力提倡的发展战略。设想蔡校长之主持校政，只是"一碗水端平"，未免低估了其对于新文化运动的促进作用。

蔡元培入主北京大学后，以文科作为推行改革的突破口，对此，史家一般解释为"文科教员中，顽固守旧的人物不少，是北大前进的障碍"（萧超然等《北京大学校史》）。其实，蔡元培长校以前的北大文科，已有不少主张改革的教员，绝非只是"前进的障碍"。蔡校长此举之深谋远虑，起码可以如此解说：首先，北大以文理两科为中心，理科起步不久，文科则实力雄厚；其次，重点建设理科，所需经费远比改造文科要多得多，非当时窘迫的学校财政所能承担；再次，就对时代思潮及社会风尚的影响而言，文科无疑更直接，也更有效——假如当初蔡校长首先经营理科，北大不可能两三年内焕然一新，并引领时代潮流；最后一点，也许最重要，即，改造文科，乃在校长本人的兴趣及能力范围之内。

想想当初的调兵遣将（尤其是选聘陈独秀、胡适、周作人、刘半农等文科教授）以及办杂志、组团体、改课程、倡美育等，所有影响北大整体面貌的重大举措，都是蔡元培亲自决断。蔡校长对于理科的情况不太熟悉，至于工科和商科，则主张将其转出北大。毫无疑问，蔡元培的执掌北大，主要精力集中在文科。值得注意的是，文科的各门知识，蔡先生均曾大致涉猎，如何改革，基本上成竹在胸。换一个工科、理科出身的人，或只是文科某一专业的顶尖人才出任校长，很难像蔡元培那样准确把握时机，全面出击，一举奠定此后几十年北大的基本格局。

后世的研究者，细数蔡元培在北大所从事的改革，无不惊讶其动作幅度之大、推进速度之快，而且大都"一步到位"，从不拖泥带水。此前十多年的教学经验及管理实践以及留学时的深思熟虑，使得蔡元培长北大后，能够运筹帷幄，指挥若定。除此之外，我还想强调蔡元培极为广泛的学术兴趣。

在德国莱比锡大学游学三年，蔡先生"于哲学、文学、文明史、人类学之讲义，凡时间不冲突者，皆听之。尤注重于实验心理学及美学"（《传略（上）》）。年近七十时，蔡先生撰写《假如我的年纪回到二十岁》，自述平生读书兴趣及遗憾："我若能回到二十岁，我一定要多学几种外国语，自英语、意大利语而外，希腊文与梵文，也要学的；要补习自然科学，然后专治我喜爱的美学及世界美术史。"像蔡元培那样热爱知识、手不释卷的政要名流，在现代中国，还能找到一些；但像他那样涉猎众多学科，而且长久保持浓厚兴趣的，几乎可以说是绝无仅有。

学术兴趣过于广泛，对于专家学者来说，不一定是好事，弄不好变得汗漫无归；而对于大学校长来说，却是一大优势，不如此，何以判断不同思想学说的价值？出于景仰之心，许多追忆蔡先生的文章，论及其学识，多"溢美之词"。如李济先生说："元培先生在清朝时做到翰林的官，国学根基之好，自然不必提了。而且又到欧洲德、法等国留学，对于西方的科学和学术大势，了如指掌，中西学术的造诣，使他的学问既博大，又精深。"（《融会中西学术的大师》）蔡先生的学问，"博大"是真的，"精深"则未必。王云五同样赞许蔡元培的学识广博，遍及新旧中西、人文社科各领域，并称蔡先生六十五岁生日时，中央研究院同人祝寿："萃中土文教之精华于身内，泛西方哲思之蔓衍于物外。"（《蔡子民先生的贡献》）兼及"中土文教"与"西方哲思"，确实是蔡校长的一大特色，不过，更应该赞许的是其视野广阔，而不是其成绩卓著。在 20 世纪的中国学界，谈论文学、史学、哲学、伦理学等，蔡元培均非首选，其若干著述，也并非不可替代。可这丝毫不影响蔡元培在现代中国思想史上的卓越地位。

现代学术的发展日益趋于专门化，因此，专家易得，通才难求。总揽大学全局的校长，需要的恰好是"通才"而非"专家"。看看蔡校长兴趣盎然地谈论文学、史学、哲学、美术、音乐、政治、伦理、教育等，而且全都具备"高等常识"，你不能不佩服。这样的大学校长，方才配谈"兼容并包"。学识渊博而且兴趣广泛，才能有学术上的前瞻性与判断力，所谓"识鉴"，所谓"气度"，均以此为基础。

谈论蔡元培的成功，其实，还有一点不能忽视，那便是时代的需求。蔡元培长校北大的十年，恰好是清廷已被推翻，民国根基尚未稳固，乱哄哄你方唱罢我登场的时候。军阀混战，教育经费无着，令大学校长极为头痛。但事情也有另一面，那便是处此新旧转化之际，没有不可逾越的边界，也没有不可挑战的权威，乃"尝试"各种新制度的最佳时刻。

蔡元培之提倡"兼容并包"，与其教育独立的理想密切相关。在蔡先生看来："教育事业当完全交与教育家，保有独立的资格，毫不受各派政党或各派教会的影响。"（《教育独立议》）理由是，教育追求远效，而政党的政策是谋求近功，二者很难步调一致。这是蔡校长坚决保护大学独立思考权利的"底牌"；也正是在这一点上，蔡校长的努力到达了极限。

北洋军阀时期，蔡元培借助自己的名望、社会舆论的压力以及南方政治和军事力量的牵制，某种程度上保持了北大的独立。最严重的时候，甚至公开宣布："与北京政府划断直接联系，而别组董事会以经营之""大学教授由本校聘请，与北京政府无直接联系，但使经费有着，尽可独立进行""政客官僚摧残教育之计划且方兴未已""若不急筹高等教育独立之良法，势必同归于尽。"（参见中华书局版《蔡元培全集》第四卷326—329页）以上激烈的言辞，虽然只是一时的悬想，也可见其时北方政府之缺乏权威。

北伐成功，国民党统一中国，开始推行"党化教育"，教育界的情况于是发生了根本性的变化。不只是"教育独立"的口号被禁止，连大学课程的设置也都必须接受审查，教授治校的有效性受到了严峻的挑战，自由表达政见的文化空间也岌岌可危。不识时务的适之先生，继续"妄谈人权""批评党国"，受到了政府的严重警告，险些被"肉体解决"。蔡元培名气更大，地位也更高，可照样无法挽狂澜于既倒。

值得庆幸的是，从1927年7月起，蔡先生不再担任北大的校长。这么一来，"蔡元培的北大"，基本上做到了首尾一致。

1917年至1927年，就在这新旧权威交接的空档，出任北大校长的蔡元培，得以大展宏图，不只开启了"五四"新文化的大潮，而且为中国带来了"兼容并包"的大学理念。

1998年3月8日于京北西三旗

（原刊《文汇读书周报》1998年6月6日）

附录一 "教育迷"的追慕

——为蔡元培校长逝世六十周年而作

阳春三月，春暖花开，又到了踏青时节。

记得十年前的这个时候，正在香港中文大学访学的我，约了几位北大校友，说好去给 1940 年 3 月 5 日病逝并埋葬于香港的老校长扫墓。可事到临头，各自忙乱，只好取消计划。此后，虽也多次路过香港，可总是来去匆匆，找不到合适的机缘。

眼看着又到了蔡先生的忌日，而且是非同小可的六十周年——按传统的说法，六十甲子为一周，又到了重新开始的时候。人在北国，无法亲临祭奠，只好遥望南天，以文代酒。

为一位非亲非故的先贤扫墓，无论如何辩解，都难逃"借他人酒杯，浇自家块垒"的窠臼。与十年前略有不同，这回的"别有幽怀"，主要落实在大学理念。纪念蔡元培，不提空灵的"学界泰斗""人世楷模"，也不谈显赫的"教育部长""中央研究院院长"，单单挑出一个相对平实得多的"北大校长"，并非出于私心，而是根源于我对现代中国思想文化史的理解。

在我看来，晚清以降，中国人通过"上法三代，旁采泰西"而确立新的教育制度的努力以及其一波三折，很可能是理解百年中国现代化事业成败的关键。在这其中，"大学理念"的形成与展开，又是关键的关键。正是在这个意义上，我格外看重蔡先生出长北大十年（1917—1927）所做的诸多尝试以及其取得的今日看来近乎神话的巨大成绩。

两年前，在一则题为《"兼容并包"的大学理念——蔡元培与老北大》的短文中，我写下这么一段话，现在看来还没完全过时："蔡元培对现代大学的理解，一是兼容百家，二是专深学术，此举既关思想，也及教育。百年中国，有独立的大学理念，而且能够真正付诸实施的，不敢说仅此一家，但蔡元培无疑是最出色的。这是因为，有其位者不一定有其识，有其识者不一定有其位；有其位有其识者，不一定有其时——集天时地利人和于一身，才可能有蔡元培出长北大时之挥洒自如。"既然"天时地利人和"无法强求，今人之谈论教育改革，能否"挥洒自如"，也就是个很大的未知数。

好在后人之怀念蔡先生，有基于"功业"，但也有不少是缘自"精神"。诸多并未出任大学校长的读书人，之所以对蔡先生顶礼膜拜，可解读为无伤大雅的"教育迷"。就像"足球迷"有权利对着不太景气的中国足球指手画脚一样，"教育迷"似乎也有理由为不无缺陷的大、中、小学教育出谋划策。

假如承认教育对于 21 世纪中国命运具有决定性的影响，

那么，其利弊得失，理所当然应该由所有中国知识者而不只是教育家来承担责任。明白这一点，便不难理解为何有那么多不太"安分守己"的读书人会如此追慕蔡元培。

问题在于，"追慕"之后，我们还能做些什么？

2000 年 3 月下旬于北大

（原刊《中华读书报》2000 年 4 月 19 日）

作为著述家的许寿裳

一、文学家还是著述家

　　作为教育家的许寿裳，已经日渐隐入历史深处；而作为章太炎弟子、鲁迅挚友的许寿裳，则仍然被广大读者所记忆[1]。这自然是"立言"的结果——只要你稍微涉猎章太炎或鲁迅研究，就很难回避许先生所撰《章炳麟》（1945）、《鲁迅的思想与生活》（1947）、《亡友鲁迅印象记》（1947）、

---

[1]　许寿裳（1883—1948），字季黻，号上遂，浙江绍兴人，1899年春至1902年夏，在杭州求是书院，从宋平子等学习。1902年秋以浙江官费派往日本留学，在东京弘文学院预备日语时结识鲁迅，结成终生友谊。留日期间，曾主编《浙江潮》，与鲁迅等筹办文艺杂志《新生》，并与鲁迅等前往民报社听章太炎讲学。1909年4月归国，投身教育界。除曾追随蔡元培在教育部及中央研究院工作外，主要在北京大学、北京高等师范学校、北京女子高等师范学校、中山大学、华西大学等校教书。1946年应邀赴台，任省立编译馆馆长，第二年编译馆撤销，改任台湾大学中国文学系教授兼主任。1948年2月18日在其寓所被害。

《我所认识的鲁迅》（1952）等。在这个意义上，说"许寿裳先生也是一位有成就的文学家"，或者称"许寿裳也是我国有影响的人物传记专家、作家"[1]，也无不可。

不过，一般人所理解的"文学家"，大都是才情横溢、文采风流，与许先生的诚挚、笃实、平淡、自然，相去甚远。更何况，许先生不以驰骋想象见长，所撰多为"实录"性质的传记或回忆录。因此，称其为"著述家"，或许更稳妥些。那样的话，我们可以转化视角，在学术史上，而不是在文学史上讨论许先生的贡献。

去年逝世的鲁迅研究专家林辰先生，对许著《亡友鲁迅印象记》等赞不绝口，称其"是有关鲁迅的重要文献，而文笔淳朴，亲切动人，其本身也富有文学价值"；而近年活跃于学界及文坛的孙郁，对此也深有同感："我读许氏的著作，深感其温和敦厚之气，内中有着质朴、纯正的风韵。许寿裳国学根底深，又通西学，故对鲁迅的感知，视界开阔，不拘于凡俗。虽然缺少哲人的目光，对鲁迅精神深广之处探颐有限，但对其人品、文风、境界的把握，独到深厚，非外人可及。"[2]对于这些表彰许著的文字，我心有戚戚焉；只是谈到单靠这几本好书，能否"使许先生厕身于现代中国文学家之

---

〔1〕 参见林辰《〈许寿裳文录〉编后记》，《许寿裳文录》，长沙：湖南人民出版社，1986 年；倪墨炎、陈九英《〈许寿裳文集〉编辑说明》，《许寿裳文集》，上海：百家出版社，2003 年。

〔2〕 参见林辰《〈许寿裳文录〉编后记》；孙郁《许寿裳的文字》，《书摘》2000 年 6 期。

林而毫不逊色"[1]，我始终有些犹豫。

说白了，我对于许寿裳先生的文学才华，其实是颇有怀疑的。与鲁迅、许寿裳交往甚多的孙伏园，曾用小说笔法，讲述许先生从事文学创作的逸事：

> 在东京求学时代，鲁迅先生兄弟与许先生同居一处，许先生于学术研究之余，亦颇有志于创作。一夕，他对鲁迅先生说，今晚一定要创作了。鲁迅先生见他亲自到西洋料理店去买了点心来，而且亲自准备咖啡，鲁迅先生兄弟相约不要去扰乱他。等到夜深人静，鲁迅先生将要睡觉的时候，偷偷地去窥探他的创作已经有了多少。出人意料，鲁迅先生说："西洋点心只吃了一块，咖啡已经冷了，季黻靠在桌上睡着了，而稿纸还是空白的。"[2]

既然是逸事，难保没有"艺术加工"的成分。不过，如果了解当初许寿裳曾与周氏兄弟等相约，筹办《新生》杂志[3]，这故事或许还有些影子。我甚至还怀疑，这故事的讲述者，

---

〔1〕 参见林辰《〈许寿裳文录〉编后记》，《许寿裳文录》211 页。

〔2〕 孙伏园：《许寿裳先生》，1948 年 3 月 4 日成都《新民报》（晚刊），《许寿裳文集》下卷 1047—1050 页。

〔3〕 参见鲁迅《〈呐喊〉自序》（《鲁迅全集》1 卷 415—420 页，北京：人民文学出版社，1981 年）及许寿裳《亡友鲁迅印象记》20—21 页（北京：人民文学出版社，1977 年）。

很可能就是鲁迅，因其幽默中包含着善意，不伤人，但很能见性情。

本不以文学见长的许寿裳先生，受尊师章太炎的教诲、挚友鲁迅的感染，再加上那代人普遍良好的古文修养，一旦著述，颇见神采。换句话说，许先生回忆鲁迅等书之所以可读、可传，"功夫在诗外"。因此，我主张暂时搁置其"文学技巧"或"修辞手法"的探讨，也无须汲汲于将其抬进本就相当拥挤的"文学殿堂"。

二、从《纪念先师章太炎先生》到《章炳麟》

读过《亡友鲁迅印象记》的，大概都会记得该书第七节"从章先生学"。此文以及鲁迅的《关于太炎先生二三事》、周作人的《知堂回想录·民报社听讲》、任鸿隽的《记章太炎先生》、刘文典的《回忆章太炎先生》等[1]，都涉及令人神往的章太炎东京讲学。其中，许寿裳的"追忆"，是"始作俑者"。《亡友鲁迅印象记》明明迟至 1947 年方才出版，为何将其置于鲁迅的《关于太炎先生二三事》之前？那是因为，"从章先生学"一节的轮廓，其实早就见于十年前的《纪念先师章太炎先生》。

---

[1] 上述诸文，均收入拙编《追忆章太炎》（北京：中国广播电视出版社，1997 年），请参阅。

　　熟悉鲁迅著述及史迹的朋友，大概都知道，鲁迅撰于 1936 年 10 月的《关于太炎先生二三事》，与许寿裳撰于 1936 年 8 月的《纪念先师章太炎先生》[1]，关系极为密切。一强调"先师章先生是革命大家，同时是国学大师"[2]，一称"我以为先生的业绩，留在革命史上的，实在比在学术史上还要大"[3]，二者互相发明，配合默契。细读文本，你还会发现，鲁迅的引录《狱中赠邹容》《狱中闻沈禹希见杀》二诗、摘录章太炎在东京留学生欢迎会上的演说辞（"第一是用宗教发起信心，增进国民的道德；第二是用国粹激动种性，增进爱国的热肠"），以及专门提及章先生为八人小班讲授《说文解字》等，都是依据许寿裳文章提供的资料。

　　叙述角度颇有差异，文章境界也显高低，但鲁文基于许文的提示，这点毫无疑义[4]。撰写《关于太炎先生二三事》这篇名文前半个月，鲁迅曾给许寿裳去信，其中有曰：

　　　　得《青苗》，见兄所为文，甚以为佳，所未敢苟同者，唯在欲以佛法救中国耳。

---

〔1〕　许寿裳《纪念先师章太炎先生》一文，1936 年 9 月同时刊载于《新苗》第 8 期和《制言》半月刊 25 期。
〔2〕　许寿裳：《纪念先师章太炎先生》，见《追忆章太炎》50 页。
〔3〕　鲁迅：《关于太炎先生二三事》，《鲁迅全集》6 卷 545 页。
〔4〕　许寿裳称："我知道鲁迅的那篇《关于太炎先生二三事》，是看了我的这篇纪念文才作的。因为我文中引用了先生的狱中诗，鲁迅跟着也引用，故有'卅年前事，如在眼前'的话。"（《亡友鲁迅印象记》45 页）

从中更得读太炎先生狱中诗，卅年前事，如在眼前。因思王静安殁后，尚有人印其手迹，今太炎先生诸诗及"速死"等，实为贵重文献，似应乘收藏者多在北平之便，汇印成册，以示天下，以遗将来。[1]

章太炎的狱中诗，许寿裳编《浙江潮》时曾予以刊出，"原纸至今藏在行箧，弥可珍惜"；至于章太炎在东京留学生欢迎会的演说，许文竟抄录了整整四页，原因是：

此演说录，洋洋洒洒，长六千言，是一篇最警辟有价值之救国文字，全文曾登《民报》第六号。而《太炎文录》中未见收入，故特地多抄如上。[2]

许寿裳的这些追忆，显然很让鲁迅动容，也因此勾起了不少陈年往事。对比鲁迅之抱怨浙江所刻《章氏丛书》，"先前的见于期刊的斗争的文章，竟多被刊落"，以及称"先生手定的《章氏丛书》内，却都不收录这些攻战的文章"，"其实是吃亏，上当的"[3]，与许文的上述表达，可谓若合符节。

至于鲁迅明确表示不敢苟同的"欲以佛法救中国"，指

〔1〕鲁迅：《致许寿裳》，《鲁迅全集》13 卷 431 页。

〔2〕许寿裳：《纪念先师章太炎先生》，见《追忆章太炎》57 页。

〔3〕参阅《关于太炎先生二三事》及《因太炎先生而想起的二三事》二文，分别见《鲁迅全集》6 卷 547 页、558—559 页。

的是许寿裳文章中的这么一段话：

> 现在中国虽称民国，而外侮益亟，民气益衰，一般
> 国民之怯懦浮华，猥贱诈伪，视清末或且加甚，自非一
> 面提倡佛教，"以勇猛无畏治怯懦心，以头陀净行治浮
> 华心，以唯我独尊治猥贱心，以力戒诳语治诈伪心。"
> （先师《答梦庵书》中语，见《民报》第二十一号）一
> 面尊重历史，整理国故，其不善者改良之，善者顶礼膜
> 拜之，以养成民族的自信心，前路茫茫，何能有济？

对于鲁迅的批评，许寿裳是口服心服的。日后所撰《章炳
麟》一书，虽设专节谈论章太炎"经子及佛学上的贡献"，
却不再发挥"佛法救国"的空想了[1]。

其实，这段"公案"，许寿裳本人在《亡友鲁迅印象记》
第十三节"看佛经"中，已经公开挑明。除了全文引录鲁迅
去世前二十四天写的这封长信，许寿裳还对同是读佛经的太
炎先生师徒，下了这么个断语："先生和鲁迅师弟二人，对
于佛教的思想，归结是不同的：先生主张以佛法救中国，鲁
迅则以战斗精神的新文艺救中国。"[2]

---

〔1〕《章炳麟》一书的第十节"编辑《民报》时期"，描述章太炎"欢迎会上
发狮子吼"，基本来源于《纪念先师章太炎先生》，唯独删去欲以佛法救
中国的那段议论。

〔2〕参见许寿裳《亡友鲁迅印象记》44—46页。

三、兼及"革命元勋"与"国学大师"

从善如流的许寿裳先生，显然很看重鲁迅的这封回信，日后撰写《章炳麟》，不只不再妄谈佛法救国，更重要的是，一再强调章太炎的革命家身份，希望其不被"国学大师"所遮蔽。而在我看来，许的这一坚持，与其对鲁迅的尊崇与信任大有关系。

1944年9月，国民党中央宣传部副部长潘公展来信，邀请许寿裳为其主编的丛书《中国历代名贤故事集》撰写《章炳麟》一书。虽"山居无书参考，颇费踌躇"[1]，许还是当仁不让，开始四处寻觅资料。好不容易借到1936年《制言》杂志的章太炎先生纪念专号[2]，上面既有许的《纪念先师章太炎先生》，也有诸多师友的怀念文章，《章炳麟》的撰写，这才得以顺利展开。半年后，全书杀青，在寄稿的同时，许寿裳给潘公展去信（1945年3月31日），郑重声明：

> 章先生为革命元勋，同时为国学大师，世人仅注意后一点，不足以明真相，拙稿双方并重，而文字力求简要，删而又删，成此字数。[3]

---

〔1〕 许寿裳：《致潘公展》，《许寿裳文集》下卷910页。
〔2〕 参见许寿裳致王冶秋、朱镜宙、苏渊雷等信，分别见《许寿裳文集》下卷905页、913页、915页。
〔3〕 许寿裳：《致潘公展》，《许寿裳文集》下卷911页

同年 11 月，应邀为《教育全书》撰一万五千言的"章炳麟传略"，交稿时，许寿裳同样奉上一"附带声明"：

  章先生为国学大师，著述精深独到，三百年来无第二人，贡献于学术上及教育上者甚大。又为革命元勋，惜世人多不明了。今拙稿于此双方兼顾，而文字力求简要，删而又删，故不超过所限字数。[1]

如此叮嘱再三，可见许先生对此兼及"学问"与"革命"的论述策略，是何等重视。

  主编《中国历代名贤故事集》丛书的，是国民党中央宣传部副部长潘公展，将章太炎置于第三辑"学术先进"，很大程度是全书体例使然。潘公展为这套丛书所撰"编纂旨趣"，称"我认为建国文化是建筑在两大基础上：第一是发扬固有的优良文化，从根救起；第二是吸收最新的科学工艺，迎头赶上。这套故事集就是第一个基础上的许多基石之一。"[2]至于选择"基石"的标准，不外传统的立德、立功、立言。与此相适应，也就有了第一辑"民族伟人"、第二辑"历代贤豪"、第三辑"学术先进"的区分。

  这套书的作者阵容相当可观，要不当时已成名家，要不

〔1〕　许寿裳：《致姜琦》，《许寿裳文集》下卷 920 页。
〔2〕　潘公展：《〈中国历代名贤故事集〉编纂旨趣》，见《章炳麟》卷首，南京：胜利出版公司，1946 年。

日后大有发展。1946 年南京版《章炳麟》后面，附有该丛书的总目，值得选摘（括号里面是该传的作者）：第一辑"民族伟人"共九种，包括黄帝（钱穆）、孔子（黎东方）、秦始皇（顾颉刚）、汉武帝（缪凤林）、唐太宗（罗香林）、明太祖（吴晗）、孙总理（邹鲁）等；第二辑"历代贤豪"共十五种，包括勾践（卫聚贤）、诸葛亮（祝秀侠）、武则天（蓝文徵）、岳飞（邓广铭）、文天祥（王梦鸥）、郑成功（郑德坤）、洪秀全（罗尔纲）、林则徐（魏应祺）等；第三辑"学术先进"共十五种，包括老子（张默生）、墨子（罗根泽）、屈原（游国恩）、司马迁（汪辟疆）、韩愈（李长之）、玄奘（苏渊雷）、徐光启（方豪）、顾炎武（谭其骧）、曾国藩（萧　山）、梁启超（吴其昌）、章炳麟（许寿裳）等。细察丛书的整体框架，置章太炎于"学术先进"，定位其实相当准确。况且，对于许著的兼及"革命元勋"与"国学大师"，主编并无异议。

以弟子身份为尊师作传，好处是见闻真确，态度虔诚，且掌握很多第一手资料；可也面临很难回避的陷阱，那就是"为尊者讳"，拼命拔高，言过其实。比如，称"章先生学术之大，也是前无古人"，这样的说法，便很难让人信服。好在接下来的具体评说，还是很有见地的：

　　　　独有先生出类拔萃，虽则他的入手功夫也是在小
　　学，然而以朴学立根基，以玄学致广大，批判文化，独

具慧眼，凡古今政俗的消息，社会文野的情状，中印圣哲的义谛，东西学人的所说，莫不察其利病，识其流变，观其会通，穷其指归。"千载之秘，睹于一曙。"这种绝诣，在清代三百年学术史中没有第二人，所以称之曰国学大师。[1]

熟悉章太炎著述的读者，很容易发现，这些品鉴，大都是借用或化用章氏本人的自述。这正是此书的最大特点：熟读《章氏丛书》，大量摘引原文。如此"以章说章"，对于学术评传来说，未尝不是一种好办法。其实，这种写作，大有来头，追摹的是黄宗羲、全祖望的《明儒学案》《宋元学案》等。

梁启超《中国近三百年学术史》提及清代的谱牒学，称自撰年谱价值最高，其次便属"友生及子弟门人为其父兄师友所撰年谱""因时近地切，见闻最真也"[2]。而"可以观一时代思想"的"学者之谱"，要想写好，并不容易。

是故欲为一名人作一佳谱，必对于其人著作之全部（专就学者或文学家言，别方面则又有别当注意之资料），贯穴钩稽，尽得其精神与其脉络。不宁唯是，凡与其人有关系之人之著作中直接语及其人者，悉当留意。不宁

〔1〕 许寿裳：《章炳麟》2 页，重庆：重庆出版社，1987 年。
〔2〕 参见朱维铮校注《梁启超论清学史二种》468—470 页，上海：复旦大学出版社，1985 年。

　　唯是，其时之朝政及社会状况，无一可以忽视。[1]

　　以我的观察，许寿裳之为尊师作传，所凭借的学术资源，并非胡适等人所提倡的西式的"传记文学"，而是清人的"学案"以及梁启超所评述的"学者之谱"。

　　《章炳麟》一书，最见功力的，无疑是"革命元勋的章先生"和"国学大师的章先生"两章。可第一章"最近三百年来中国政治和学术的鸟瞰"，这大帽了的功能，一如梁启超所说的："其时之朝政及社会状况，无一可以忽视。"至于第四章"先生晚年的志行"，涉及章太炎晚年的日常生活、学术兴趣以及政治立场，是全书的补充，也是必要的强调。全书的结构很特别，始终将政治史与学术史的思路扭结在一起，不即不离。落实到具体事件，便是不完全遵从时间顺序，随时"按下"与"提起"。比如，第二章讲述章太炎《民报》时期的工作，故意按下最为精彩的为鲁迅等讲学不表，留给了第三章，以便突出其"革命不忘讲学"（第十四节的题目，真的就叫"革命不忘讲学"）。而在第四章设"对于全面抗日的遗志"专节，既符合全面抗战这一著述背景，同时再次凸显全书宗旨：章太炎不仅仅是"国学大师"。考虑到丛书第三辑的命名——"学术先进"，这样的提醒十分必要。

―――――――――――

〔1〕　朱维铮校注：《梁启超论清学史二种》478 页。

四、传记文学与师友情谊

在追忆许寿裳先生时，孙伏园说了这么一段话："章太炎先生的早期弟子们，既不忘师说，也不泥师说，日有进境而成为纯科学态度的学者的，许寿裳先生便是其中的一人。"[1] 笼统地说许先生学业有成，那没问题；可要说章太炎的弟子中"不泥师说"且"日有进境"者，许先生其实算不上。《太炎先生自定年谱》宣统二年（1910），则提及其亡命日本时之"提奖光复，未尝废学"，称：

> 弟子成就者，蕲黄侃季刚、归安钱复季中、海盐朱希祖逖先。季刚、季中皆明小学，季刚尤善音韵文辞。逖先博览，能知条理。其他修士甚众，不备书也。[2]

太炎先生一贯特立独行，评论时事以及品鉴人物，不太受流俗影响。在"自定年谱"中，不提声名显赫的周氏兄弟以及许寿裳，有政治立场歧异的缘故，但更重要的是，从专业角度考量，这三位"文化名流"都不能算是其"得意门生"。鲁迅说："先生的音容笑貌，还在目前，而所讲的《说文解字》，却一句也不记得了。"[3] 并非只是自我调侃。章太炎对

---

〔1〕 孙伏园：《许寿裳先生》，《许寿裳文集》下卷 1047 页。
〔2〕 章炳麟：《太炎先生自定年谱》14 页，香港：龙门书店，1965 年。
〔3〕 鲁迅：《关于太炎先生二三事》，《鲁迅全集》6 卷 546 页。

于周氏兄弟以及许寿裳的影响，主要在思想与人格，而不是具体的文字学知识。鲁迅撰有《门外文谈》，也有编《中国字体变迁史》的计划，但并非以此名家；许寿裳去世前一年为台湾大学中国文学系二年级学生讲授"文字学"，课余编著《文字学概要》讲稿[1]，可也说不上光大师门。

作为学者的许寿裳，虽有若干教育学文章以及《怎样学习国语和国文》《历代考试制度述要》等著作传世，但都说不上十分精彩。真正让读者难以忘怀的，还是《章炳麟》《亡友鲁迅印象记》等传记作品。好友台静农在《追思》一文中，提及许先生谦冲慈祥、临事不苟的个性以及弘通致用的学术风格，下面这段话尤其值得注意：

> 先生一生与章太炎、蔡孑民、鲁迅先生关系最深，这三位先生都是创造现代中国文化的大师，以先生长于传记的文笔，不幸仅写出章先生一传，蔡先生传尚未及下笔，鲁迅先生的止成印象记一书，而一代文献所寄的前辈，竟在深夜梦中死于柴刀之下，事变之来，真不知从何说起。[2]

---

[1] 参见许世瑛《先君许寿裳年谱》（《许寿裳文集》下卷1107页）及叶庆炳、陈诗礼《我们永远不能忘记的许老师》（《台湾文化》3卷4期，1948年5月）。将近三十年后，台湾商务印书馆影印出版许先生的《中国文字学纲要》手稿（1975年），我想，主要目的在追怀先辈，而非表彰学术。

[2] 台静农：《追思》，《中国作家》1卷3期，1948年5月，见《许寿裳文集》下卷1071—1074页。

称许寿裳乃"一代文献所寄",表彰其"长于传记的文笔",我以为是知人论世。实际上,日后学者之褒扬许先生文章"朴实淡雅,具有一种自然之美""言简意赅,毫无渲染""他的叙述既客观,又有生活气息和感情色彩"等[1],指的也都是这几种传记作品。

说到"传记"写作,自然不能忽略许先生曾在大学开设"传记文学"课程。据许世瑛编《先君许寿裳年谱》,我们知道,1940年就任华西大学文学院英庚款国学讲座,许先生开设的课程是《传记研究》和《中国小说史》;同年5月2日撰有《谈传记文学》一文,只是未详出处[2]。可以说,在生命的最后十年,许寿裳的学术工作,主要围绕传记的研究与写作。至于具体成果,除了广为人知的章太炎、鲁迅的传记,还包括《〈宋平子先生评传〉序》《宋师平子先生留别求是书院诸生的八首诗》《蔡孑民先生的生活》《俞曲园先生的思想》和《李慈铭〈秋梦〉乐府本事考》等。单从表面上看,文体五花八门,有序,有考,有回忆,也有评述,但大的思路相当一致,那就是借对于乡里先贤或师友的生平及著述的考辨,展开人物研究。广义地说,这些都可以称作"传记写作"。

---

〔1〕 参见林辰《〈许寿裳文录〉编后记》(《许寿裳文录》214页)、孙郁《许寿裳的文字》及倪墨炎、陈九英《〈许寿裳文集〉编辑说明》。
〔2〕 参见许世瑛编《先君许寿裳年谱》,见《许寿裳文集》下卷1094—1095页。

　　读袁珂的《悼忆许寿裳师》，我们大致能领会到，许寿裳先生的"传记文学"课程，不是很成功。只有两个学生，可"许师却丝毫不苟，每上课前一定要在图书馆里钩稽群籍，作充分的准备"；有一回只剩下袁珂一人，面对如此难堪局面，"许师却从容一如平时，干脆不去写黑板了，而把他写好的讲义，放在我的课桌上，亲身站在我面前，认真讲课直到下课铃声叮当叮当地响起来"[1]。这些描述，固然显示许先生教学的认真，以及处变不惊的绅士风度；另一方面，也让我们体味到其内心的寂寞。许先生认真编写的"传记文学"讲义，未见行世；但这一不太成功的"研究"，对其写作却很有意义。

　　要说许先生的传记写作，相对于其学术准备，我更看重的是"师友情谊"。孙郁表扬过《亡友鲁迅印象记》的文采与气象，后面还有一句："鲁迅有这样的知己，可谓幸事。"[2]这是从著作方面立论；反过来，正因为有了鲁迅这样的知己，方才成就许寿裳的文章。文章的好坏，固然依赖于个人才情，但与描写对象不无关系。全祖望《梨洲先生〈思旧录〉序》，劈头就是：

　　　　予尝谓文章之事，不特藉山川之助，亦赖一时人物以玉成之。

---

〔1〕　袁珂：《悼忆许寿裳师》，《许寿裳文集》下卷 995—1002 页。

〔2〕　孙郁：《许寿裳的文字》，《书摘》2000 年 6 期。

这话大有讲究。生活在一个大转折的时代，从小见识各种非同寻常的人物，眼界很高，其追怀朋好，杂糅见闻，这样的文章自是有别于小桥流水、小家碧玉。在《中国近三百年学术史》中，梁启超特别赞扬全祖望"最会描写学者面目"，比如说黄梨洲、顾亭林、刘献廷、钱谦益、毛奇龄等，都是三言两语，就能写活一个人。所谓全氏"能以比较简短的文章，包举他们学术和人格的全部，其识力与技术，真不同寻常"，固然在理；但还必须考虑到，这些当世第一流人物，本身行事特异，性格鲜明，确有可写处。换句话说，不管是黄宗羲的《思旧录》，还是全祖望诸多慷慨壮烈的碑传，确实是"亦赖一时人物以玉成之"〔1〕。

同样道理，许寿裳的传记作品之所以可读、可传，与其得天独厚的师友交谊大有关系。据许世玮《父亲许寿裳生活杂忆》称：

　　在他被杀害前不久，他与我在院子里闲聊，当谈及他的著作时，他忽然说："我有鲁迅、蔡元培先生这样两个知己，一生总算没有白过。"说这话时态度非常庄重，我听了不由得一愣。是啊，有这么两位中国现代文化史上的伟人为知己是光荣的，也值得自豪！〔2〕

〔1〕 参见拙文《大气与芜杂——全祖望的为人与为文》，《东方文学》2003年5期。
〔2〕 许世玮：《父亲许寿裳生活杂忆》，《许寿裳文集》下卷950—968页。

这虽是家属几十年后的追忆，但大致可信。对于许寿裳来说，"值得自豪"的，不仅仅是蔡元培、鲁迅这两位知己，还有宋恕、章炳麟这两位尊师。据《鲁迅研究资料》第 14辑，许寿裳残留的自传手稿，恰好谈的是"余年十九在杭州读书，最得益的老师是宋平子先生"以及留学东京时，"曾于每星期日到太炎先生寓所听讲小学"。

许寿裳对这二师二友，实在是佩服得五体投地。1937 年，应夏丏尊之邀，许为《中学生》杂志撰稿，批评何健的"明令读经案"，称："我对于嗜好的读书。愿意贡献一点小小的意见：（一）少读中国书，多读外国书；（二）少捧国粹，多捧'人粹'。"接下来的论述，引证鲁迅的《青年必读书》和《十四年的"读经"》、宋平子的《国粹论》、章太炎的《广论语骈枝》以及蔡元培关于公民道德的一段话[1]。在同一篇文章中，"四大护法"全部出场，正所谓念兹在兹。能服善，肯表彰师友，而且语调不卑不亢，此乃许寿裳为人为文的最大特色。

在《怀亡友鲁迅》一文中，许寿裳称，自 1902 年秋至1927 年夏，这二十五年中，"晨夕相见者近二十年，相知之深有如兄弟"[2]。这并非高自标榜，许广平也曾描述鲁迅与许寿裳的"兄弟怡怡之情"：

---

〔1〕 许寿裳：《青年期的读书》，《许寿裳文集》下卷 532—537 页。
〔2〕 参见许寿裳《我所认识的鲁迅》6 页，北京：人民文学出版社，1978 年。

他们谈话的范围也很广泛，从新书介绍到古籍研讨，从欧美名著以及东洋近作，无不包罗。而彼此人事的接触，见闻的交换，可歌可泣，可喜可怒，都无不（？）遮瞒，尽量倾吐。这样的友谊，从来没有改变的，真算得是耐久的朋友，在鲁迅先生的交游中，如此长久相处的，恐怕只有许先生一位了。[1]

所谓"师友情谊"，与学问大小没有关系。就像今人之谈论陈寅恪与吴宓、钱锺书与郑朝宗，如果非要挑剔双方学问上是否旗鼓相当，未免过于势利了些。许寿裳的思想不及鲁迅深刻，文章也不如鲁迅华美，但二人之间生死不渝的情谊，值得我们永远怀念。再说，鲁迅孤寂的心灵，其实是需要亲人以及朋友的安慰与支持的。

表彰尊师的"大传"，与追怀好友的"回忆录"，不用说，后者更容易放得开。同样朴实真挚、情深意切，《亡友鲁迅印象记》的挥洒自如，与《章炳麟》的体例谨严，各有千秋。更重要的是，二书同样包含大量第一手资料。许广平为《亡友鲁迅印象记》所撰《读后记》，几乎可以原封不动地移赠《章炳麟》：

回忆是不轻的沉痛。幸而许先生能在沉痛中淘净出

---

[1] 景宋：《我所敬的许寿裳先生》，《人间世》2卷4期，1948年3月，见《许寿裳文集》下卷1039—1046页。

一些真材实料，为我辈后生小子所不知不见，值得珍
贵，而也给热心研究这一时代一个文化巨人的一点真
相。就是吉光片羽罢，也弥足珍视的了。除了许先生，
我们还能找到第二个人肯如此写出吗？〔1〕

不是肯不肯，而是能不能。没有几十年的交谊以及足够的崇
敬之心，还有大致与之相副的笔墨，是写不出《亡友鲁迅印
象记》以及《章炳麟》这样的好书的。

五、荡开去的笔墨

撰写传记时，不管是专书还是单篇，许寿裳总喜欢荡开
去，引入一些个人交谊以及生活琐事。这样一来，文章不刻
板，更能让读者感受到历史人物的音容笑貌。清初黄宗羲在
《论文管见》中称，善于经营文章者，除了"三史八家"，深
厚的学识，还必须添上"竹头木屑"以及"常谈委事"。否
则，文章洁是洁了，但没有生气。对"传记文学"有过专门
研究的许先生，肯定懂得这个诀窍。

轮到我来谈论许先生及其著述，同样希望将笔墨荡开
去。像许多现代文学研究者一样，我之关注许寿裳，最初确

---

〔1〕 许广平：《〈亡友鲁迅象记〉读后记》，见许寿裳《亡友鲁迅印象记》
114 页。

实是由于鲁迅以及章太炎的缘故。许著之由"资料库"变成"研究对象",很大程度缘于两次有趣的游历。十年前,在东京大学访学时,我曾对照旧地图,从鲁迅及许寿裳等居住的"伍舍"[1],步行到章太炎讲学的民报社旧址。经历过 1923 年关东大地震以及"二战"末期美军的大轰炸,民报社遗址云云,自是荡然无存。穿行于车水马龙,遥想八九十年前的往事,只能说是一种"心灵的游历"。但冥冥之中,感觉上离章太炎、周氏兄弟、许寿裳等又走近了一步。

前年秋冬,我有幸在台湾大学中国文学系客座一学期。上任的第二天,系主任送了一册刚刚印制完成的《国立台湾大学中国文学系系史稿(1929—2001)》,其中的"沿革"部分称:1945 年台湾光复,国民政府接收这所创办于 1929 年的"台北帝国大学",改名"国立台湾大学",并将原文政学部分解为文学院与法学院;文学院下设中文、历史、哲学三系,台大中国文学系于是得以正式成立:

> 唯当时百废待兴,乃由北大中文系教授、台湾省国语推行委员会主任委员魏建功先生代为邀聘教员,参与规画(划)。三十六年至三十七年中由许寿裳、乔大壮二先生相继担任系主任,二先生旋相继去世。三十七年八月,台静农先生出任系主任,其后主持系务长达二十

---

[1] 参见许寿裳《亡友鲁迅印象记》26—28 页。

年，对本系之稳定与发展贡献甚巨。[1]

细读"年表"及"传记"，发现许多有趣的细节：比如，
1948年2月许寿裳被害，一个月后，原本任教于台师大的许
世瑛被台大中国文学系聘为兼任副教授（13页），1952年8
月改聘为兼任教授（17页），1972年7月方才离职（45页）。
对于现代文学研究者来说，这位小许先生，可是大名鼎鼎，
耳熟能详：五岁时鲁迅为其开蒙、上清华大学中国文学系时
鲁迅为其开列书目[2]。又比如，台大中国文学系早年诸多名
教授，大部分是北京大学的毕业生，如毛子水、董作宾、洪
炎秋、戴君仁、台静农等，再加上毕业于燕京大学的郑骞和
毕业于清华大学的董同龢，难怪我到此讲学，有"宾至如
归"的感觉。

我的办公室在文学院二楼，正对着为纪念傅斯年校长
（又一位北大校友！）而建的"傅钟"，每回在走廊里漫步，
想象着许寿裳、毛子水、台静农等我熟悉并景仰的先辈，也
曾在这里徜徉、攀谈、嬉笑，有一种充实且幸福的感觉。或
许，这就是人们常说的"历史文化氛围"。记得周作人说过，
"我们于生活日用必需的东西以外，必须还有一点无用的游
戏与享乐，生活才觉得有意思"。看花、听雨、闻香、喝不

<hr>

〔1〕 台湾大学中国文学系编印：《国立台湾大学中国文学系系史稿（1929—
2001）》2页，2002年7月。
〔2〕 参见许寿裳《亡友鲁迅印象记》91—92页。

求解渴的茶，还有，追求生活在历史文化氛围中，这些"无用的装点"，确实像周作人所说的，"愈精练愈好"[1]。

真没想到，回北大一年后，我再次遭遇许寿裳先生。不过，这回是在书本上。拜读过许先生的诸多著述，最想推介的，还属《章炳麟》。那是因为，许先生所撰鲁迅各书，包括 1947 年 10 月上海峨眉出版社初刊、1953 年起由人民文学出版社重排的《亡友鲁迅印象记》，以及 1947 年 6 月台湾文化协进会初刊的《鲁迅的思想与生活》、1952 年人民文学出版社重编的《我所认识的鲁迅》等，广为研究者阅读与征引；需要专家"导读"的，是相对落寞的《章炳麟》。

说《章炳麟》"落寞"，也只是相对而言。1986 年，湖南人民出版社刊行林辰编《许寿裳文录》，其中的《国学大师的章太炎先生》一文，实即《章炳麟》第三章；1987 年，重庆出版社推出重排的《章炳麟》。这两种书，各印了千余册，依据的都是"字迹模糊之处甚多"的土纸本（重庆：胜利出版社，1945 年）。2003 年，上海百家出版社刊行倪墨炎、陈九英编《许寿裳文集》上下卷，其中《章炳麟》一书用的是 1946 年南京胜利出版公司的本子。上海版收罗颇广，除几部专门著作外，更旁及集外文、诗集、书信以及纪念文录（据《编辑说明》，此举得益于许先生家乡先后出版的《许寿裳纪念集》《许寿裳诗集》《许寿裳书信选集》等），给研究者提

---

[1] 周作人：《北京的茶食》，《泽泻集》，上海：北新书局，1927 年。

供了很大的的方便。

即便如此，对于普通读者来说，一册轻便且校勘精良的《章炳麟》，还是十分必要的。百花文艺出版社准备重刊《章炳麟》，这我很赞同。只是许著大量引证章太炎的文章，必须认真校勘，方才可读。对此，我寄予厚望。

2004 年 2 月 13 日于京西圆明园新居

（原刊《鲁迅研究月刊》2004 年 3 期）

作为大学校长的蒋梦麟

　　去年秋冬，很想为北大老校长蒋梦麟（1886—1964）写篇短文，纪念其逝世五十周年；后因杂事繁多，忙别的去了。这学期在北大讲选修课，专设一章"何为大学——蔡元培与蒋梦麟"，略表心意。课讲完了，意犹未尽，干脆引申开去，撰成此文。

　　十八年前，我在纽约的哥伦比亚大学访学，利用该校东亚图书馆资料，撰成一组总题为《哥大与北大》的短文，先后在纽约的《明报》以及北京的《中华读书报》上连载，后收入《老北大的故事》（南京：江苏文艺出版社，1998年；北京大学出版社，2009年）。其中谈论蒋梦麟的"教育名家"一则，给我带来意想不到的麻烦。

　　以教育为切入口，谈论哥大与现代中国的关系，本不该有太大争议。因为，从事乡村教育的陶行知、陈鹤琴、赵叔愚，都是哥大师范学院的毕业生；更值得关注的是哥大与中国高等教育的关系，东南大学首任校长郭秉文、北京高师校长邓萃英、岭南大学校长钟荣光、沪江大学校长刘湛恩、齐鲁大学校长朱经农等，都曾就读哥大。至于历任北大校长，蒋梦麟、胡适、马寅初，更是堂堂正正的哥大博士。至于张伯苓1917年筹办高等教育失败，随即赴美，入哥大师范学院研究一年，更凸显了当年哥大在中国教育家心目中的地位。

谈论蒋梦麟的这篇短文，因批评《北京大学校史》增订版（萧超然等著，北京：北京大学出版社，1988年）断言蒋梦麟乃"典型的国民党新官僚"，不同意将整顿教学秩序说成是压制学生运动，而招来了严厉的斥责。当初愤愤不平，日后想来，是我年轻气盛，主动挑战造成的。若换一种方式，仅限于正面立论，当不致如此剑拔弩张。可见，"真话"说早了、说急了、说狠了，效果并不好。可是，都想等"水到渠成"，真的是"人寿几何"呀！十八年后的今天，表扬长期辅助蔡元培（三度代行校长职权）、1930年12月至1946年8月主政北大（抗战期间为西南联大三常委之一）的蒋梦麟，已经没有任何障碍了。

蒋校长是平反了，可当初争论的症结仍在——这就是如何界定大学的功能。作为职业教育家，蒋梦麟对无休止的罢课很不以为然。1919年7月23日上午，北京大学学生集会欢迎蒋梦麟代表蔡元培到校主持校务，蒋发表演讲，算是送给北大人的见面礼——先表扬学生的爱国热情，又说青年应"以自己的学问功夫为立脚点"，接下来就是："现在青年做救国运动，今日反对这个，明日反对那个，忙得不（得）

了。真似'可怜年年压针线，为他人补破衣裳'，终不是根本办法。吾人若真要救国，先要谋文化之增进。日日补破衣裳，东补西烂，有何益处？深望诸君，本自治之能力，研究学术，发挥一切，以期增高文化。"[1]如此"逆耳"的"忠言"，居然没被学生轰下台，也真是奇迹。

1920年5月，蒋梦麟和胡适联名在《新教育》第2卷第5期上发表《我们对于学生的希望》（此文由胡适执笔），表扬这一年的学生运动，"引起学生对了社会国家的兴趣"，再就是"引出学生的作文演说的能力、组织的能力、办事的能力"，可话锋一转，又是唱反调："荒唐的中年老年人闹下了乱子，却要未成年的学生抛弃学业，荒废光阴，来干涉纠正：这是天下最不经济的事。……单靠用罢课做武器，是最不经济的方法，是下下策，屡用不已，是学生运动破产的表现！"[2]某种意义上，蔡元培与蒋梦麟的立场是一致的，只不过说法委婉多了："'五四'而后，大家很热心群众运动，示威运动。那一次大运动，大家虽承认他的效果，但这种骤用兴奋剂的时代已过去了。大家应当做脚踏实地的功夫。"[3]蒋梦麟日后在《西潮》第十五章"北京大学和学生运动"中，谈及蔡元培对学生运动的态度时，否认蔡校长"随时准

〔1〕 蒋梦麟：《初到北京大学时在学生欢迎会中之演说》，《过渡时代之思想与教育》394页、395页，上海：商务印书馆，1933年。
〔2〕 蒋梦麟：《过渡时代之思想与教育》157页、159—160页。
〔3〕 蔡元培：《在北大话别会演说词》，《蔡元培全集》3卷452页，北京：中华书局，1984年。

备鼓励学生闹风潮"的流言[1]，我以为是可信的。

又过了两年，蒋梦麟发表《北京大学第二十五年成立纪念日的感言》，称："近几年来，学生运动，是新动机。现在又遇一反动；这反动就是教育破产。"[2]如此立说，比较隐晦；而约略与此同时撰写的《学风与提高学术》，则打开天窗说亮话："教育界这三年来，所用于自卫或攻击的武器，只有一件，就是罢课。但这件武器，一用再用，再而三，三而四，已破烂不堪，不能再用了。杀人不下，近来竟用以自戕了。武器破烂，教育自卫之道，从此穷矣。"[3]有什么办法可以补救呢？蒋梦麟提出来的方案，也不过是十分空洞的"提高学术"。

再过一年，时正代理北大校长的蒋梦麟，特为校庆撰写《北大之精神》，称北大特点有二：一是大度包容，二是思想自由；而与之密切相关的，便是两个明显的缺点："能容则择宽而纪律弛。思想自由，则个性发达而群治弛。"有鉴于此，必须在"相当范围以内，整饬纪律，发展群治，以补本校之不足"[4]。如此一而再，再而三地主张"整饬纪律"，无论过去还是现在，都是学生们所不爱听的。可如果没有蒋梦麟的"黑脸"，单靠蔡元培校长的"红脸"，这大学是无法维

[1] 参见蒋梦麟《西潮·新潮》126页，长沙：岳麓书社，2000年。
[2] 蒋梦麟：《过渡时代之思想与教育》418页。
[3] 蒋梦麟：《过渡时代之思想与教育》185页，此文原题《晨报四周年纪念日之感想》。
[4] 蒋梦麟：《过渡时代之思想与教育》473页。

持下去的。某种意义上，职业教育家蒋梦麟的"务实"，是蔡校长得以"高蹈"的前提。

蒋梦麟这一"整饬纪律"的立场，在其长校的 30 年代，得到更为充分的展现。上任伊始，叮嘱文、理、法三学院的院长"辞退旧人，我去做；选聘新人，你们去做"，如此勇于担当，体现了大教育家的肩膀。至于确立"教授治学，学生求学，职员治事，校长治校"的办学宗旨，利用中华教育文化基金董事会拨款，设立研究讲座、专任教授及学生奖学金，建设研究院，规定大学生做毕业论文，缺课三分之一者不得参加考试，留级两次或留级一次加上两门必修课不及格者退学等，甚至因学费问题与学生直接冲突，毫不退让[1]，所有这些举措，可说是"一意孤行"。正因校长强势，且颇具胆识，在时局极为动荡的 30 年代，北大的教学与科研才能稳步上升。站在教育史角度，对于蒋校长之苦心孤诣，应该点赞，而不是冷嘲热讽。

20 世纪 20 年代以后的中国，稍有良知的教育家，都面临夹在顽固强硬的政府与热情激进的学生之间的困境。国共两党出于各自的政治利益，对学潮的评价天差地别，但着眼点都是政局稳定与否。教育家则不然，从培养人才的角度立论，对学生之"荒废学业"不能不深表遗憾。历史学家对校

---

〔1〕 参见马勇《蒋梦麟教育思想研究》第 183—191 页，沈阳：辽宁教育出版社，1997 年。

长们左右支绌的困境，须具"同情之理解"。只有在极端情况下，大学校长才会与学生站在一起，用罢课、罢教、游行示威等手段对抗政府。某种意义上，这是校长的职责决定的——维持正常教学秩序，努力"提高学术"，而不是介入现实政治。

我并不完全认同蒋梦麟的做法，但作为北大校长，他坚决要求学生以求学为第一要务，走的是正道。相反，若校长鼓动学潮，那才是滑天下之大稽。至于教授与学生，完全可以有不同的立场。大学最终如何发展，取决于各方力量的博弈，并不完全体现校长的意志。基于此判断，我认可蒋梦麟的工作，当初的断言，今天看来依旧有效："历任北大校长中，名气最大的当属蔡元培。对于老北大基本品格的奠定，蔡氏确实起了不可替代的作用。可在历史学家笔下，蔡氏的意义被无限夸大，以至无意中压抑了其他同样功不可没的校长。最明显的例子，莫过于蔡氏的早年学生蒋梦麟。"[1]这段话，被日后很多谈论蒋梦麟的文章所引用。

但阅读这段话，最好与我对蔡元培的一再表彰相对照，方不至于出现大的误差。我曾经说过："百年中国，有独立的大学理念，且能够真正付诸实施的，不敢说仅此一家，但蔡元培无疑是最出色的。这是因为，有其位者不一定有其识，有其识者不一定有其位；有其位有其识者，不一定有其时——集

---

〔1〕 陈平原：《老北大的故事》42页，北京大学出版社，2009年。

天时地利人和于一身，才可能有蔡元培出长北大时的挥洒自如。"[1] 蒋梦麟并不具备蔡先生那样的崇高威望，也没有"集天时地利人和于一身"的幸运，无论他如何努力，都只能是一名优秀的大学管理者，而不可能像蔡先生那样成为现代中国"大学精神"的象征。

这就到了"功狗"的自嘲。1950 年 12 月 20 日，时任台湾大学校长的傅斯年在台湾省议会答复教育行政质询时过度激动，突患脑溢血逝世于议场，享年 55 岁。老朋友蒋梦麟当即撰写《忆孟真》，初刊 1950 年 12 月 30 日《中央日报》，后收入（台湾）传记文学出版社 1967 年版《新潮》。文中有一段话，颇具深意，值得引录：

> 十二月十七日为北京大学五十二周年纪念。他演说中有几句话说他自己。他说梦麟先生学问不如蔡孑民先生，办事却比蔡先生高明。他自己的学问比不上胡适之先生，但他办事却比胡先生高明。最后他笑着批评蔡、胡两位先生说："这两位先生的办事，真不敢恭维。"他走下讲台以后，我笑着对他说："孟真，你这话对极了。所以他们两位是北大的功臣，我们两个人不过是北大的功狗。"他笑着就溜走了。[2]

---

〔1〕 陈平原：《触摸历史与进入五四》第 123 页。
〔2〕 蒋梦麟：《西潮·新潮》332 页。

这故事很精彩,常被论者转述,可惜不见出处。两个大学校长惺惺相惜,且都很风趣,自嘲中不无自得——毕竟自己办事能力远比师长强。

既然那么能干,为何世人普遍认定,兢兢业业的蒋梦麟,其历史地位不及蔡元培?关键是对大学精神的理解、阐扬与坚守。蔡先生所提倡的"循思想自由原则,取兼容并包主义",乃大政方针,影响极为深远。至于蒋梦麟,办事能力极强,人格操守也没有问题,不愧是教育名家。但若站得更高点,则会发现他太守规矩,缺乏那种开天辟地的气魄——当然,也没有那种机遇。傅斯年比他幸运多了,出任台湾大学校长不到两年(1949 年 1 月至 1950 年 12 月),因其大刀阔斧的改革,以及凸显某种精神取向,而被台大人永远铭记——其历史地位类似蔡元培之于北京大学。

我表彰蒋梦麟在教育史上的贡献,也理解他在实际操作层面某些不得已的举措;但同时我也注意到,抗战期间,蒋校长似乎对北大的兴趣明显下降。作为西南联大三常委之一,蒋梦麟没能为北大在联大内部争取更大话语权,对于这一点,北大老人颇多怨言。也有对此持理解乃至赞赏态度的,如钱穆在《师友杂忆》第十一章"西南联大"中,自述当年如何为蒋校长解围[1],还有汤用彤 1945 年 9 月 6 日致信胡适,引自己此前给蒋梦麟的信:"在抗战八年中,三校合

---

〔1〕 参见钱穆《八十忆双亲·师友杂忆》187 页,长沙:岳麓书社,1986 年。

作，使联大进展无碍，保持国家高等教育之命脉。此中具见
先生处世之苦心，有识者均当相谅。"[1] 三校合作，特别忌讳
领导打架、政出多门，那样的话，下面的人无所适从。张伯
苓年高不管事，蒋梦麟则常驻重庆，目的都是为梅贻琦执掌
西南联大腾出更大空间。

　　我的判断是，常驻战时首都重庆的蒋梦麟，在与达官要
人的周旋中，逐渐失去了对于北大事务的兴趣。看他抗战胜
利后，因"大学校长不得兼任行政官吏"之条规，不顾胡适
等老友的极力劝阻，舍北大校长，而出任行政院秘书长，就
明白"冰冻三尺，非一日之寒"。

　　此外，这段时间蒋梦麟对学问的兴趣与日俱增。1943 年
1 月和 12 月，蒋梦麟给远在美国的胡适写了两封信。前一
封辩解自己对西南联大事"不管者所以管也"；同时称"两
年中著一本《书法之原理与技艺》，近月来著成第二册"，且
"夙兴夜寐，从事学习英文，亦稍觉进步"[2]。后一封则交代
托人将《西潮》（原题《东土西潮》）英文书稿带到美国，转
交给胡适，以谋求出版，而后就是：

　　　　你知道这廿余年来，我的学问荒疏极了。到了
　　　五十五岁，才知发愤求学。你看可笑不可笑呢？……在

〔1〕《胡适往来书信选》下册 33 页，北京：中华书局，1980 年。
〔2〕《胡适往来书信选》中册 550 页，北京：中华书局，1979 年。

这二十多年之将来，我想做点学问，补我往者之失。但亦不过想不苟活一世罢了，并没有学问上的大野心，以心之所好，玩玩罢了。我这本书也不过是玩意儿，觉得有趣得很。[1]

这本抗战时写于重庆防空洞的《西潮》(*Tides From The West*)，就像第一章所说的，"有点像自传，有点像回忆录，也有点像近代史"[2]。此书英文版为耶鲁大学出版社 1947 年刊行，中文版则于 1959 年由中华日报社首印。毫无疑问，这是一本好书。我谈大学教育，不管是描述蔡元培的性格及贡献，还是铺排"五四"前后思想潮流的演进，抑或阐发抗战中大学西迁的意义等，都曾引述此书。

但另一方面，我又对蒋梦麟在抗战最紧张的时候，身为西南联大三常委之一，竟然有心思、有时间坐下来著书立说，深感惊讶。花那么多时间撰写《西潮》以及《书法之原理与技艺》，某种意义上表明作者对西南联大的具体事务已经意兴阑珊——这也是北大教授对他不满的缘故。校长当然可以有业余爱好，可我却由此"雅趣"窥测蒋梦麟的心境——日后出任行政院秘书长、农复会主委，不是偶然的。

这倒让我想起《过渡时代之思想与教育》一书的《引

---

[1]《胡适往来书信选》中册 564 页。
[2] 蒋梦麟：《西潮·新潮》15 页。

言》："著者十民国八年，投入了北京大学里的学校行政的旋涡，起初尚兼教学而略从事作文。其后因受政治不良的影响，革命心理的冲动，频年学潮汹涌，又因学款积欠过巨，叠起教潮；行政事务逐渐加多，学问功夫逐渐减少，至民十一以后，简直成了单纯的学校行政者。积重难返，索性把笔搁起了。"[1] 作为北大总务长或代理校长，蒋梦麟全力以赴处理校务，以至于没有时间读书写作，那是再正常不过的了。

其实，大学管理是一件大事，需要高瞻远瞩，更需安知行合一，是值得校长们全力以赴的。十年前我写过一则短文，题为《为大学校长"正名"》（初刊《南方人物周刊》2004 年 12 月 1 日，后收入北京大学出版社 2006 年版《大学何为》），其中有这么一段："其实，大学校长的主要任务是当好伯乐，而不是自己争着去做千里马。既当校长，又抢课题，还带了不少研究生，这种'革命生产两不误'的做法，我颇为怀疑。不是你当校长不够尽心，就是你的研究只是挂名——谁都明白，做好这两件事，都必须全身心投入，你一天又不可能变出四十八小时。与目前的流行思路相反，我以为，国家根本就不该给大学校长重大科研项目。"好在最近情况发生很大变化，无论政府还是民间，呼吁校长们暂时搁置自己的学术研究，专职从事行政管理，已经成为主流的声音。

---

[1] 蒋梦麟：《过渡时代之思想与教育》2 页。

也正因此，我虽然欣赏蒋梦麟的《过渡时代之思想与教育》《西潮》《新潮》等著述，但我更怀念二三十年代那个虎虎有生气、有点霸道、以"提高学术"为第一要务，甚至不惜与学生直接对阵的大学校长。

2015 年 5 月 12 日于京西圆明园花园

附记：

1991 年初春，我在香港中文大学访学，经常逛旧书店，先后购得香港磨剑堂版《西潮》和《新潮》。那明显是盗印台湾的本子，有发行地址，但没出版时间。这两本书当时认真读过，感触很深，且做了标记，实在舍不得丢。到了需要引用时，只好随手找一种近年刊行的本子。因此，我的论著中，引《西潮》或《新潮》时，用的本子不一致。

（初刊《书城》2015 年 7 期）

新文化运动的另一面

——从卢梭信徒张竞生的败走麦城说起

如果非要用一个词来描述张竞生（1888—1970）不可，与其选择"性学专家"，不如说是"卢梭信徒"。作为北大哲学教授，竟然凭借薄薄一册《性史》，赢得生前无数骂名，也收获了半个多世纪后的无限风光，这其实是不虞之誉／毁。十年前，我为张培忠著《文妖与先知——张竞生传》撰写序言，提及不仅学问与立场，甚至包括性情与行为方式，最合适作为卢梭信徒或私淑弟子的，莫过于张竞生："从早年的博士论文《关于卢梭古代教育起源理论之探讨》（1919），到北大教书时的专著《美的人生观》《美的社会组织法》，到离开学界后的译述《卢骚忏悔录》《梦与放逐》《歌德自传》《烂漫派概论》《伟大怪恶的艺术》，一直到晚年撰写'半自传式的小品文'《浮生漫谈》《十年情场》《爱的漩涡》等，张竞生几乎所有的著译，都隐隐约约可见卢梭的影子。"[1]

---

〔1〕 陈平原：《孤独的寻梦人》，见张培忠《文妖与先知——张竞生传》，北京：生活·读书·新知三联书店，2008年。

　　同是北大哲学教授，美国博士胡适引进杜威，名满天下，引领风骚数十年；法国博士张竞生信奉卢梭，为何举步维艰，成为一颗划过天际、瞬间照亮漫漫夜空的彗星？这涉及新文化人努力的方向以及新文化运动的天花板。终其一生，张竞生最为春风得意的，莫过于北大任教那五年（1921 年 10 月至 1926 年 6 月）。授课之余，在《晨报副刊》上发起爱情大讨论，提出爱情四定则，出版《美的人生观》；以哲学教授身份征集并出版惊世骇俗的《性史》，一时间举国哗然。这些举动虽被保守人士视为"国民公敌"，但新文化人大体上是支持的。转折在于 1926 年 6 月的南下上海，创办关注妇女问题与性教育的《新文化》月刊以及让人充满遐想的美的书店。此后屡战屡败、屡败屡战，虽未完全向世俗社会投降，始终昂起头颅，但不管是翻译世界名著，还是筹划乡村建设，都心有余而力不足。历史是如此无情，主要不是看当事人的志向，而是看其实际业绩。张竞生留在思想史或文化史上的，确实只是"性学专家"。至于哲学家、美学家、文学家、社会学家、乡村建设实践家云云，只能说有此潜质与意愿，最终因外在环境以及个人因素而没能真正实现。

　　在这个意义上，周作人称"张竞生时髦地行运到十五年底为止"[1]，不是没有道理的。虽然张竞生也曾奋起反击，但周氏一语成谶。此后的张竞生，左冲右突、上下求索，始终

---

[1] 岂明：《时运的说明》，《世界日报副刊》，1927 年 2 月 26 日。

无法摆脱"性博士"的恶名。

对我来说,谈论这位风光五载、落拓半生的北大前辈、家乡贤达,褒贬之间,需要史家的清醒,而不是"理解的同情"。其中最让我感到困惑的是:"真正让张竞生'无地自容'的,是占据20世纪中国思想学术主流地位的'五四'新文化人及其后学。"当初一笔带过,这回借为《张竞生集》作序,进一步阐发。因为,这是理解张竞生之所以长期被扭曲与遗忘的关键,也是让其重新浮出水面所必须闯过的重要关卡。

查蔡元培1921—1926年日记,提及不少学界人士的名字,就是没有北大哲学系教授张竞生[1],而此前他俩在法国是有过交往的。1934年,蔡元培在《东方杂志》31卷1号上发表《我在北京大学的经历》,提及其着意聘请的不少文理科教授:"我本来很注意于美育的,北大有美学及美术史教课,除中国美术史由叶浩吾君讲授外,没有人肯讲美学。十年,我讲了十余次,因足疾进医院停止。至于美育的设备,曾设书法研究会,请沈尹默、马叔平诸君主持。设画法研究会,请贺履之、汤定之诸君教授国画;比国楷次君教授油画。设音乐研究会,请萧友梅君主持。均听学生自由选

---

〔1〕 参见中国蔡元培学会编《蔡元培全集》16卷104—281页,杭州:浙江教育出版社,1998年。

习。"[1]其实，最接近蔡先生美育趣味的，应该是本校哲学系
教授张竞生。后世论者谈及蔡元培的美育思想如何逐步推
广，提到很多名字和著述，可就是没有张竞生及其《美的
人生观》《美的社会组织法》[2]。提倡"美治精神"，拓展"美
间""美流"与"美力"，甚至创立"美的政府"，以求满足
人民群众不断增长的物质与精神需求，此等乌托邦论述[3]，
不管你如何评价，与蔡元培的"以美育代宗教"是有亲缘关
系的。只可惜蔡先生不愿提及，后世的研究者也充耳不闻。

北大同人中，热衷于译介蔼理士，并撰有《猥亵的歌
谣》（1923 年）、《女裤心理之研究》（1924 年）、《与友人论
性道德书》（1925 年）等的周作人，最有可能成为张竞生的
同盟军。但查 1921—1926 年的周作人日记，没有张竞生的
踪影，其中 1924 年底附录有"知友一览"，区区十二人，自
然更轮不到张博士了[4]。不过，同样关注性心理与性教育，
竭力破除世人的性禁忌，这方面，周作人确实给过张竞生很

---

[1] 蔡元培：《我在北京大学的经历》，见高平叔编《蔡元培全集》6 卷
355—356 页，北京：中华书局，1988 年。

[2] 邓牛顿在论及"美育运动的实绩"时，提及许多名字，同样没有张竞
生（参见《中国现代美学思想史》16—20 页，上海：上海文艺出版社，
1988 年）。虽未正面提及，但在作为附录的"中国现代美学著译要目"
中开列《美的人生观》《美的社会组织法》，已经是个例外了。

[3] 张竞生在《美的社会组织法》（北京：北京大学出版社，1925 年）之
《导言》中称："倘若此书长此终古，作为乌托邦的后继呢，则我也不枉
悔，因为它虽不能见诸事实，可是我已得到慰情与舒怀了。"

[4] 参见《周作人日记》中册 187—540 页，郑州：大象出版社，1996 年。

大的支持[1]。

2014年，世界图书出版公司重印《性史》，封底引周作人的话，可人家谈的不是《性史》，而是《美的人生观》[2]——"前几天从友人处借来一册张竞生教授著的《美的人生观》，下半卷讲深微的学理，我们门外汉不很懂得，上半卷具体地叙说美的生活，看了却觉得很有趣味。张先生的著作上所最可佩服的是他的大胆，在中国这病理的道学社会里高揭美的衣食住以至娱乐的旗帜，大声叱咤，这是何等痛快的事。"[3]周作人还有一篇谈张竞生的文章，但评价已大为逆转："张竞生先生我是认识的，他作《美的人生观》时的大胆我也颇佩服，但是今年他在《新文化》上所讲的什么丹田之类的妖妄话，我实在不禁失望。"[4]60年代，周作人撰《知堂回想录》，其中"北大感旧录"那组文章很动人，分别谈论辜鸿铭、刘师培、黄侃、林损、许之衡、黄节、孟森、冯汉叔、刘文典、朱希祖、胡适、刘半农、马廉、钱玄同、蔡元培、蒋梦麟、陈独秀等；若再加上"北京大学""蔡孑民""林蔡斗争文件""卯字号的名人""三沈二马""二马之余"等节，

[1] 1925年5月，北京大学印刷课第一版《美的人生观》上，张竞生《序》开篇引录周作人的《沟沿通信之二》，结尾则"我极感谢周作人先生公正的批评"。
[2] 《美的人生观》1924年5月印成讲义，1925年至1927年间重印7次（参见江中孝编《张竞生文集》上卷23页，广州出版社，1998年）。
[3] 开明：《沟沿通信之二》，《晨报副刊》，1924年8月27日。
[4] 岂明：《〈"新文化"上的广告〉按》，《语丝》124期，1927年3月25日。

周作人谈北大同事的文章实在够多，可就是没有张竞生。

检索 2003 年安徽教育出版社版《胡适全集》，总共 44 卷，第 21 卷收录了初刊 1929 年《新月》第 2 卷第 6—7 号合刊的《新文化运动与国民党》，引述了张竞生但语带嘲讽。第 29 卷三次提及张竞生，那是 1922 年 3 月 5 日、5 月 30 日和 6 月 2 日的日记，属于事务性质，不带评价。值得引录的，只有第 31 卷的 1928 年 6 月 3 日日记："北大学生聂思敬来谈。他带了张竞生一封信来。竞生也有大规模的译书计划。此意甚值得研究，不可以人废言。"后面张贴了《张竞生的一封公开信》，谈的是译书计划："据竞生个人实地在书店及编辑部经验所得，断定如有十万元资本，以之请编辑七八十位，按时译书，则数年内可将世界名著二三千本译成中文，其关系于我国文化至深且大。"这里的"不可以人废言"，已经蕴含"此人声名狼藉"这一前提。这就难怪胡适日后口述自传，只字不提当年北大哲学系同事张竞生。

胡适与张竞生的精神气质及学术路数完全不同，不提及也就罢了；令人意外的是，主持妙峰山进香调查的顾颉刚，也不提张竞生。1922 年 1 月北大文科研究所国学门正式成立，除了培养研究生，编印书刊，还设有考古学研究室、明清史料整理会、风俗调查会、歌谣研究室、方言调查会等。1926 年 8 月 18 日刊行的《北京大学研究所国学门周刊》第二卷 24 期上，提及下属各单位业绩，风俗调查会除了发放表格，请暑假回乡学生以及各地学校代为调查，再就是"由本会自行派员调查者，计有妙峰山东岳庙、白云观及财神殿进香之风俗"。查 1923 年 5 月 19 日、1923 年 11 月 10 日、1924 年 3 月 6 日、1924 年 6 月 12 日《北京大学日刊》上的《研究所国学门启事》、《研究所国学门恳亲会记事》（魏建功）、《张竞生启事》、《研究所国学门风俗调查会开会纪事》等[1]，证实风俗调查会确系张竞生发起成立的。可惜的是，现代学术史上颇为显赫的妙峰山调查，竟与张竞生无缘。1925 年 4 月 30 日至 5 月 2 日，顾颉刚与容庚、容肇祖、庄严、孙伏园等上妙峰山，调查香会的组织、礼仪以及民众心理等，此乃北大提倡民俗研究后开展的第一次正式调查，领到了调查费用五十元。在 4 月 30 日的日记中，顾颉刚称："到妙峰山看烧香，想了好几年，今日乃得实现。"[2]为何如此期待？原因是："在研究学问上着想，我们应当知道民众的生活状况""学问的材料，只要是一件事物，没有不可用的，绝对没有雅俗、贵贱、贤愚、善恶、美丑、净染等等的界限。"[3]查顾颉刚 1925 年日记，后面附有师友联系方式（地址或电话），共约一百三十人，可就是没有风俗调查会首创者张竞生[4]。

---

〔1〕 参见王学珍、郭建荣主编《北京大学史料》2 卷 1484—1496 页，北京：北京大学出版社，2000 年。

〔2〕 参见《顾颉刚日记》1 卷 613 页，台北：联经出版公司，2007 年；顾潮编著《顾颉刚年谱》107—108 页，北京：中国社会科学出版社，1993 年。

〔3〕 顾颉刚：《妙峰山进香专号·引言》，《京报副刊》147 期《妙峰山进香专号（1）》，1925 年 5 月 13 日。

〔4〕 参见《顾颉刚日记》1 卷 696—703 页。

在《〈国学门周刊〉一九二六年始刊词》中，顾颉刚提及参观北大二十七周年纪念会陈列室的人，"到考古室时很感到鼎彝的名贵，到明清史料室时也很感到圣谕的尊严，但到了风俗和歌谣室时便不然了，很多人表示轻蔑的态度"，这点让他很愤慨："在我们的眼光里，只见到各个的古物、史料、风俗物品和歌谣都是 什东西，这些东西都有它的来源，都有它的经历，都有它的生存的寿命"，因而都值得我们认真研究。这还不算，又添了 句"固然，在风俗物品和歌谣中有许多是荒谬的、秽亵的、残忍的"[1]。经由新文化人的积极鼓吹与提倡，猥亵的民间歌谣以及卑微的风俗物品，作为文学或史学的辅助材料，很快就登堂入室了。唯独不能接受的，是张竞生主持的关于性史的调查。

据张竞生回忆："我当时是'北大风俗调查会'主任委员。在调查表中由我编出了三十多项应该调查的事件，其中有性史的一项。会员们（都是教授）在讨论之下，觉得性史的调查，恐怕生出许多误会，遂表决另出专项。所以，我就在北京报上发出征求的广告了，这个可见性问题在我们当时看来，也是风俗的一门，应该公开研究的。"[2]这个刊1926年初《京报副刊》的征求性经验的启事，含九项内容，从几

〔1〕 顾颉刚：《〈国学门周刊〉一九二六年始刊词》，《国学门周刊》2卷13期，1926年1月6日；另外参见顾潮编著《顾颉刚年谱》118—119页。
〔2〕 张竞生著、张培忠辑：《浮生漫谈——张竞生随笔选》154页，北京：生活·读书·新知三联书店，2008年；另见江中孝编《张竞生文集》下卷103—104页。

岁春情发生，到手淫、梦遗、同性恋，再到口交、嫖妓、性好、性量、性趣等，"请代为详细写出来"："尚望作者把自己的'性史'写得有色彩，有光芒，有诗家的滋味，有小说一样的兴趣与传奇一般的动人。"[1]1926年5月，张竞生编纂的《性史》横空出世，虽然张本人的《序》及《赘语》努力学理化，但七个案例细致入微，文采飞扬，成了主要看点。一时间，民众争相抢购，不法书商伪造续书，道德之士纷纷谴责，而"张竞生忙碌半年，分文未取，却被一世恶名，而且人生道路从此发生逆转，以至蹉跎终生，每每陷入万劫不复的境地"[2]。

众多谴责与迫害，最让张竞生铭心刻骨的，是原北大总务长、时任浙江省教育厅厅长、日后长期执掌北京大学的蒋梦麟。在《浮生漫谈》和《十年情场》二书中，张竞生对蒋梦麟如何刻意迫害他，有绘声绘色的描写[3]。蒋梦麟抗战中陆续写成的英文自传《西潮》以及提到很多北大文科教授的《谈中国新文艺运动》[4]，都只字未提杭州拘捕张竞生事。不过，在《西潮》第十九章"反军阀运动"中，

---

〔1〕 张竞生：《一个寒假的最好消遣法——代"优种社"同人启事》，《京报副刊》403号，1926年2月2日。

〔2〕 参见张培忠《文妖与先知——张竞生传》348—361页，北京：生活·读书·新知三联书店，2008年。

〔3〕 参见张竞生《浮生漫谈》中"开书店和打官司"一则以及《十年情场》第三章"与褚女士言归于好"之二、三、四节。

〔4〕 参见蒋梦麟《谈中国新文艺运动》，见《新潮》107—142页，台北：传记文学出版社，1967年。

蒋曾反省在杭一年工作："我当时年壮气盛，有所决策，必贯彻到底，不肯通融，在我自以为励精图治，在人则等于一意孤行。"[1]若坚信张竞生败坏社会风气，有损北大声誉，时任浙江省教育厅厅长的蒋梦麟，是有可能出手的。至于具体细节，在相关档案发布之前，只能先听张竞生的一面之词。

在我看来，与周作人、周建人、潘光旦等一大批新文化人的论战，对于张竞生来说，是很不明智的，甚至可以说是灾难性的[2]。半个多世纪后，另一位性学专家刘达临谈及《性史》风波："张竞生经受了两者打击，一是传统的保守势力，一是借性学之名行淫秽之实的书商，而后者的打击是致命的""他太激进，太孤军深入，如果多一些灵活性，多一些藏拙和含蓄，也许能少经受一些打击，多实现一些理想。可是，人们又怎能以此苛求一个奋不顾身的勇士呢！"[3]后一句很有见识，前一句则不太准确，真正给予张竞生致命打击的，不是"传统的保守势力"，而是同样关注妇女问题及性道德的新文化人。因他们特别担心，这位完全不顾中国国情的张竞生，将这个好题目给彻底糟蹋了，自己成烈士不说，还连累此话题也成了禁区。这就好像一头莽撞的大象，

〔1〕蒋梦麟：《西潮》113 页，台北：世界书局，1962 年。
〔2〕参见张培忠《文妖与先知——张竞生传》411—422 页。
〔3〕刘达临：《20 世纪中国性文化》158 页，上海：上海三联书店，2000 年。

出于好奇，闯进了瓷器店，悠然转身离去时，留下了无法收拾的一地碎片。

这就回到，为何同是关注民众日常生活，顾颉刚的妙峰山调查大获好评，而张竞生的性史调查却落到如此不堪的地步？除了世人误解以及环境压迫，还得谈谈张竞生自身的气质与才情。

作为留学法国的哲学博士，张竞生是有一定的专门学养的。只是因其好出惊人之论，当年北大同事，普遍对他印象不佳。单看他为青年开书单，你就明白这个人何等自恋与狂傲。1925年《京报副刊》征求青年必读书十部，第一个登台亮相的是如日中天的胡适，同年2月27日的《京报副刊》上，刊登第十五位名流学者北大教授张竞生所开书目：（1）《建国方略》（孙中山著）；（2）《红楼梦》；（3）《桃花扇》；（4）《美的人生观》（张竞生著）（夸口夸口，玩笑玩笑！），以下六书为译本，能读原文更好：（5）《科学大纲》（英丹森著）；（6）《创化论》（法柏格森著）；（7）《结婚的爱》（斯妥布士著）；（8）《相对论浅说》（爱因斯坦著）；（9）《社会问题详解》（共学社出版）；（10）《互助论》（克鲁泡特金著）。在众多中外名著中，非要插入自己刚出的小书不可，虽加了一个括号——（夸口夸口，玩笑玩笑！），还是让人感觉很不舒服。细读前后文，这可不是自嘲或幽默，显然，北大时期的张竞生是很自负的。

在一个崇尚中庸的国度，意气风发，标新立异，既是巨大的诱惑，也是致命的陷阱。以"奇谈怪论"暴得大名，其实不祥。当然，不排除张竞生有意为之，故作惊人语，挑战公众神经。在《卢骚忏悔录》第三版序言中，张竞生称："做好人已难，做有革命性之人更难。你想他若是庸庸碌碌，当然不能得盛名。他的得名乃在他的特见伟论，这个当然不免于惊世骇俗，而引起一班仇人反对了。……凡大思想家，类多受诟于当时，而获直于后世者。"[1]这段话虽是开列书目三年后才写的，但张竞生的思维方式及发言姿态，我以为早就设定了。要得"盛名"，就得有"特见伟论"，就得敢于挑战权威以及世俗偏见，即便当时备受诟毁，后世也可收获盛誉。某种意义上，这也是一种立言乃至扬名的策略。

北大时期，说说大话是没有关系的。1926年的负气出走，此后是另一番天地。因《性史》事件饱受非议，留在北大也会不愉快，但相对来说，大学还是比较能容纳"异端邪说"的。离开相对宽松且清高的大学，跑到十里洋场，独立经营书刊，不能不向商业逻辑转变乃至投降。《十年情场》中称自己出版《性史》不是为了钱，理由是："我当时是哲学博士，北京大学教授。在我未出《性史》之前，我已在社会上蜚声我的《爱情定则》与《美的人生观》了。就当时说，我的经济极优裕，对于傥来物的钱财我是看不上眼的。"[2]这话我相信。但上海时期的张竞生，追求轰动效应，获取商业利

〔1〕 张竞生：《〈卢骚忏悔录〉三版序》，《卢骚忏悔录》，上海：世界书局，1932年。
〔2〕 参见《张竞生文集》下卷103页、《浮生漫谈——张竞生随笔选》153页。

润，却是不可避免的。此后江河日下，很难再有充裕的时间与从容的心境来从事研究或著述了。

多年后，张竞生曾有很好的自我反省，那是《十年情场》第一章"开始研究性学"。张称自己编《性史》主要受英国学者蔼理士影响，加上"我在法国习惯了性交的解放与自由，反观了我国旧礼教下的拘束，心中不免起了一种反抗的态度"。想法很不错，但操作有问题。蔼理士《性心理学》主体部分乃学术讨论，附录的"性史"仅作为参考资料，属于"私行本"，成年人方能购买。反观张竞生的《性史》第一集"价钱不过三毫，人人可以买得起"，且全书"只有性的叙述，并无科学方法的结论"。张竞生自己也承认，征文及选文的方向出现偏差，导致"《性史》第一集中未免有'小说化'的毛病"，难怪时人将其作为淫书来抢购与阅读[1]。虽说日后诸多续书乃不法商人牟利之举，与张竞生本人无关，但开篇没做好，科学性不够，这就犹如打开了潘多拉的盒子，始作俑者，难辞其咎。更何况，到上海主编《新文化》月刊，创办美的书店，商业方面的考量迅速上升，诸多言论及举措确实不得体。这就不难理解，为何真正给他沉重打击的，是日渐占据主流地位的新文化人。"性学"本是很严肃的话题，社会阻力大，容易被曲解，研究者须十分慎

---

[1] 参见《张竞生文集》下卷103—108页、《浮生漫谈——张竞生随笔选》154—159页。

重，切忌哗众取宠。否则，差之毫厘，谬以千里。

早年用文学眼光及笔法来做社会调查，虽说有瑕疵，但那可以谅解。由《性史》而转为《新文化》[1]，即便没赚到钱，也惹了一身腥，很多人怀疑其谈"性"说"欲"动机不纯。周作人之所以区分张竞生 1926 年前后的著述，便是从各种奇谈怪论背后读出铜臭味："民国十八年以前，他的运动是多少有破坏性的，这就是他的价值之所在。……可是到了民国十六年，从一月一日起，张竞生博士自己也变了禁忌家、道教的采补家了。他在《新文化》的第一期上大提倡什么性部呼吸，引道士的静坐、丹田，以及其友某君能用阳具喝烧酒为证。喔，喔，张博士难道真是由性学家改业为术士了么？"[2]

周作人读书广博，对西洋性学理论的了解，一点不比张竞生差，眼看《新文化》走火入魔，这才迎头痛击。而受过专业训练的潘光旦，更是这么评价"像有无上的权威似的"的《新文化》："其中侈谈性育的文字，似科学而非科学，似艺术而非艺术，似哲学而非哲学，本不值得一驳。最近的第二期里，主编者不自知其谫陋，竟讨论性育与优生的关系起来。涉及性的文字，胡乱写来，原与淫书无异，早已成为一

〔1〕 对于张竞生的《美的人生观》以及《新文化》月刊，彭小妍有较为通达的评说，参见彭小妍《性启蒙与自我的解放——"性博士"张竞生与五四的色欲小说》，《文艺理论研究》1995 年第 4 期。
〔2〕 岂明：《时运的说明》，《世界日报副刊》，1927 年 2 月 26 日。

班文妖、假社会科学家与假艺术家的渔利的捷径。"〔1〕留学美国的专业训练，与留学法国的生活趣味，二者本就很有隔阂；再加上大学教授可以清高，书店老板靠市场生活，趣味自然不一样。离开北大的张竞生，靠编印书刊为生（此前也有操作，但那是业余的），而市场自有规则，容不得你自由发挥。

从 1927 年海上卖文，到 1933 年二度旅欧归来，这六七年间，张竞生颠沛流离，一惊一乍。因生活所迫，其译书及著述如《卢骚忏悔录》（第一书）、《梦与放逐》《伟大怪恶的艺术》《歌德自传》《多惹情歌》《烂漫派概论》等，大都属于急就章〔2〕。上海世界书局 1929 年初版、1931 年再版、1932年四版的《卢骚忏悔录》，算是张竞生最为用心用力之作，但那也是"译述"。同年商务印书馆推出的章独译本，收入"世界文学名著"丛书，只有上卷（第一、二册），篇幅已

〔1〕 潘光旦：《〈新文化〉与假科学——驳张竞生》，《时事新报·学灯》，1927年 5 月 5 日；此文又刊《性杂志》1 卷 2 期，1927 年 6 月。另外，1946年商务印书馆刊行蔼理士原著、潘光旦译注《性心理学》，潘光旦《译序》重提此事："在有一个时候，有一位以'性学家'自居的人，一面发挥他自己的'性的学说'，一面却利用蔼氏做幌子，一面口口声声宣传要翻译蔼氏的六七大本《研究录》，一面却在编印不知如何处张罗来的若干个人的性经验，究属是否真实，谁也不得而知；和这种迹近庸医的'学者'原是犯不着争辩的，但到忍无可忍的时候，译者也曾经发表过一篇驳斥他的稿子。"
〔2〕 "我生平最遗恨的，是廿余年来想与人共译世界名著，至今日尚毫无着落。"并非毫无成果，只因缺乏稳定的生活与工作环境，故译作不太理想（参见张竞生《浮生漫谈》110 页，香港：三育图书文具公司，1956 年）。

超过张竞生的译述本，原因是采用全译加注释。书前有吴稚晖、蔡元培二序，前者称卢梭"先把他自己整个儿的人，用毫无虚伪的叙述处理，公开了给予参考的人们"；后者则是"要考究著书人的生平，凭他人所作的传记或年谱，不及自传的确实，是无疑的"。有这两大名流加持，于是乎，世人若想"尚友卢骚"，就非读商务版《忏悔录》不可了。

《浮生漫谈》中有一则《读活书的消遣法》，讲述他留学法国的读书经验："我以为习哲学的人，实则习一切学术样，除却他们所学的功课外，应把所有一切的学术通通去涉猎，然后才能在博中得到约的成功。尤其是近代一切的科学，都是必须博览，始能成为通才。"[1] 如此趣味广泛，不愿只读死书，而是尽情地遨游书海，自然很是惬意。但所谓"把所有一切的学术通通去涉猎"，有点大言欺世。胡适也多才多艺，可始终没脱离学界；周作人也讲常识，但基本上守住了读书人的边界。张竞生日后的四处出击、不断转业，既是读书兴趣，也是地位使然。抗战前后的张竞生，不管是主编《广东经济建设》，还是创办饶平农校，其实是没有办法从事专深研究的。

同被列为"海上三大文妖"，与画裸体模特的美术家刘海粟、写《毛毛雨》的音乐家黎锦晖相比，编《性史》的哲学家张竞生境遇可差多了。刘、黎二位不久就恢复了名誉，

---

[1] 张竞生：《浮生漫谈》157 页。

其绘画贡献与音乐才华，很快得到承认。相对而言，张竞生恢复名誉之路极为曲折。既缘于他日后舍弃美学或性学专业，也与昔日同道的极力排斥有关。张竞生学的是哲学，视野开阔，常识丰富，野心大而恒心少，往往把事情想得太容易了，敢说敢做，但孤军奋战，八面受敌，长期处于不得志的位置，才华因而没有得到充分的发挥。

在为《文妖与先知——张竞生传》撰写的序言中，我曾感慨"此人怎么经常与政治史、思想史、学术史的'大人物'或'关键时刻'擦身而过"？没有真正的战友，没有知心的同道，也没有好学生或私淑弟子，如此特立独行，好在目光坚定，灵魂不屈。在世俗意义上，这可以说是个"失败者""可他提供了一个独特的观察角度，帮助我们串起了一部'不一样'的中国现代史"。任何大变动的时代，总有人迅速崛起，也总有人马失前蹄。每一次的急转弯，其巨大的离心力，都会甩出去很多原先的同路人。能坚持到终点且大获全胜的，其实是极少数。因此，谈论历史进程时，记得那些功成名就者，也记得半路上被甩下去的过去的战友。谈论思想潮流时，关注剑拔弩张的正面与反面，同时也须兼及更容易被忽略的侧面与背面。就好像张竞生这么一位孤独地漫步于新旧、中西、雅俗之间的卢梭信徒，勇气可嘉，时运不济，其茕茕孑立，踽踽独行，不仅记录个人的得失成败，也刻画出五四新文化人很难突破的"天花板"——在情与欲之间，那个时代更倾向于唤起前者，而相对忽视了后者。不管有意还是无意，新文化运动一旦成为主流，其滚滚车轮，同样会碾碎那些异端或步调不一致者。这就是历史，既有情，也无情。

为张竞生这么一个先知、文妖、叛徒、勇士，浪漫的文士、不屈的灵魂，编一套学术含量较高的文集，这是我未能完成的心愿。终于有人做了，我当然愿意喝彩。全书前八卷收录张竞生著译，编者是下了很大功夫的，比起此前江中孝编上下两卷《张竞生集》（广州出版社，1998年）和张培忠在三联书店整理刊行的《浮生漫谈——张竞生随笔选》（2008年）、《美的人生观》（2009年）、《爱情定则》（2011年），还有莫旭强译张竞生博士论文《卢梭教育理论之古代源头》（广州：暨南大学出版社，2012年），有很大的拓展。但我更愿意推荐杂七杂八的第九、第十卷。编全集的难处，不在集齐主要著作，而在那些竹头木屑——"为了那百分之十的竹头木屑，很可能花去你百分之九十以上的时间和精力。因此，评判全集编纂水平的高低，不看部头有多大，就看边角料处理得怎样。"[1] 这是我谈安徽教育社版《胡适全集》时提及的，同样适用于三联书店版《张竞生集》。

被遗忘了半个多世纪的张竞生，资料散佚严重，钩稽实

---

[1] 参见陈平原《"大家"与"全集"——〈胡适全集〉出版感言》，《中华读书报》，2003年9月17日。

在不易。对于韩山师范学院诸君的"上穷碧落下黄泉，动手动脚找东西"，我是充满敬意的。也正因此，欣然出任顾问，并撰写了这篇序言。

2018 年 11 月 18 日于京西圆明园花园

（初刊 2018 年 11 月 30 日《文汇报·文汇学人》）

附录二　历史的侧面与折痕

　　半个月前，《南方人物周刊》在北京举行"2018魅力人物"颁奖典礼，主持人问我，为何在《三联生活周刊》的"改革开放四十年"专号上，提醒大家"记得那些在路上被甩出去的人"。我的回应是：自认不是很聪明，只是肯用功，且运气较好，没有走太多的弯路，故能站在今天的领奖台上。回首改革开放四十年，有的人走得太急，摔一大跤再也起不来；有的人醒来太早，成了壮志未酬的烈士；有的人一念之差，落到了万劫不复的境地。这其中有个人的道德或能力问题，但也包括时代的错误。记得"文革"刚结束时有个响亮口号：把"四人帮"造成的损失加倍夺回来。当初我们都相信，也都努力过，但有些东西失去了就是失去了，再也夺不回来的。关键时刻，一阵狂风吹过，你没能站稳，很可能就再也回不到正轨了。真是一步错，步步错。若已完成冲刺，倒在终点线外，虽也可惜，但毕竟大功告成；最怕的是刚起跑就摔倒，再大的宏愿也都将化为泡影。

大概不会有人想到，当我说这些时，重要的参照系，涉及改革开放四十年乃至晚清以降近两百年众多出师未捷身先死的英灵，上至国家领导，下及平民百姓，其中包括我的乡贤张竞生博士。因那段时间，我正在撰写《新文化运动的另一面——从卢梭信徒张竞生的败走麦城说起》。这篇初刊2018年11月30日《文汇报·文汇学人》的文章，并没有引起多大关注，因很多人根本不知道张竞生是谁。历史早已翻过那一页，套用俄国大作家陀思妥耶夫斯基的名著《被侮辱与被损害的》，在我看来，张竞生则是"被扭曲与被遗忘的"。

作为历史学家，我不能被乡情所主宰，必须秉笔直书：张竞生的哲学、美学、文学、乡村建设，乃至他最出名的性学研究，放在整个20世纪中国的历史进程，都不算最为出色——虽有提倡之功，但未见丰硕的成果。很大原因是他过早地出局，远离了舞台中心，好多美妙的设想没能实现。张竞生之浪迹江湖，转战多门，与其说是才华横溢，不如说是不得已而为之，因为很长时间，张近乎"逐水草而居"。除了北大五年，张博士长期屈居下僚，才华没能得到充分发挥，实在令人扼腕。

我在《新文化运动的另一面》中提及：任何大变动的时代，总有人迅速崛起，也总有人马失前蹄。每一次的急转弯，其巨大的离心力，都会甩出去很多原先的同路人。能坚持到终点且大获全胜的，其实是极少数。因此，谈论历史进程时，记得那些功成名就者，也应记得半路上被甩下去的过去的战友。谈论思想潮流时，关注剑拔弩张的正面与反面，同时也须兼及更容易被忽略的侧面与背面。就好像张竞生这么一位孤独地漫步于新旧、中西、雅俗之间的卢梭信徒，勇气可嘉，时运不济，其茕茕孑立，踽踽独行，不仅记录了个人的得失成败，也刻画出五四新文化人很难突破的"天花板"——在情与欲之间，那个时代更倾向于唤起前者，而相对忽视了后者。不管有意还是无意，新文化运动一旦成为主流，其滚滚车轮，同样会碾碎那些异端或步调不一致者。这就是历史，既有情，也无情。

记得鲁迅在《华盖集·这个与那个》中称："中国一向就少有失败的英雄，少有韧性的反抗，少有敢单身鏖战的武人，少有敢抚哭叛徒的吊客；见胜兆则纷纷聚集，见败兆则纷纷逃亡。"历史学家本不该如此势利的，可实际上，因失败者过早退场，没能让另一种可能性成为现实，轮到盖棺论定时，那些隐性的"道义"，也就只能让位于显赫的"事功"了。

这还不算，我们往往关注历史进程的正反两面，而容易忽略那些旁枝逸出的"侧面"。讲述历史，正反之间的鏖战，很有戏剧性，也特别能吸引读者。因此，无论政治史、思想史、文学史，都会提及那些与英雄/胜利者殊死搏斗的敌人——曾经你死我活，最后却是携手进入历史。而且，斗转星移，评价标准若发生巨大变化，说不定还主客移位呢。这其中，最容易被遗忘的，是那些中途落伍或离队的战友。我曾谈及张竞生的悲剧："真正给予张竞生致命打击的，不是

'传统的保守势力'，而是同样关注妇女问题及性道德的新文化人。因他们特别担心，这位完全不顾中国国情的张竞生，将这个好题目给彻底糟蹋了，自己成烈士不说，还连累此话题也成了禁区。这就好像一头莽撞的大象，出于好奇，闯进了瓷器店，悠然转身离去时，留下了无法收拾的一地碎片。"只谈新旧、黑白、左右、正反，属于平面的思维方式；应该引入那些若隐若现、时起时伏的"侧面"，这样的历史论述，才可能从二维走向三维，由平面变成立体。

我当北大中文系主任时，有位北大中文系 55 级大学生来申诉，他一辈子很不得志，退休时才发现档案里有个条子，说他反右时立场有问题，离右派只有一步之遥。时隔多年，他回北大讨公道，学校也没有办法，因他不在右派名册上，无法平反。中文系更是爱莫能助，最后只好请几位当年的老同学写了张没有任何效应的证明：证明什么？证明他是个正直的好人。案子已经翻过来了，可他不在黑名单上，这种荒诞与痛苦谁能领会？张竞生也是类似的处境，"性学"不再是洪水猛兽，"美的人生观"以及"乡村建设"也都是好东西，作为北大哲学教授，他本不该仅凭薄薄一册《性史》而赢得不虞之毁／誉的。历史并非"自古华山一条路"，从来都是多头并进，故时常歧路亡羊。空中俯瞰，似乎一马平川；地面细察，原来沟壑纵横。诸多失败的或不太成功的选择，就好像历史的折痕，或深或浅地镌刻着许多惊心动魄的故事。折痕处，其实百转千回，你必须有耐心慢慢展开，仔细辨析，才能看得见、摸得着，体会得到那些没能实现的理想、激情与想象力。

十年前，我为张培忠《文妖与先知——张竞生传》写序，谈及：在世俗意义上，这可以说是个"失败者""可他提供了一个独特的观察角度，帮助我们串起了一部'不一样'的中国现代史"。今天我们在这里纪念张竞生这么一位先知、文妖、叛徒、勇士，浪漫的文士、不屈的灵魂，不仅仅关涉个体的得失荣辱，更是希望建立一种新的历史眼光与研究立场。

2018 年 12 月 15 日在"张竞生与现代中国"学术研讨会上的发言（初刊 2018 年 12 月 11 日《南方都市报》及 2019 年 1 月 10 日《潮州日报》，前者略有删节）

学者的幽怀与著述的体例

——关于《陈寅恪集·书信集》

　　近两年出版界的一大盛举，就是陆续推出现代中国著名学者的全集或文集。虽然绝大部分著作早已出版，专业研究者也大都耳熟能详，但集中整理刊行，既是必要的文化积累，也可借此显示学者全貌，当然是件大好事。只是此等名家著述，爱书人大都已经收藏，于是，面对印刷日益精美的重刊本，买与不买，进退维谷。相比之下，我更喜欢《陈寅恪集》这样的化整为零。说实话，《陈寅恪集》十三种十四册中，我最为关注的，乃书信集。因上海古籍版《寒柳堂集》等著作七种，当年有蒋天枢先生呕心沥血独力主持，今日重刊，估计不会有大的进展；清华大学版《陈寅恪诗集》自当有所修订，但关系不是特别大。至于《读书札记》三集等，非专业人士能读进去的不多。算来算去，对于喜欢陈寅恪（1890—1969）并已有若干收藏，而又不从事古史研究的爱书人来说，最值得推荐的，当属这册《陈寅恪集·书信集》（北京：生活·读书·新知三联书店，2001 年）了。

对于很多读书人来说,《与妹书》《与刘叔雅论国文试题书》和《与董彦堂论殷历谱书》三札,因作者生前已公开发表或被收入《金明馆丛稿二集》,其实不算陌生。传统中国文人擅长以书札论学,但《陈寅恪集·书信集》中此类近乎"著述"的"书札"并不多见。与胡适等"书信体作家"不同,陈寅恪的书信,基本上是实用性的。可也正因并非为发表而写作,不太讲究文采,也少了些许矫情,可作为史料使用。

作为纯粹的学者,陈寅恪的"别有幽怀"——在我看来,这是人文学者所必备的基本素质——首先是落实在诗词中,其次体现在日常书信里。前者有余英时等先生的精彩解读,我几无置喙处;后者我只记得王汎森先生曾就陈寅恪致傅斯年书写过专论,可惜客中无从查对。

阅读数量不算太多的陈寅恪书札,对其一生遭际以及思想演变的轨迹,当有更深入的体会。对我来说,还有一个好处,那就是解决久久萦绕心头的一个小小的疑问。记得几年前中国学界争先恐后谈论陈寅恪时,很多人叹息其因外在环境的制约而没能写出通论性质的中国通史(包括陆键东《陈寅恪的最后二十年》、吴定宇《学人魂·陈寅恪传》这两本好书)。其实,最早涉及这个问题的,当属"与寅恪先生可以说是两代姻亲,三代世交,七年同学"的俞大维。在那篇流传极广、文情并茂的《怀念陈寅恪先生》中,有这么一段话:

他平生的志愿是写成一部"中国通史"及"中国历

史的教训", 如上所说, 在史中求史识。因他晚年环境的
遭遇与双目失明, 他的大作 (Magnum opus) 未能完成,
此不但是他个人的悲剧, 也是我们这个时代的悲剧。

如果从千古文章未尽才的角度, 或者着眼于陈寅恪本人的远
大抱负, 还有动荡不安的社会环境对于大学者才华发挥的制
约等, 我都同意。唯一感到有点疑惑的是, 世人往往将"中
国通史"坐实, 理解为具体的著述。陈先生无疑是很讲"通
识"的史家, 无论讲课或者著述, 其眼光从不为一时一地一
民族一文化所限。可假如从著述体例考虑, 撰写"通史"又
恰好不是其着意经营的目标。还不是晚年双目失明或精力不
济, 而是其研究及著述深受欧洲汉学以及传统中国学术的影
响, 以专深的论文, 而不以系统的著作为主要工作方式。

    这一点, 当初只是猜测, 因我的阅读感觉是, 陈寅恪
先生的论文比专著更精彩。即便同属唐史三书 (1944 年 8
月 10 日陈寅恪致陈槃书称: "弟近草成一书, 名曰《元白
诗笺证》, 意在阐述唐代社会史事, 非敢说诗也。弟前作两
书, 一论唐代制度, 一论唐代政治, 此书则言唐代社会风俗
耳。"),《元白诗笺证稿》更加游刃有余, 也更能显示其独特
的眼光、趣味以及述学文体。似乎陈著中史学界最为推崇的
是《隋唐制度渊源略论稿》和《唐代政治史述论稿》, 可隋
唐史非我所长, 从非专业的角度来阅读与欣赏, 不妨童言无
忌: 此类"通史"的写作, 其实不是寅恪先生所最为擅长、

也不是其最为看重的。

跟今日学者之喜欢推出"皇皇巨著"不同，抗战爆发前，其时已名满天下的陈寅恪先生，撰写的只是长短不一的专题论文。动辄上下几千年纵横数万里的"通史"，之所以成为流行文体，乃晚清以降受西式学堂教学体制刺激的产物。对于这些教科书及准教科书的撰述，陈先生明显不看好。1935年在清华大学讲授"晋至唐史"，第一节课上，陈先生专门阐述讲课宗旨，这段话可以帮助我们了解其心目中"讲课"与"著述"的区别。据卞伯耕所记，这节课涉及以下问题：一是强调"此课程是通史性质"，因为一朝代的历史不能以一朝代为始终；二是"如果各方面都讲一点，则类似高中讲法，不宜于大学"；三是"现在每有人以为历史必然限于普通课本里所有的，其实这是不对的"；四是今日通行的大学课本，"也可参考，看了也可引起对一些问题的注意，但不能作为依据"。针对时人之过于注重"从中可得到最低限度的常识"的教科书，而相对忽略《资治通鉴》《通典》等原始资料，陈先生不得不在第一讲中如此开宗明义（参见蒋天枢《陈寅恪先生编年事辑》增订本93—97页，上海古籍出版社，1997年）。如此谆谆教诲，乃史家的经验之谈，说不上惊世骇俗，但很实在，也很有用。以此眼光观察，不难明白为何任教清华十几年，陈寅恪先生依旧没有专著面世。

这回客中读《陈寅恪集·书信集》，其中一个意外的收益，便是得到若干证据，证实自己原先的猜测：如果不是抗战中的特殊环境，陈先生不见得非采用"通史"的著述体例不可。一为整理课堂讲稿，二为缺乏参考书籍，三为生命危在旦夕，在我看来，这三者共同促成陈先生著述体例的转变。

《唐代政治史述论稿》系根据在香港大学的演讲底稿修订而成，这点《陈寅恪集·书信集》中屡次谈及（参见该书74、84页，以下只注页码）；而作者自称《隋唐制度渊源述论稿》"本为供初学读史者参考而作"，并非只是学者惯有的谦辞，同样涉及此书乃根据其西南联大讲稿整理这一特点（参见该书《叙论》）。在此之前，陈先生的所有论文，均假定读者为同行专家，故不妨单枪匹马，长驱直入；至于课堂教学，当然与讲授者的研究心得有关，但从不将讲稿直接整理成书。比如，1931 年陈先生在清华大学中文系开"佛经研究""世说新语研究""唐诗校释"等课程，为史学系开的则是"魏晋南北朝史专题研究""隋唐五代史专题研究"等，而此前此后若干年中，陈先生发表的论文则是《西游记玄奘弟子故事之演变》《李唐氏族之推测》《支愍度学说考》《读连昌宫词质疑》《天师道与滨海地域之关系》等。

陈寅恪先生从北平寄出或陆运的图书，或毁于大火，或被盗，故西南联大和香港时期的著述，只能大处着眼，不太可能详加论证。史学家与小说家不同，除个人才华与学识外，其著述对参考资料有很大的依赖性。1938 年 6 月 17 日陈先生致劳干、陈述信中有云："研究所无书，实不能工作。

弟近日亦草短文两篇，竟无书可查，可称'杜撰'，好在今日即有著作，亦不能出版，可谓国亡有期而汗青无日矣。"（208页）当年避居西南的学者们工作之困难，除物质生活极端匮乏外，更因缺少必要的参考书籍。据1945年5月《西南联大概况调查表》称：该校藏书"中文总数33910册，西文总数13478册，每年添书约五百册"。只要稍有读书及藏书经验者，就会明白这数字背后的辛酸与沉重。堂堂中国最高学府，中西文藏书合起来还不到六万（请注意，今日北大图书馆藏书461万册），真不知道教授们如何"传道授业解惑"（参见《国立西南联合大学史料》第一册，昆明：云南教育出版社，1998年）。而这种图书资料严重缺乏的局面，直接制约着战争状态下中国学者的研究及著述。

更要命的是，陈寅恪先生丢失的，不是一般的藏书，而是已做了详细批注、类似资料库乃至著作初稿的藏书。读陈先生1939年7月12日致傅斯年信，不难体会先生自嘲中的无奈：

> 弟五箱运到而错了两箱。此两箱中，恰置弟之稿件，虽又托人查问，此次恐是石沉大海矣。得而复失，空欢喜一场，反增懊恼。将来或可以借口说：我本来有如何如何之好文章，皆遗失不传，亦是一藏拙作伪之法耶！此殆天意也！（59页）

在那则学界广为传颂的《致刘永济》（1942年9月23日）中，

陈先生解释为何暂时滞留桂林，除人事及身体原因外，更重要的是有感于此前藏书及文稿的遗失，希望尽快修订完成《唐代政治史述论稿》。其中提及"弟廿年来所拟著述而未成之稿，悉在安南遗失"，包括《蒙古源流注》《世说新语注》《五代史记注》，以及佛教经典之存于梵文者与藏译、中译合校等；接下来，便是如何根据战时特殊环境以及藏书状态调整自家的研究策略：

> 所余者仅不经意之石印《旧唐书》及《通典》二种，置于别筐，故幸免。于书眉之上，略有批注。前岁在昆明，即依《通典》批注，草成《隋唐制度渊源论》，已付商务书馆刊印。稿在上海，久不见刊出。自太平洋战起，沪稿迄无消息，不知存佚如何？去岁居港，又取《旧唐书》上之批注，草成《唐代政治史》一书。（245页）

对于史家来说，真的是"巧妇难为无米之炊"，丢失长期积累的相关资料，只好放弃非常专门化的佛教经典研究等，但另一方面，1931年便开始的"对唐史和唐代诗文，用力特勤"（参见蒋天枢《陈寅恪先生编年事辑》增订本99页），又因资料相对凑手，一下子上升为主攻方向。

更重要的是，生逢乱世，流徙四方的寅恪先生，时刻面临死亡的威胁，不能不更多考虑如何将平生所学，用最便捷的手法，尽可能保存下来。1941年12月13日寅恪先生致傅斯年信，上半截称"行止两难，进退维谷，颇如待决之死囚"；下半截又说"唯港大职务较少，略原有暇写稿，近成《唐代政治史略》一小书，约七八万言，并考证杂文数篇"（82—83 页），不明就里者，或许觉得有些自相矛盾。其实，正是这种"颇如待决之死囚"的心态，迫使其加紧著述，以及采用高屋建瓴，而不是细针密线的论述方式。这与该书稿完成后，陈先生当即托人带与上海，"因恐死亡在即故也"（84 页），以及"九死一生，携家归国"时，"幸冒险将二年来在港大讲稿携出，将来整理或可作一纪念也"（87—88 页），还有到达桂林后，忙于"整理年来在港大讲授旧稿"，"意颇欲在内地付印，以免盖棺有期，杀青无日之苦"（89—90 页）等，都是基于同一种忧虑，即担心生命的突然中止，导致平生学术抱负的落空。

以寅恪先生的才学与史识，当然明白自己所担负的历史使命，而且对完成此使命有充分的自信。但迫在眉睫的战争炮火，却随时可能夺去史家的生命，使世人的期待以及自家的抱负化为泡影。正是这种忧虑，促使其在最为动荡不安的1939—1942 年间，以争分夺秒的心态，撰写完成平生仅有的两部"通史"性质的著述。以下致傅斯年及致刘永济信中的两段话，很能显示寅恪先生那时与死神争速度并最终获胜的悲喜交集之情：

且弟已写成二书（一为《隋唐制度渊源论》、一为

《唐代政治史略》），数年来所剩余在脑中之材料已写出一部分，则在英无中国书可看，即不看，而途中若遇险，亦不致全无成绩遗留也。（73页）

盖中年精力殚竭，绝无成效，所余不经意之剩余一种，苦复不及身写成（弟字太潦草，非亲写不可），则后悔莫及。敝帚自珍，固未免可笑。而文字结习与生俱来，必欲于未死之前稍留一二痕迹以自作纪念者也……（246页）

寅恪先生开始撰写《隋唐制度渊源略论稿》的1939年，他恰好五十岁；不见得认可黄侃先生的主张，五十岁后方才正式"著书立说"，但其时陈先生的学问之道，确实还处在"展开"而不是"收缩"的阶段。如果不是战争这一无法把握的变数，使其不得不改变著述策略，我相信，这两部书稿暂时不会问世，或不以这种方式问世。

其实，这种处境的窘迫以及撰述时的焦虑，二书出版时，已由作者埋下伏笔。1940年4月，大病初愈的陈先生，为《隋唐制度渊源略论稿》写下感慨万千的"附论"：

寅恪自唯学识本至浅陋，年来复遭际艰危，仓皇转徙，往日读史笔记及鸠集之资料等悉已散失，然今以随顺世缘故，不能不有所撰述，乃勉强于忧患疾病之中，故就一时理解记忆之所及，草率写成此书。命之曰稿者，所以见不敢视为定本及不得已而著书之意云尔。

至于命运多舛的《唐代政治史述论稿》（据蒋天枢先生追忆，1944年2月内迁重庆的商务印书馆刊行的《唐代政治史述论稿》，"系经邵循正用不完整之最初草稿拼凑成书"，而"原在香港手写清稿，则寄沪遗失矣"。几十年后，此手写清稿失而复得，1988年始由上海古籍出版社影印出版。参见蒋天枢为此影印本所写的序），陈寅恪先生先后撰有两则序言。辛巳（1941）元旦撰于九龙寓所的自序，已有"本不敢侈言著作也"之类的说法，壬午（1942）七夕于桂林重写的新序，态度更为谦恭：

> 然区区之意，仅欲令初学之读《通鉴》者得此参考，或可有所启发，原不敢谓有唐一代政治史之纲要，悉在此三篇中也。

这两段自白，并非著作刊行时的例行公事，也不只体现了史家的谦虚。倘以寅恪先生仰慕的德国学者治学的彻底性来衡量，或以先生平日撰述的绵密风格来比照，此二书大处着眼，新意迭见，却也因篇幅及资料的限制，不无粗疏之处。你可以归之于体例的限制：宏观论述不能不有所舍弃，但二书前言、后记的再三表白，还是流露了某些不得已而为之的苦衷。

时世艰难，体现学者才华及情怀的著述，随时可能被湮没，这一忧虑，制约着抗战中包括陈寅恪在内的许多中国学者的著述方式。如此境遇，如此气节（寅恪先生于"食粥不饱，卧病难起"之际，坚拒敌伪组织之诱迫，此事参见《陈寅恪集·书信集》84—87页），不屈从于命运的寅恪先生，流徙逃亡中，竟有如此丰富的著述，实在令人惊叹。考虑到史家完成此二书不久后即以目失明，查阅资料受到很大的限制，你甚至怀疑这一因死亡威胁而提前撰写系统史著乃"因祸得福"。所谓"吾侪所学关天意，并世相知妒道真"，在一代大学者王国维、陈寅恪身上，竟得到如此明确无误的印证，这难道是寅恪先生当初撰《挽王静安先生》时便已预感到的吗？

推测作者创作的初衷，其实不能改变后世读者的评价。有鉴于这两册通史框架的小书，如今已成史家以至一般读书人挂在口头的史学名著，我的小小考证，一是希望读者明白史家压在纸背的时代风云与个人辛酸，二是提醒诸多专家以外的"陈迷"，关注寅恪先生同样十分精彩（即便不说更精彩）的专论。

2001年8月20日于伦敦大学客舍

（原刊《读书》2002年1期）

知识者介入社会的特殊途径

——胡适与大众传媒

学者之保持人间情怀，胡适（1891—1962）是一个很好的例证。这里借胡适办刊物的得失，探讨知识者介入社会的特殊途径。

古代中国文人除出世／入世这一矛盾外，还有与此相关的经世文章与雕虫小技之争。现代中国知识分子仍被此类矛盾所困惑：同是著述，到底是追求学术价值呢，还是追求社会效果？梁启超用"传世"与"觉世"之间的矛盾来描述这一困境，颇为传神。这里既牵涉学术发展的内在规律以及评价标准，又牵涉学者介入社会生活的特殊方式。对于纯粹的学者（如主张学术无"有用无用之分"的王国维），这矛盾不太明显；可对于像胡适那样既要坚持认真的学术著述，又想对现实的政治文化生活发言的并不"纯粹"的学者来说，如何协调学术研究与文化活动之间的矛盾，是个大问题。

20年代，若干朋友为已享盛名的胡适规划前景：专心著书是上策，教授是中策，办报是下策。可胡适在感谢友人关怀的同时，偏偏选中了"下策"：以教授身份办报刊。理由是，"我不能放弃我言论的冲动"，况且社会上需要"独立正直的舆论机关"。胡适因而没有成为专事著述的"纯学者"（作为"纯学者"的胡适并不怎么伟大，他的不少学术著作并非传世之作），而是身兼学者（专家）与报人（文化人）两种角色。在专业范围内从事学术研究，在专业范围外发表社会文化批评。为了完成这一"角色选择"，胡适借助于两种主要途径：一是学术演讲，一是筹办刊物。两者都是学者胡适的特殊嗜好，是他从事文化活动的特殊方式。胡适称他对演讲"乐此不疲"，"这一兴趣对我真是历四五十年而不衰"；而他所亲笔拟定的口述自传大纲中，好几章以所办刊物为题，可见其对自己编辑生涯的重视。

在现代文人学者中，胡适是最懂得利用，也最善于利用大众传播媒介的。一辈子为传媒所捧，也为传媒所骂，却始终是传媒跟踪的热点，就像玻璃缸里的金鱼被人"观赏""议论"（唐德刚语）。可另一方面，胡适自办刊物，影响社会舆论。晚年经常与记者编辑互称同道，也不无道理。从十七岁开始编《竞业旬报》，到晚年当《自由中国》的发行人和撰稿人，胡适一辈子都与刊物打交道。而且所办刊物寿命虽短（寿命最长的《独立评论》也只办了五年），影响却极为深远。以致当你把他所参与编辑或主办的刊物逐一排列，竟然可理出半部中国现代思想文化史。如《新青年》与文学革命（白话文运动），《每周评论》与"问题与主义之

争"，《努力周报》与"科学与玄学论战"，《读书周报》与
"古史辨"，《新月杂志》与《人权论集》，《独立评论》与
"民主与独裁之辨"。

大学教授办刊物，是"五四"以后的一个重要文化现
象。不同于政治家办刊物之宣传政见，也不同于出版商办刊
物之追求利润，大学教授自筹资金（如办《独立评论》时，
十二位教授抽取百分之五的固定收入，几个月得四千元作为
开办费），自办刊物，不发编辑费和稿费，目的是以经济的
独立谋取政治见解的独立，力争"以公平的态度为国家说话，
为人民说话"。此类刊物非只一家，大都从思想文化着眼，绝
少商业色彩，而且颇有"独立的声音"。屡遭封闭查禁，可贵
在"屡败屡战"。胡适对此颇为自豪，晚年自称："假使说胡
适之在二十年当中比较有言论自由，并没有秘诀，还是我自
己去争取得来的。"可从40年代起，这一传统难以为继。有
人请胡适重办《独立评论》，胡适婉拒，理由是教授薪水低，
印刷成本高，经济上不独立，很难有"独立的声音"。

胡适办刊物的初衷是"做一个纯粹的思想文化运动""不谈
政治，不参加政治，不与现实政治发生关系，专从文学和思想
两方着手"，目的是"替将来中国奠定非政治的文化基础"。这
一主导思想是《新青年》同人分裂的重要原因（陈独秀主张介
入现实政治之争）。看不到思想文化与现实政治千丝万缕的联
系，未免太过书生之见。胡适称五四运动是"一场不幸的政治
干扰"，而无法理解新文化运动与五四运动的内在联系，这点限

制了他思考的深度。其实，主张"二十年不谈政治"的胡适，最后也谈政治，而且从事直接的政治活动。这是现代中国知识分子的困境：欲洁何曾洁，在两大政治军事集团激烈斗争的年代，学者之标榜"独立的声音"，最终也只能是一种"姿态"。从《独立评论》到"过河卒子"，此乃无可选择的"选择"。

办刊物这一文化活动，对胡适的学术研究无疑有很大影响。胡适在日记、书信中屡次表示希望集中时间和精力做学问，完成那几部只有上卷的学术著作；可又不时大发感慨，忧国忧民。这种鱼与熊掌难以兼得的心态，并非胡适一人独有。专深的学术论文当然也可在报刊上发表（如《国学季刊》），而办刊物更需要大量时事分析和文化评论。学术论文和文化评论的差别不只在文章体裁，更包括论者的思维方式、研究的程序和角度等。比起专业论文来，文化评论无疑影响大得多。胡适谈禅说儒的那么多专论人家不管，一篇关于中西方文化的短文则闹得满城风雨，以致几十年后还被定为"全盘西化"的"罪魁祸首"。学者自办政治、文化刊物，很容易卷进此类不着边际的论争中。其结果是学术新闻化、论争口号化，虽为"明星"，学术上却收获甚少。这是一个大陷阱。胡适晚年教人为学作文要做到"勤、慎、和、缓"，而且好多文章生前不愿发表，或许正是有感于此。十年磨一剑的治学态度，虽可敬可佩，但胡适晚年娴熟老练的考据文章，不见得比早年浮躁狷厉而朝气蓬勃的思想文化评论更有价值。孰是孰非，实难"一言以蔽之"。

对于胡适本人来说，议政是道义，从政是逼上梁山，学术才是真正的兴趣所在。二三十年代之所以屡次办刊物议政，只因"在那无可如何的局势里""不忍袖手旁观"。并非对政治有多深入的研究，也并非有一套多高明的"主义"急于推销，只不过为减少良心的谴责，实践"回向"的诺言。批评胡适议政不谈"根本问题"，故"卑之无甚高论"，其实正说到其长处：为人为文平正通达，从不故作惊人之论，"不倚傍任何党派，不迷信任何成见，用负责任的言论来发表我们各人思考的结果"。世人看重的是其"独立的精神"，其"负责任"的态度以及其政治与时事方面的"高等常识"。一句话，这是一个关心时世的健全的人文主义者，而不是职业政治家。

1925 年胡适赠诗章士钊："同是曾开风气人，愿长相亲不相鄙。"胡氏既然十分看重自己在"开风气"方面的贡献，那么，办刊物无疑是最佳选择。就"开风气"而言，讲学、著述、从政都远不及办刊物有效。1923 年胡适在给朋友的信中，称二十五年来有三个杂志，"可代表三个时代，可以说是创造了三个新时代"。其中的《新青年》，胡氏曾参与编辑，深知其影响社会舆论的魔力。后来胡适之所以热心创办一个个思想文化刊物，都是基于"开风气"并进而创造新时代的追求。可以说，办刊物是学有余力、出而经世的独立的知识者介入社会政治的最佳途径。

1991 年初夏

（原刊《书城》1996 年 3 期）

附录三　建设者的姿态

——读北大版《胡适文集》有感

作为北大人，我对适之先生总有一种歉疚感。翻阅50年代三联书店出版的七辑《胡适思想批判》，不难明白当年的批胡，重头戏多由北大人主唱。正因为胡适的根基在北大，在当局看来，批胡能否成功，很大程度取决于北大人是否愿意与其划清界线。可想而知，与胡适有过交往的学者，其承受压力之大。今日力倡思想独立、精神自由者，必须设身处地，方不至于持论过苛。

具体学者之"弦上文章"，可以原宥；可作为适之先生精神寄托之北大，却不能不有所表示。去年5月，北大借百年庆典之机，重提"校长胡适"——此前多只涉及其在新文化运动时期的贡献；年底，又推出十二册装帧精美的《胡适文集》。加上前一年出版的《胡适书信集》三册，北大出版社所刊行的胡适作品，其规模之大，海内外无出其右者。倘若再一鼓作气，将日记、译作以及英文著述也整理出版，胡适的"庐山真面目"便可完整呈现（至于真正意义上的"全集"，目前尚无可能；即便已出"文集"，也刊落了若干敏感文字）。从十八年前"内部发行"上下两册《胡适哲学思想资料选》（上海：华东师范大学出版社，1981年），到今日北大出版社的皇皇十五卷，毕竟体现了中国思想界的巨大变化。

在20世纪中国文化名人中，胡适的大起大落，最富有戏剧性。一旦成为某种力量的"代表"，充当某种政治／文化"符号"，就有可能被拉出来"供养"或"祭旗"。从"不虞之誉"到"不白之冤"，相隔只有一步之遥。在"重新发现"胡适方面，北大起步较晚，好在进度还不太慢。"文集"及"书信集"的出版，既为学界提供了方便，也表达了北大人重新检讨胡适历史功过的意愿。

谈论20世纪中国的思想文化建设，胡适是无论如何也绕不过去的。在政治／思想／学术／文化诸方面，适之先生都曾发挥过巨大作用。但尤为难得的是，其始终保持"建设者"的姿态。与充满激情的"革命"相比，强调"建设"，自是显得"黯然失色"。适之先生利弊参半的"平实"，既受制于性格、学识、才情，但也与这一"建设者"的自我定位不无关系。可建设者的力求"平实"，不等于墨守成规、维持现状，更不等于没有自己独立的政治理念。读北大版的《胡适文集》，更证实了我的这一感觉。

对于理解胡适的政治理念，新版"文集"中有两本尤其值得关注：一是与罗隆基、梁实秋合著的《人权论集》（收入第五卷），一是新结集的《胡适时论集》（第十一卷）。前者 1930 年 1 月由新月书店推出，当年印了四版，但很快被国民党当局查禁。该书不只抽象地讨论人权、宪法、思想和言论自由，更直接批评"国民党政府中的反动思想"以及"孙中山的知难行易说"。至于作者的立场以及著述的宗旨，在序言中，胡适借用周亮工《书影》中鹦鹉救火的故事，略作表白：

> 今天正是大火的时候，我们骨头烧成灰终究是中国人，实在不忍袖手旁观。我们明知小小的翅膀上滴下的水点未必能救火，我们不过尽我们的一点微弱的力量，减少良心上的一点谴责而已。

可惜这种"救火"的心情，左派、右翼都不买账：或判其"扰乱治安"，或讥其"小骂大帮忙"。不过，依我的浅见，除非你抱定"时日曷丧，予及汝偕亡"，凭良心去救火（很可能不自量力），还是比"袖手旁观"或背过身去假装看不见的为好。

当然，真要"救火"，就必须考虑从何处入手、用什么手段、采取哪种策略，方能最有效地控制火情，而不是畅谈"火对于人类文明的意义"或者"如何从根本上杜绝火灾"。30 年代的胡适，既抗议政府之专制独裁，也不满读书人的高调民主，力倡一种"负责任"的政论。具体标志便是邀请若干关心国家和社会问题的教授，共同创办《独立评论》。

在《独立评论》创刊号上，胡适再次表白，其议政乃出于知识者的良知，基于"独立的精神"，故不党不派：

> 我们叫这刊物作《独立评论》，因为我们都希望永远保持一点独立的精神。不倚傍任何党派，不迷信任何成见，用负责任的言论来发表我们各人思考的结果；这是独立的精神。(《〈独立评论〉引言》)

所谓"负责任"，即不唱高调，不讨好政府与民众，不故作惊人语，更多地考虑可行性，补天而非拆台——这种建设者的姿态，必定趋于平实。30年代的《独立评论》，以及20年代的《新青年》、40年代的《观察》，在中国的舆论环境里，都是难得的奇葩，因其体现了知识者介入社会的独立姿态——尽管各自的文化理想及政治设计不同。

报刊文字，若非结集出版，很容易湮没在历史长河中；即便胡适这样成名很早的"闻人"，也不例外。胡适生前曾拟将自己的时评政论结集出版，可惜没有成功。以致今人之谈论胡适，多局限于其思想及学术。翻翻《胡适时论集》中所收录的1918年至1960年胡适发表的时评、政论、杂文，你会发现，适之先生并非永远"一团和气"。

据说，适之先生最喜欢书写的两句名言，一是"宁鸣而死，不默而生"，一是"容忍比自由更重要"。前者见其独立与抗争，后者见其学养与性情。晚年在《自由中国》十周年纪念会上的演讲《容忍与自由》，最能显示他这一特征。其实，热衷并擅长演讲本身，也与胡适的思想方法大有关联。"演讲"不同于"独白"，很难强求"深刻"，也不便"特立独行"，需要的是思维敏捷，逻辑清楚，语言通俗易懂。而这些，恰好是胡适的拿手戏。谈胡适，不兼及其影响巨大的众多演讲，无论如何不恰当。1966年台北文星书店和1969年台北传记文学出版社的《胡适选集》，均有专门的演讲分册；1970年台北"中央研究院"胡适纪念馆更刊行了三册《胡适演讲集》，可谓"英雄所见略同"。北大版《胡适文集》第十二卷是《胡适演讲集》，不只"文章"（实为演讲记录稿）数量上有所补充，更重要的是注明演讲地点、听讲者、记录人以及初刊处。演讲必须考虑听众的趣味及接受能力，更何况适之先生本就以善解人意著称。故将天时、地利、人和考虑进来，方能较好地把握演讲者的思路。

《胡适文集》第一卷收录《我的信仰》《四十自述》《胡适口述自传》等，同时附录了胡适父亲的年谱与日记。这种变通的办法，我以为是可取的，因很能显示胡适的"家学渊源"。适之先生成名后，曾多次呼吁经历丰富的长者撰写年谱或自传，对自家日记也极为珍惜。对于理解胡适来说，"自传"固然重要，日记也同样不可或缺。北大版的《胡适文集》没有收入《胡适留学日记》，我觉得是个很大的遗憾。或许是考虑到全部胡适日记篇幅巨大，整理完成非一日之功，须另案处理。可我以为《胡适留学日记》（初刊本题为

《藏晖室札记》）早已公开刊行，并产生巨大影响，乃完整的"著述"，不同于作者生前藏于密室的"日记"。就好像鲁迅、许广平的《两地书》，在著述体例上不同于后人整理的《鲁迅书信集》一样。胡适自己称，他之所以公开"留学日记"，就因为"这几十万字是绝好的自传"，袒露了"一个中国青年学生五七年的私人生活、内心生活、思想演变的赤裸裸的历史"（《胡适留学日记·自序》），可以供史家研究。既然如此，我主张将其收入《胡适文集》，而不是日后可能整理出版的《胡适日记》。

1999 年 2 月 3 日于京北西三旗

（原刊《中华读书报》1999 年 2 月 10 日）

宗教意味与童话氛围

——关于许地山

一

　　许先生名赞堃，字地山（1893—1941），乳名叔丑，笔名落华生，光绪十八年十二月二十八日（1893 年 2 月 14 日）生于台湾台南府城延平郡王祠边的窥园里。许家原籍广东潮阳，明嘉靖中移居赤嵌（台南）。许地山的父亲许南英先生（1855—1917），号蕴白或允白，自号窥园主人、留发头陀等，甲午春被聘为台湾通志局协修，负责汇纂台南府属的沿革风物；乙未三月中日和约签订，时任台湾筹防局统领的许南英，率台南防兵抗战，事败后乡人将其送往安平港，乘竹筏上轮船转汕头。因漳州与潮州比邻，语言风俗多半相同，故寄籍为福建龙溪人。窥园先生归国后，历任徐闻县知县、阳春县知县等职，民国六年因病卒于苏门答腊寓所，有诗词集《窥园留草》行世。

　　许地山三岁时，因台湾割让，随父母迁回大陆。不过，延平郡王祠边的小溪、果园以及儿时的嬉戏，老来仍不时回味。去世前不久撰写《我的童年》，第一节便是《延平郡王祠边》。虽说"幼年的幻想与情绪也像暧暧孤云随着旭日升起以后，飞到天顶，便渐次地消失了"，可寻根的意识从不曾泯灭。1933 年，许地山应中山大学之邀前往讲学，途径台湾，逗留多日，访故居，会亲友，也算了却一桩心愿。

因家道贫困，许地山十九岁即开始自谋生计，先在漳州任福建省立第二师范教员，后赴缅甸仰光任中华学校教员，1917 年始入燕京大学文学院念书。五四运动期间，许地山积极参加反礼教争民主斗争，为学生代表之一。此前，许地山曾和郑振铎、瞿秋白、耿济之、瞿世英等人编辑《新社会》旬刊，发表不少论文和杂感。1921 年文学研究会成立，许地山为十二个发起人之一。从本年起，许地山以落华生为笔名，在《小说月报》等报刊发表小说和诗文，正式开始文学生涯。

1920 年，许地山毕业于燕京大学文学院，获得文学学士学位后，即入燕京大学神学院研读宗教。1922 年，许地山获得神学学士学位，隔年出国留学，先入美国纽约哥伦比亚大学研究院哲学系研读宗教史及比较宗教学，获得文学硕士学位，又转入英国牛津大学研究院研读宗教史、印度哲学、梵文及民俗学。1926 年在牛津大学获文学学士学位后回国，先后在燕京大学、北京大学、清华大学讲授宗教学、印度哲学、人类学、民俗学等课程，课余多有著述。1935 年，因与燕京大学教务长司徒雷登意见不合，应香港大学聘请，任中文学院主任教授。任职香港大学期间，参加社会文化活动，历任香港中英文化协会主席、中华全国文艺协会香港分会常务理事等，"七七"事变后更是积极投身抗日救亡运动。1941 年 8 月 4 日，许地山病逝于香港，年仅四十九岁。

1918 年年初许地山与台湾林季商之妹林月森结婚，生女榛新。林氏 1920 年病逝于上海，1929 年，许地山与湘潭望族周印昆之女周俟松结婚于北京，有一子（苓仲）、一女（燕吉）。

许地山的著述，大致分为文学和学术两大类。文学类除小说集《缀网劳蛛》《危巢坠简》，散文集《空山灵雨》《杂感集》外，另有散落在各报刊的剧本、童话、小说、诗歌、歌曲、杂文几十篇。学术著作单刊的有《印度文学》、《达衷集》、《道教史》（上册）、《扶箕迷信底研究》、《国粹与国学》、《佛藏子目引得》等，另有哲学、宗教、民俗论文十几篇未曾入集。译著单刊的有《孟加拉民间故事》《二十夜问》《太阳底下降》三种。许地山一生同时从事文学创作与学术研究，且都有一定成就。但以 1926 年学成归国任教为界，前期以文学创造为主，后期则以学术著述为主。但这不等于说 30 年代以后许氏创作能力衰退，没有好作品问世。恰恰相反，后期小说佳作《春桃》《玉官》《铁鱼底鳃》等在艺术上有较大突破；《上景山》等三篇游记洗尽铅华，别有一番风味；至今剧本及童话的创作，更见许氏文学兴趣的广泛。可惜许氏英年早逝，学术上、文学上均未尽其才。

二

　　许地山的散文（以及小说），之所以在"五四"一代作家中卓尔不群，很大程度上取决于其浓郁的宗教色彩与异域情调。这一点，沈从文有过精彩的说明：

　　　　在中国，以异教特殊民族生活作为创作基本，以佛经中邃智明辨笔墨，显示散文的美与光，色香中不缺少诗，落华生为最本质的使散文发展到一个和谐的境界的作者之一（另外是周作人、徐志摩、冯文炳诸人当另论）。这调和，所指的是把基督教的爱欲、佛教的明慧、近代文明与古旧情绪，糅合在一处，毫不牵强地融成一片。作者的风格是由此显示特异而存在的（《论落华生》）。

而这，与他本人的生活经历以及思想文化背景大有关系。生于忧患，长于忧患，再加上母亲是虔诚的佛教徒，本人年轻时又在佛教之城仰光任教两年，耳濡目染，自是较易接受佛教哲学。尽管他后来曾加入基督教会，毕业于燕京大学神学院，并留学美、英，专攻宗教史，平生著述遍及佛教、道教、基督教，但真正影响他人生观及其创作倾向的，主要还是佛教思想。

　　对佛教以及印度文化的研究，给许地山的文学创作打上了深刻的烙印。除仰光、新加坡、马来半岛的青灯佛影外，直接牵涉印度的风土人情、文化习俗的作品就有《醍醐天女》《萤灯》《商人妇》《海角底孤星》《头发》等。对印度文化的爱好和对佛教哲学的推崇是紧密联系在一起的。借用佛学意象，使许地山作品光怪陆离，充满神秘感与异域情调，而化用佛教思想，则大大加强了许地山作品的哲理成分，显得丰富深邃。

许地山散文（小说）的哲理主要可以归结为两条：一是"爱"的宗教，一是"无我""虚空"观。前者既有佛家色彩，又有基督教成分，还有西方民主博爱学说的影响，在"五四"文学中没有很大特色。后者借助佛家思想，推演出一套立身处世之道，是否符合佛陀真义很难说，反正并非世人理解的消极遁世、悲观无为的佛教。

接受佛教的"无我""虚空"观，许地山并非用来说明物质世界的虚妄，而是承认客观规律的不可抗拒和主观意志的局限，进而破除自我迷恋的全能观。在《无法投递之邮件》中，作者讥讽信仰"不全宁无"的怀书是"愚拙的聪明人"。因为，"'理想'和毒花一样，眼看是美，却拿不得"。看到理想和现实之间永恒的矛盾，以及这种矛盾引起的永恒的痛苦，许地山企图引入佛学的"虚空"来排除"三欲"，从根本上消除烦恼。他甚至设想到了理想社会，出现"真人类"，这种"文化的真人"的最大优点，就是"与物无争求，于人无争持"（《七七感言》）。这种"不争"，并非完全放弃主观能动性，一任命运的颠簸捉弄，而是努力抛弃"三欲"

中的"繁华欲"。就好像玉官一样，只有到了不求报酬地工作时，才真正体味到人生的乐趣并远离失望与烦恼（许地山《玉官》）。也就是说，许氏其实并非主张"灭欲"，而是主张只求耕耘，不问收获；不求有功于世，但望无愧于己。

人生如蜘蛛结网，难保网不破，但照结不误，破了再补——这一"补网人生观"，照茅盾的说法，正是许地山区别于"像安得列夫那样的悲观主义者"，在怀疑"生"、赞美"死"时"半路里撑住了"的重要原因（《落华生论》）。有一股前路茫茫的怅惘和无法排遣的悲哀，但主调是积极入世的。对照同时期的散文《海》，不难明白这一点：

> 在一切的海里，遇着这样的光景，谁也没有带着主意下来，谁也脱不了在上面泛来泛去。我们尽管划罢。

许地山晚年仍坚持这一倾向，强调文学的功用在于启发读者悲感和苦感，使他们有所慰藉与趋避；而这种趋避，"乃是在不可抵挡的命运中求适应，像不能飞底蜘蛛为创造自己的生活，只能打打网一样"（《序〈野鸽的话〉》）。借用佛家思想，没有导向现实人生的否定，而是通过平衡心灵，净化情感，进一步强化生存意志和行动的欲望，这就是许地山散文小说奉献的带宗教色彩的生活哲理。

哲理散文（小说）以融合哲学和诗学为目标，其长处不在于哲学的通俗化与文学的抽象化，而在于借助诗的语言和情感的潮汐，表达人类对世界永恒探索和对知识不懈追求的决心和热望。很难设想哲理文学能为当代人或后代人提供多少值得奉为圭臬的新的生活哲理；读者对哲理散文（小说）的偏爱，并非想从中获得什么立身处世之道，而是惊叹作家居然能把如此熟悉的哲理表达得如此生动感人，如此神采飞扬。同时，许地山与哲理见长的散文小说，其长处也不在思辨的精确，而在于情感的真挚。用诗的语言来描述诗的意境，从中透出一点朦胧的哲理，便于读者去感受、去领悟、去再创造，故显得空泛而深邃。

三

1920 年，许地山曾翻译泰戈尔的艺术论文《美底实感》。泰戈尔强调"音乐是艺术底至纯形式""是美底最直接的表现"，"真诗人"应主要借助音乐的语言而不是绘画的语言来表现世界。这些观点，对许以后的创作影响颇大。当然，强调文学作品的音乐感，并不是要求文学借用音乐的具体表现手法，在散文和小说中体现旋律、和声、对位、节奏，而是借鉴音乐作为一门独立的艺术所特有的美学特征，比如直接抒情的特性，以及由此引申出来的自然流露、不加雕饰的艺术风格。

许地山的艺术理想单纯而自然。在《海世间》中，作者是这样表达其艺术理想的：

凡美丽的事物，都是这么简单的。你要求它多繁复、热烈，那就不对了。

这种艺术趣味，既得益于泰戈尔的文学音乐化思想，又得益于印度文学的长期熏陶。文学音乐化要求直抒胸臆，赤裸裸地表现自己，不容半点矫揉造作，也无须浓妆艳抹，这就必然以"清水出芙蓉，天然去雕饰"为美。许地山偏爱印度民间文学，先后释译印度故事集《二十夜问》《太阳底下降》等，并著有《印度文学》一书。对"稚拙"的印度文学的借鉴，使许地山的散文小说风格清新，带有浓厚的装饰风味与寓言、童话色彩，人物与故事似乎都"不太现实"，但确实生气盎然。

一般地说，许地山善于表述哲理，可文笔偏于华丽，语言也略嫌啰唆，算不上第一流的大手笔。可在《缀网劳蛛》《黄昏后》《春桃》以及《空山灵雨》等佳作中，却能循乎性情，挥洒自如，显得典雅朴实。也许，这跟作家将主题提到宗教的高度，借用宗教徒的信仰与热情以及宗教的意象，因而获得一种神秘感与神圣感有关。一方面是带宗教意味的神秘的哲理色彩，一方面是呈现异域情调的朦胧的童话氛围，两者和谐地统一起来——或许这就是许地山作品的魅力所在。

主张直接抒情，必然相对忽视结构技巧，情之所至，行于所当行，止于不可不止。许地山的小说大都是一股幽情或一则哲理的抒写，即使有完整的故事情节，也是以人物情绪为中心。相反的，许氏的散文倒十分注重场景和对话，这就难怪《空山灵雨》连载于《小说月报》时标为"小说"，《无法投递之邮件》更历来被编入小说集。可在我看来，《空山灵雨》中的"场景"，只是为了营造"氛围"；《无法投递之邮件》中拟想的"对白"，其实也只是不同角度的"独白"。与其从小说化、戏剧化角度把握许氏的散文，不如将其作为寓言、童话来解读。从早期的《春底林野》《光底死》，到晚年的《萤灯》《桃金娘》，许地山似乎一直没有完全摆脱"童话心态"，这一点颇为难得。在大人讲给大人听的童话世界中，除了美感、诗意外，还有某种故作神秘、故作深沉的"稚气"。除了作家本人的性格才情外，这似乎还跟他长期从事神话传说、宗教民俗的研究有关。

许地山并非"职业作家"，文学创作只是其业余兴趣，不为生计也没有闲情来"做文章上的游戏"。之所以写诗文著小说，"只为有生以来几经淹溺在变乱底渊海中，愁苦的胸襟蕴怀着无尽情与无尽意，不得不写出来，教自己得着一点慰藉，同时也希望获得别人底同情"（《〈解放者〉弁言》）。强调忠实于个人的生活感受，许地山既反对新式风花雪月，也反对公式化的劳工反抗：

　　我想，一个作者如果是真诚底话，一定不会放着他所熟悉底不写，反去写他所不知底。（《序〈野鸽的话〉》）

许地山的真诚，使得他既不可能重复《空山灵雨》的老路，也不可能追随左翼作家高喊革命；20年代中期以后，许地山的散文明显转向。一个突出的标志是，作者的关注点从哲理移向现实人生和民俗风情，风格上也日趋平实自然。由"文人之文"转为"学者之文"，最具代表性的莫过于《空山灵雨》与《杂感集》。前者近乎散文诗，后者则是文化评论——这一转变的功过得失留给后人评说；这里只想指出一点，长期的书斋生活，使得许地山的散文必然日趋学者化。学者化的散文也自有其独特的魅力，若鲁迅、周作人、林语堂、梁实秋、王了一等，都有兼融才、学，把随感杂文写得妙趣横生的本事。可惜许地山少了点幽默感，晚年的杂感显得过于"沉重""拘谨"了些，不像早年那样挥洒自如。唯一值得欣慰的是，作者在评述时事、发表政见的同时，喜欢发挥自己在宗教礼仪乃至服饰民俗等方面的专长，故其"杂感"有浓郁的"文化味"，不同一般转瞬即逝的时评政论。

1992年1月4日于北大畅春园（本文原为浙江文艺出版社
1992年版《许地山散文全编》的"前言"）

非专业的文学研究

——读钱穆讲述、叶龙整理《中国文学史》

现代学术的一大特征是专业化。时至今日，还说"一物不知，儒者之耻"的，不是天才，就是痴汉。承认"术业有专攻"，并非死守楚河汉界，选择适当的时机上下求索、左右开弓，这样聪明的学者大有人在。考虑到传统中国文史不分家，"史家"愿意"论文"，从来不会被低估，反而可能被高看一眼。

二十年前北京大学出版社推出王瑶主编的《中国文学研究现代化进程》，讨论晚清以降十七位研究中国文学的大家，其中前几位如梁启超、王国维、陈寅恪、胡适、郭沫若等，都是文史哲兼通，开一代风气的大人物。此外，顾颉刚的《孟姜女故事研究集》、傅斯年的《中国古代文学史讲义》、范文澜的《文心雕龙注》以及邓广铭的《辛稼轩年谱》等，也都是史家谈论中国文学的精湛之作。那么，钱穆（1895—1990）讲述、叶龙整理的《中国文学史》，是否可放在此系列中谈论呢？答曰：不行，因其属于通俗读物，不像上述诸君在中国文学研究方面有所突破，值得专家认真对待。

叶龙整理的钱著《中国文学史》，前年在《深圳商报》连载，去年由成都的天地出版社刊行，发行状态很好，但媒体及学界的评价天差地别——前者热情拥抱，后者置若罔闻。我的立场居中，既不认同过度吹捧，也不主张完全抹杀。在我看来，这是一位历史学家偶尔客串讲授"中国文学史"课程的记录整理稿，不该以专业水准来衡量，而应主要着眼于课堂呈现、通才理念以及文化自信。这样，才能准确地为此书定位。

一、从讲演录到文学史

叶龙整理的《中国文学史》，并非钱穆第一种文学研究著作。作为史学家，钱穆主要以《先秦诸子系年》《中国近三百年学术史》《国史大纲》等在学界享有盛名。此外，还有很多学术史、思想史或文化评论书籍，"唯有关文学方面，仅有一册，名《中国文学讲演集》"（参见《八十忆双亲·师友杂忆》314页，长沙：岳麓书社，1986年）。这是钱穆88岁完成《师友杂忆》时的感叹。言下之意，这方面的工作，他本来可以且应该有更多的成果。大概是为了弥补此缺憾，第二年台北的东大图书公司刊行《八十忆双亲·师友杂忆》，同时推出了钱著《中国文学论丛》。

1963年，香港人生出版社版《中国文学讲演集》收文十六篇，1983年东大图书公司刊行的《中国文学论丛》在前书基础上，添加了十四篇。这两册"文学论"，基本上都是演讲稿，"并没有一贯的计划和结构"，且因"听众对象不同，记录人亦不同，因此所讲所记，精粗详略各不同"，但作者对自家讲授中国文学的能力及水平还是很有自信的："我曾在新亚讲过两年中国文学史，比较有系统，但我在冗忙中，并未能把学生课堂笔记随时整理改定。"（参见钱穆《〈中国文学讲演集〉自序》）半个世纪过去了，这整理课堂笔记的遗愿，总算由弟子叶龙代为完成。在这个意义上，钱著《中国文学史》的刊行，还是可喜可贺的。

收入《中国文学讲演集》的《中国文化与中国文学》《中国散文》《中国文学中的散文小品》，以及收入《中国文学论丛》的《中国文学史概观》《再论中国小说戏剧中之中国心情》等，都值得一读。除了这几篇文章本身自有佳处，还因其与钱著《中国文学史》颇多关联。此外，钱著《中国学术思想史论丛》（合肥：安徽教育出版社，2004年）卷一的《读〈诗经〉》《〈西周书〉文体辨》，卷二的《中国古代散文——从西周至战国》，卷三的《读〈文选〉》，卷四的《杂论唐代古文运动》《读〈柳宗元集〉》《读姚铉〈唐文粹〉》等，也都是在讲授文学史课程时略有想法，日后扩展成专题演讲或专业论文的。也就是说，从专业角度考量，钱穆谈论"中国文学"的精华，不在这册课堂笔记整理本中。

除了课堂讲授的特点，还必须考虑钱穆本人的学养与精力。1955 年的钱穆，正为主持新亚书院事务忙得不亦乐乎。自 1949 年秋天创校，到 1964 年夏天辞职，加上此前亚洲文商学院一年，钱穆自称"亦为余生平最忙碌之十六年"（《八十忆双亲·师友杂忆》308 页）。看一介书生如何白手起家，与诸同道齐心协力，在兵荒马乱之际，为延续中华文明血脉而艰难办学，还是很让人感动的。这种工作状态，与 30 年代在北大教书，每周四节课，客居汤用彤家，离太庙很近，经常在参天古柏下备课，"发思古幽情，一若唯此最相宜"（《八十忆双亲·师友杂忆》147 页），完全不是一回事。

虽说钱穆早年热爱文学，教过中小学国文，可长期全力以赴治史，无暇他顾；如今挑起讲授中国文学史的重担，近乎急就章，不可能有多少精彩的见解。明白此书的来龙去脉，对钱著《中国文学史》就不会过高期待或过分苛求。

钱著《中国文学史》共三十一章（含"绪论"与"结论"），从先秦一直讲到晚清，如此贯通性著作，没有长期积累，很难一蹴而就。此书学术水平不高，但作为散文阅读很不错。这么说，并非完全贬义。如今的文学史著作，越写部头越大，越说越复杂，知识传授很全面（准确与否不论），但大都不可读，钱著则相反，学术创见甚少，但好看，一口气就能读完，偶尔还能会心一笑。钱著其实参考了不少他人著作，但从不声张；专业著作不能这么做，课堂则无所谓。尤其是讲文学通史，没有人全都了然于胸的，有所借鉴很正常。只不过以下这段话，因媒体的再三引述，把大家的胃口吊得很高："直至今日，我国还未有一册理想的'文学史'出现，一切尚待吾人之寻求与创造。"（钱著《中国文学史》4页，下同）其实，钱穆只是泛泛而论，并非自我标榜；读者正不必自作多情，以为钱著真有此成就。

谈论钱著《中国文学史》，不妨就以第三篇"《诗经》"为例。讲中国文学史，《诗经》是重头戏，谁都绕不过去，很能考验讲者的学术水平及授课技巧。钱穆先从"《诗经》的话很美"说起，强调"昔我往矣，杨柳依依；今我来思，雨雪霏霏"，确实"与西方荷马史诗之风格意境完全不同"。"'杨柳'代表惜别之意有三千多年。树枝摇动有亲近之意，可以说，西方并没有如此传统的文化。中国三千年之古典文化，其简明难有如此者。"（11页）接下来，略为解释什么叫风雅颂、赋比兴，断言《诗》三百篇"实即写物抒情之小品"（14页）。再引两句陶诗，还有陆游晚年山村写作，赞扬其好就好在天人合一。"吾人如欲了解此种诗境，必须先懂赋比兴，是到了天人合一、心物合一的意境，这与西方文学不同。西方之神性，乃依靠外在命运之安排，故闹成悲剧，如《铸情》（引者按：即《罗密欧与朱丽叶》）。马克思要达到掌握自己命运，要打倒敌体，绝不能和平共处，故不会有天人、心物合一，亦不会有如'好鸟枝头亦朋友'那样的诗。"（15—16页）为了说明什么叫"起兴"，钱穆又逐一讲解唐人张籍的《节妇吟》、唐人朱庆余的《近试上张水部》、五代温庭筠的《菩萨蛮》，最后拉回到本篇主题："所谓'奇

文共欣赏'，欣赏的心情等于第二次的创造。如'昔我往矣，
杨柳依依……'此诗对每一位欣赏者均可做出不同的创造，
故永远是活文学。"（20页）如此吃重的一课，钱穆讲得很轻
松，东拉西扯，听起来好玩，只是关于《诗经》的专业知识
着墨太少。不谈政治立场，单从"授业"角度，这么教《诗
经》是不太合格的。

一部中国文学史，当然可以有各种教法，轻重缓急之间，
如何处理，就看讲者的能力与旨趣。课堂上的钱穆，喜欢中
外比较，可惜外国文学非其所长，话虽说得有趣，但多不靠
谱。另外，既然讲通史，元明清三代的小说、戏曲，无论如
何不该草草打发。只讲古典诗文而藐视小说、戏曲，清末民
初有过（如林传甲），但20年代以后的课堂及著述，不太可
能这么做。这本是明显的缺憾，可作者故作镇定："小说戏
曲这一类文体，在西方算是正宗，在中国则不然。"（290页）
"诗文可以说是中国文学的正宗，这是客观的讲法，《水浒传》
《红楼梦》等只是消遣的读物"（305—306页）。要真的认定
《红楼梦》不值一提，那也是一种立场（尽管显得陈腐）；但
实际上，钱穆之所以这么做，除了自家没有多少研究，主要
是看不惯胡适大力表彰《红楼梦》（333页）。日后，在《中
国文学史概观》（见《中国文学论丛》47—64页）中，钱穆
大幅度调整，谈古代诗文仅占六页，而说元明清戏曲、小说
的竟有九页，只是在扬《三国演义》《水浒传》而抑《红楼
梦》《儒林外史》这一点上，还保留了自家的阅读经验。

钱著谈及诗歌部分，可谓"也无风雨也无晴"。以下这两段评语，说不上独创，但总算有点自家体会，且符合作者尊崇儒家的立场："陶潜、王维和孟浩然三人都是田园派诗人。论性格，孟之性格在王之上，陶之性格更在王之上。陶诗变自孔孟，王诗则变自佛理而带有政治意识。陶渊明性格如虎，极为活跃，其诗更为可爱。"（201页）"杜甫的诗不超脱，却是人生实用的，故其境界比庄子为高，庄子只是一位哲学家；陶渊明与屈原相比，陶为人退隐而不合作：故屈原、杜甫可说已达到中国文学的最高境界，而庄子、陶渊明则较次。"（66—67页）同样是满天星斗、兴会淋漓地"谈诗"，比起前辈陈衍，或同代人顾随来，钱穆明显显得隔，或曰"不在行"。

钱穆真正有感觉的是古文，这一点在《中国文学史》中看得很清楚。第七篇"中国古代散文"、第十四篇"汉代奏议、诏令"、第十七篇"建安文学"以及第二十三、二十四章"唐代古文"上下，是较能显示作者学养与才华的［第九篇"楚辞"（下）谈文学的地域性以及地理名词考证，因作者原有相关论文，也能出彩］。这很大程度缘于作者早年的文学兴趣，以及教习中小学国文的经验。据钱穆自述，"自念幼嗜文学，得一诗文，往往手抄口诵，往复烂熟而不已"（《〈中国文学论丛〉再序》）。由韩柳文章入手，逐渐深入古典世界，最后成为现代中国著名的史学家，这一独特的治学经历，在《〈宋明理学概述〉自序》（见《宋明理学概述》，台北：台湾学生书局，1984年）中有更为清晰的表述。正因早年沉湎韩柳古文及桐城文章，日后虽转为治史，一旦需要讲授文学史课程，钱穆还是能有若干自家体会。

至于第十四篇表彰曹操写诏令文"挥洒自如，有话则长，无话则短""笔调任意挥洒，且带有俏皮而浪漫的情趣"（88—89页），其实得益于作者早年在厦门集美学校教国文时的发现。《师友杂忆》曾谈及发现曹操《述志令》的故事："时余方治中国文学史有新得。认为汉末建安时，乃古今文体一大变。不仅五言诗在此时兴起，即散文为体亦与前大异。而曹氏父子三人，对此方面有大贡献。唯曹氏此文，不仅不见于《文选》，即陈寿《三国志》亦不录，仅见裴松之注中。故首加选讲。"（《八十忆双亲·师友杂忆》103—104页）此乃晚年追忆，并非第一手资料，但我还是认可钱穆的自述。

一个中学教师，从《三国志》裴松之注中发掘出曹操的《述志令》，由此悟出建安时期乃古今文体一大转变，并将其选作课文，确实很有眼光。问题在于，整理者叶龙为了表彰其师学问，称"曹操在文学上之成就与特殊地位，实为钱师近代最早之发现者"（142页），且在跋语里再三辩驳（343页），这就有点过分了。因为，"文学贵能自觉独立，其本身即有独立的价值技巧，此即始于建安文学"（131页），这样的大判断，明显不是钱穆从其服膺的儒家学说中能够推导出来的；至于"所以有人称他是一位改造文章的祖师"（89页）

这句话，更是透露钱穆讲这两章时，参考了鲁迅的《魏晋风度及文章与药及酒之关系》。

钱穆讲古代文章，确有自家心得；但为了让学生理解，借用若干新词，反而显得不般配。比如，钱穆推崇韩愈，称他是"中国散文作家之始"（245页）、"数千年来在中国文学史上最伟大的第一流大文豪之一"（244页），这都没有问题，遗憾的是不恰当地引入"纯文学"的概念："古代的经、史、子虽亦可说是文学，但并非纯文学，韩愈在文学上的贡献是：到了韩愈，才从这批典籍变成纯正的散文，即成了纯文学。"（224页）"纯文学"这个新词，从钱穆口中说出来，总觉得有些古怪。至于称"中国近数十年来一直搞纯文学的，可说只有鲁迅一人"（306页），那就更是不知所云了。《中国文学论丛》中收有《中国散文》及《中国文学中之散文小品》二文，都在表彰韩愈，一说"散文确获有纯文学中之崇高地位，应自唐代韩愈开始"；一称"唐人喜欢写诗赠人，韩昌黎改用赠序和书札等，外形是散文，内情则是诗，是小品的散文诗"（见《中国文学论丛》68页、88—89页）。在我看来，后者更为妥帖——可见钱穆也在不断地自我修正。

二、课堂的魅力及呈现

从学术著作角度批评钱著《中国文学史》，明显牛头不对马嘴；人家本就是课程讲授笔记，不可能有多少创见与新知。只有将此书还原到 1955 年新亚书院的课堂，才能准确判断其得失。几年前我曾撰写《"文学"如何"教育"——关于"文学课堂"的追怀、重构与阐释》（初刊〔香港〕《中国文学学报》创刊号，2010 年 12 月；收入《作为学科的文学史》，北京大学出版社，2011 年），谈及康有为、章太炎、鲁迅、朱自清、黄侃、汪辟疆、沈从文、顾随、钱穆、台静农等人的文学课堂，特别提及新亚书院的课程设置中，"文章"占很大比重，而且由院长亲自担任；"钱穆做出这一选择，或许有师资力量或学生趣味的考虑，但起码是对自家的文学修养很有把握"（《作为学科的文学史》197 页）。

为何要关注文学课堂？那是因为，"晚清以降的中国大学，总的趋势是重'学问'而轻'教学'。学问好但不会讲课的（如刘师培），问题不大；反过来，很会讲课但极少著述的（如罗庸），可就大大吃亏了。当初声名远扬，时过境迁，很容易被遗忘"。上过大学的人都明白，那些曾经生气勃勃地活跃在讲台上的教授，是多么值得怀念。可惜的是，"文字寿于金石，声音随风飘逝，当初五彩缤纷的'课堂'，早已永远消失在历史深处。后人论及某某教授，只谈'学问'大小，而不关心其'教学'好坏，这其实是偏颇的"（参见《作为学科的文学史》222 页、153 页）。

阅读钱著《中国文学史》，越发坚定我的这一想法。钱穆对于"中国文学"的阅读、欣赏与研究，属于业余性质，不合适放在学术史上论述；但钱穆对于课堂的把握，对于学生心理的了解以及演讲技巧的娴熟，值得我们关注。50 年代以降，钱穆的大部分著作，其实都是根据演讲整理而成。演讲而成书，即便学术深度不够，也自有其独特魅力（参见陈平原《有声的中国——"演说"与近现代中国文章变革》，《文学评论》2007 年 3 期）。问题在于，不是所有演讲或课堂都值得转化成文字并广泛传播的，必须是名家、好课、善整理，方才可能珠联璧合，成就一册好书。

最佳状态是，演讲者口吐莲花，整理者配合默契，最后再由作者本人修订增补，亲自授权出版。这样的书，学界一般将其视同本人著作，如梁漱溟的《东西方文化及其哲学》（陈政、罗常培记录，上海：商务印书馆，1922 年）、周作人的《中国新文学的源流》（邓恭三记录，北平：人文书店，1932 年）、钱穆的《中国历史研究法》（叶龙记录，香港：孟氏教育基金会，1961 年）。"记得早年笔者曾整理钱先生所讲《中国历史研究法》，此稿经钱先生修订后出版，其中有删改润饰，亦有增添，甚至有加入一整段的。"（参见叶龙《〈中国文学史〉跋》，《中国文学史》340 页）很可惜，钱著《中国文学史》没有这样的机缘。

没能由作者亲自修订，但其学术价值依旧得到学界认可的，也自有不少，比如曹聚仁笔录的章太炎《国学概论》（上海：泰东图书局，1922 年）、罗常培笔录的刘师培《汉魏六朝专家文研究》（南京：独立出版社，1945 年），以及叶嘉莹笔录的顾随《鲍庵诗话》（见《顾随文集》，上海：上海古籍出版社，1986 年），一般都认为可信度很高，可作为本人见解引用。而要做到这一点，记录者必须符合以下四条件：具备相关专业知识；没有方言方面的障碍（如章太炎）；写字较快甚至受过速记专业训练（如罗常培）；整理态度极为虔诚（如叶龙）。

作为中国文学专业的本科生，叶龙多次听钱穆讲课，自称完全听得懂他的无锡口音，加上"自创草书，笔录较快"，当初钱穆查阅学生笔记时曾表示认可，假如那时整理成书，"很可能会取用我的笔记本"（参见《〈中国文学史〉自序》）。考虑到钱穆的《中国历史研究法》确实是由他记录整理的，我们有理由相信叶龙是此书合格的整理者。可整理者不该越说越神，甚至信誓旦旦，称钱师课堂上说的每个字都记录下来了（2016 年 5 月 27 日在中国现代文学馆的演说）。若非受过很好的速记专业训练，谁也不敢说全都记下来了。大部分学生说粤语，钱穆只好放慢讲话速度；加上他讲课时习惯"在讲坛上往来踱步之间，散发出一股非常独特的神采"（参见陈志诚《中国文学史·序二》），还有需要板书等因素，每节课讲授内容有限；可即便如此，眼下长长短短的各篇，大都不足以支撑起每周三节课。之所以如此较真儿，不是埋怨叶龙记录不够细致，而是提醒读者，这只是钱穆讲课的大致轮廓。

钱穆当过中小学老师，在北大教书时效果也很好。无论本人的《师友杂忆》，还是同事及学生的追怀，都让我们相信钱穆会讲课。读叶龙整理的《中国文学史》，最大的感觉是技巧有余而专业不足。此书不要说无法与刘师培的《汉魏六朝专家文研究》比肩，即便与郑临川记录、徐希平整理的《闻一多论先秦两汉文学与唐诗》《罗庸论魏晋南北朝文学与唐宋文学》相比，也是差了一大截（参见《笳吹弦颂传薪录——闻一多、罗庸论中国古典文学》，上海：上海古籍出版社，2002 年）。钱书的粗浅，有老师实力，有学生素质，还有课程设计的问题。

《师友杂忆》中，钱穆曾自述求学经历："余之自幼为学，最好唐宋古文，上自韩欧，下迄姚曾，寝馈梦寐，尽在是。其次则治乾嘉考据训诂，藉是以辅攻读古书之用。所谓辞章考据训诂，余之能尽力者止是矣。……不意遭时风之变，世难之殷，而余之用心乃渐趋于史籍上。"（《八十忆双亲·师友杂忆》321 页）如此半路出家，钱穆在中国文学研究方面的功力，无法与刘师培、闻一多、罗庸等相提并论。此外，还必须考虑学生水平，早期北大或抗战中西南联大中文系，集中了全国最优秀的热爱文学的学生，这与草创时期新亚书院的生源，根本不在一个层面上。当老师的都明白，你学问再大也没用，面对特定学生，只能因材施教。在这个意义上，钱穆那些不太专业的论述（包括引申与穿插），说不定更适合当年新亚学生的接受水平。

读 1955 年 7 月 1 日印刷的《新亚书院概况》，中文系学生需要修习的课程包括："大学国文"八学分，"本课程与历代文选相辅而行"；"历代文选"六学分，"本课程依时代之先后，选录名家代表作品，以见文章升降变迁之迹，为学子示范之用";再就是"中国文学史"六学分,"本课程亦依时代为序,述文学流变之迹",从上古说起,一直讲到"明清之科举文,五四运动后之语体文"(参见《新亚书院概况》55—59页)。这三门课都涉及"中国文学",讲授重点不一样。单看钱著《中国文学史》,很多地方蜻蜓点水,那是因为有别的课程相配合。再说,刘师培讲"汉魏六朝专家文",顾随讲"唐宋诗",那是专题课,教师可以任意挥洒才华;闻一多、罗庸讲先秦两汉文学或魏晋南北朝文学,之所以很有学术深度,也是因此乃西南联大中文系的"提高课程",是在学生修过"中国文学概要"后,为引导其进入研究状态而开设的,"老师的讲课等于试作示范"(参见郑临川《〈笳吹弦颂传薪录〉前言》)。这你就明白了,作为创立不久的新亚书院中文系的必修课,钱穆的"中国文学史",大概也只能讲成这个样子了。

三、通人期许与抗辩心态

赤手空拳创办新亚书院,谈何容易?在日理万机的同时,钱穆为何不选择驾轻就熟的史学课程,而非要教从未讲过的"中国文学史"?说好听是勇于挑战自我,说不好听则是误以为自己无所不能。这就说到了钱穆对中国文化传统的认识以及成为一代通儒的自我期待。

谈论现代中国学术,钱穆有两段话很精彩:"文化异,斯学术亦异。中国重和合，西方重分别。民国以来，中国学术界分门别类，务为专家，与中国传统通人通儒之学大相违异。循至返读古籍，格不相入。此其影响将来学术之发展实大，不可不加以讨论。"（《现代中国学术论衡》1页，长沙：岳麓书社，1986年）批评过新文化运动使得旧文化旧学术扫地以尽，整个社会"治学则务为专家，唯求西化"，钱穆反过来主张："非谓不当有此各项学问，乃必回就中国以往之旧，主通不主别。求为一专家，不如求为一通人。"（《现代中国学术论衡》4—5页）基于此信念，钱穆抛开各种"专家之学"，从通人的角度谈中国。于是，该书分列宗教、哲学、科学、心理学、史学、考古学、教育学、政治学、社会学、文学、艺术、音乐十二目，用十五万字的篇幅将五千年中华文明"一网打尽"。

关于中国文化重通人而轻专家的说法，钱穆在好多地方提及，且认真地付诸实践。看他晚年演讲的话题，真的无所不包、无所不能。别的我不敢妄议，就谈他关于"中国文学"的看法。《现代中国学术论衡》中谈文学，依旧是漫无边际的中西比较："西方文学从外面事物求其独特奇异""中国人贵从内心同处言，寻常平实，而其可乐可喜、可哀可怨，有更深入更生动者""如古希腊之小说戏剧，言及男女恋爱者何其详、何其尽。……中国诗人只言关关雎鸠四字，则人类男女恋爱之真情蜜意，亦已一语道尽，可无多词。"（参见《现代中国学术论衡》228—229页）面对老先生如此喋喋不休的宏论，真不知道怎么回应才好。若说有点参考价值的，还是那两句提醒与勉励："是则欲深通中国之文学，又必先通诸子百家""昌黎能文起八代之衰，今人提倡新文学，宜当于昌黎有所师法"（230页、233页）。

在一个专业化时代，有通人志向及情怀，是大好事，但不能因此而低估专门家的意义，更不能把学问看得太容易，以为什么事情都能凭常识立论。钱穆晚年读书太少而说话太多，懂的说，不懂的也说，虽因此扩大了社会名声，但学界已经不再与其对话。作为演说家与传道者，钱穆是成功的，其精神值得敬佩，但专业成绩不宜过高估计。想象他是"国学大师""一代通儒"，就能随时随地左右出击，包打天下，实在是低估了20世纪中国学界的成绩，也低估了阅读者的鉴赏能力。

在《中国文学史》的"结论"中，钱穆照例把鲁迅、胡适等"五四"新文化人扫了一把（虽然在具体论述时常偷偷借用），然后就是："中国几十年来在文化学术上的毛病是：一是意见的偏，二是功夫的偏""我所讲的并非标奇立异，乃是有根据的。'五四'以来硬是要新奇、要创见，这只是无知识。"（333页、334页）其实"意见的偏"以及"硬是要新奇"，不是别人，正是钱穆自己。这其实很好理解，主流学者可以"平正通达"，身处边缘者，为了发出自己的声音，不得不极力抗争，甚至剑走偏锋。

在《师友杂忆》中，有一段话很能传达钱穆的心声："新旧文学，为余当生一大争辩。唯求人喜中国旧文学，当使人先多读中国古书旧籍。余之毕生写作，皆期为国人读古书旧籍开门路。"(《八十忆双亲·师友杂忆》314 页）将对抗西学大潮以及批评"五四"新文化作为毕生使命，钱穆的这一立场贯彻始终，从未转变过，这点让人敬佩。在总共八讲的《中国历史研究法》中，结束语是这样的："我不能站在纯历史纯学术的立场来讲话，有时不免带有情感，随便空说，请诸位原谅。"(《中国历史研究法》147 页）这不是客套话，更不是谦卑，而是带有某种居高临下的姿态，表明自家后期著述的抗辩立场。"文化自大，固是一种病；文化自卑，亦非正常心理"，考虑到当下情势，钱穆希望"堂堂正正地做一个中国人"(《中国历史研究法》145 页）,因而一辈子集中火力批判胡适等人的西化主张。

在新旧文化激烈对抗的 20 世纪中国，各家都可能因过分强化自家立场，而懒得体会他人论述的合理性。因是抗辩之书，立场远大于学问；时时处处与新文化人为敌，难得体会对方的好处与贡献，明显限制了钱穆的学术视野与论述深度。在我看来，这点殊为可惜。可斗转星移，当下中国，社会思潮日趋保守，钱穆的立场越来越受到推崇，我的建议很简单：理解钱穆对抗西学的姿态，同时尊重"五四"新文化人的思考与选择；否则，不断地翻烙饼，各领风骚三五年，不利于学术积累与思想推进。

2016 年 5 月 30 日于京西圆明园花园

（初刊《东方早报·上海书评》2016 年 6 月 12 日）

两脚踏东西文化

——关于林语堂

林语堂故居供图

林语堂（1895—1976），1895 年生于闽南漳州，1976 年病逝于香港。平生两度出国，第一次四年，第二次三十年。有中文著作七种，英文著作三十七种，其中可读性较强的当推小说"林氏三部曲"（《京华烟云》《风声鹤唳》《朱门》）、文学传记《苏东坡传》、文化史著作《吾国与吾民》《生活的艺术》以及用中文写作的杂文集《剪拂集》《大荒集》《我的话》《无所不谈合集》等。

"我的最长处是对外国人讲中国文化，而对中国人讲外国文化。"这话表面看是自嘲，实际上却是自得。能做到这一点已属不易，更何况林语堂的理想是通过文化比较达到文化综合。不只是学贯中西的学者，而且想当独树一帜的哲人。有人誉其为"东方哲人"，可林语堂实在缺乏哲学才能，只不过是个有西方文化背景的很有情趣的中国文人。把他作为一个文人而不是哲人来看待，这样可能更好理解他的心灵探寻、他的痛苦和欢乐以及他的成败得失。

　　林语堂平生最得意的对子是："两脚踏东西文化，一心评宇宙文章。""踏东西文化"，必须体现在"评宇宙文章"中。林语堂谈得最多、最有功效的是关于"中国人的性格""幽默"与"闲适"以及"道家人物"三个方面。

一

　　1894年，美国传教士A. H. 史密斯（中文名字明恩溥）在纽约出版《中国人的性格》（*Chinese Characteristics*）一书，开始了外国学者对中国民族性的系统研究。此书"面子"一章最为精彩，指出中国人自觉不自觉的表演意识，使一切问题都成了"形式"问题，人生真的成了大戏台。这一说法为不少后来的学者所接受。鲁迅虽然指出此书"错误亦多"，仍希望有人将其译成中文，逼使中国人"看了这些，而自省、分析"。

　　自觉地比较东西文化的异同，思考积淀在民族心理中的传统文化，力图通过改造国民灵魂来改造中国社会，是20世纪中国知识分子关注的一个中心课题。从严复、梁启超、王国维、林纾到"五四"一代的知识分子，都把西方文化作为一个参照系，探讨中国人的民族性格，并寻求中国文化的出路。比起东、西洋"中国通"的隔膜和偏见（如渡边秀方的《支那国民性论》、原惣兵卫的《支那心理之解剖》），中国知识分子有可能看得更深更远。因为"在他脉管里夹着自尊与羞耻的洪潮而奔腾环流的血，是中国人的血"(《吾国与吾民》)——亲身体验到在东方与西方的碰撞中、在过去与未来的夹缝中，这块神秘的大地旋转时带来的晕眩与颤动，才能真正理解活生生的"传统"。当然，这有赖于强烈的社会责任感和清醒的批判意识。

《剪拂集》时期的浮躁凌厉之气消退以后，林语堂逐渐从"斗士"转为"隐士"，但对东西方文化的比较，却始终没有放松。1935年出版的英文著作《吾国与吾民》(*My Country and My People*)，即是林语堂思考中国人性格的结晶。此书被赛珍珠评为"历来有关中国的著作中最忠实、最巨丽、最完备、最重要的成绩"。1938年世界新闻出版社出版祁陀的中文译本，1980年台湾德华出版社据此译本重印，不过删去了译者姓名和"结语"部分的三节。

《吾国与吾民》分"中华民族之素质"和"中国人民的生活"两部分，上部总论，下部分论。其中第一章借用西方历史学家和人类学家观点，解剖中华民族"延长的童年"以及八百年一周期的历史循环等等，漏洞最多。其余各章虽时有偏颇，毕竟有作者自己的体悟，再加上文章写得潇洒，可读性很强。对中国人直觉的思维方式、中国文化的人文主义特性以及中国语言对文学的制约，林语堂此后还做了进一步的发挥；而第九章"生活的艺术"之大受西方读者赞赏，更直接促使他写作《生活的艺术》一书。可以说，《吾国与吾民》一书是林语堂生命的转折点，此后他就由对中国人讲西方文化转为对西方人讲中国文化了。

全书讲得最精彩、最有特色的是关于道教、道家对中国人心灵及中国文化的决定性影响。也正是这一点，使得林语堂讲中国文化讲出了自己的味道。对国民性的思考，无疑是20世纪中国思想文化界的一个"永恒"的话题。而鲁迅、周作人、许地山之强调道教对中国人性格的极为深刻的影响，对林语堂大有启发。30年代前期，林语堂在上海办杂志写杂文，已多次涉及这个问题。《吾国与吾民》更是大谈"中国人民出于大性的接近老庄思想甚于教育之接近孔子思想"。《吾国与吾民》描绘中华民族十五种"德性"，其中自然是有恶行也有美德。而"三大恶劣而重要的德性：忍耐、无可无不可、老猾俏皮"，却都跟"道家之人生观"大有关系。在写作此书前一年，林语堂曾作《中国人之聪明》一文，对中国人受道家思想熏陶而成的"崇拜糊涂"这一绝顶聪明的处世哲学表示很不以为然，称之为"老奸巨猾之哲学"。《吾国与吾民》仍坚持对道家哲学的抨击，只不过话没说绝，留了个很大的口子："道家精神和孔子精神是中国思想的阴阳两极，中国的民族生命所赖以活动。"道家教会中国人欣赏生命，享受生命，懂得"生命是如此惨愁，却又如此美丽"。至于中国人注重直觉的思维方式、中国人乐天知命的生存态度以及中国文学艺术崇尚自然的审美情趣，更是被归功于道家精神。

在林语堂本人，批判"忍耐""圆熟"是对中国人负责，赞扬东方情趣则是为西方人着想。从此以后，林语堂由道家哲学的批评者一转而为传道者。一方面是思想意识改变，另一方面是读者对象也在变。在西方，第二章"中国人之德性"不被理解，第九章"生活的艺术"则大受赞扬。你要为西方人写作，当然只能"卖"中国文化。这就是林语堂自称的"于美国赶忙人对症下药"——既然美国人是最能忙的民族，而中国人是最能闲的民族，对美国人自然只能讲悠闲的价值和诀窍。此类著作一旦"出口转内销"，自然有搔不着痛痒的感觉，这也是没办法的事。当然，这里还有个潜在的心理因素。1932年林语堂在牛津大学演讲"中国文化之精神"，"多恭维东方文明之语"。讲稿译成中文在国内发表时，作者加了一段按语，称"一到国外，不期然引起心理作用，昔之抨击者一变而为宣传，宛然以我国之荣辱为个人之荣辱，处处愿为此东亚病夫做辩护，几沦为通常外交随员，事后思之，不觉一笑"。在国内讲中国文化与在国外讲中国文化就是不一样，不只读者对象变了，作者的心境也有明显变化。了解这一点，或许更能理解海外学人关于中国文化的著述。

对道家哲学，由早期的政治层面的批判，深入到文化—心理层面的研究——其中从道家精神的渗透角度把握中国文学艺术的特性以及审美精神的发展，已为时下学者所进一步发挥——这对林语堂来说很有意义。"五四"时代的斗士风采没了，这自然很可惜；可终于找到他自己所理解的东西方文化的最佳契合点，这又实在值得庆幸。

二

在《四十自叙诗》中，林语堂称"幽默拉来人始识"。从 1924 年发表《征译散文并提倡幽默》，到 1970 年演讲《论东西文化的幽默》，林语堂讲了一辈子幽默，也被誉为幽默大师，可始终"幽默"得有点儿吃力。"文章可幽默，做事须认真"。提倡幽默也是'做事'，自然也须认真；只是如此认真地提倡幽默，本身似乎就缺乏幽默感。幽默本就可遇不可求，为办杂志每半月定期生产一批幽默文章，到头来只能故作幽默。林语堂 30 年代的幽默文章颇有从幽默跌到油滑的危险，如《论裸体运动》之设想脱光斯大林、希特勒、墨索里尼的衣服给他们各自的信徒看，世界局势因而当即大变。

读"幽默大师"的文章尽可不必过分认真。北方文艺出版社重印《生活的艺术》，整整删去其中六章，大概别有苦衷；只是"生活的享受"这一章共十节，独独删去"西装之不合时宜"一节，可就实在不够幽默了。这一节乃据《论西装》一文改写，大意说中装平等，美者丑者穿了都差不多，充满"德先生"精神；西装则损不足以补有余，让丑者更丑美者更美，实在不合人道。文章不过作得别出心裁而已，与国内西装业发展毫无关系。

林语堂一再谈及他发表于 1934 年初的《论幽默》一文。在此之前谈幽默，林语堂注重的只是文学风格，立意让中国文学过于严肃的脸孔稍微放松。《论幽默》则引证 George

Meredith 的名言:"我想一国文化的极好的衡量,是看他喜剧及俳调之发达,而真正的喜剧的标准,是看他能否引起含蓄思想的笑。"进而把幽默定为"一种态度,一种人生观"。并非愤世嫉俗的讽刺,更不是欠缺理智的谩骂,幽默的心境应是深远超脱、冷静温厚,同时"带一点我佛慈悲之念头"。

强调"超脱"自然是有明显的针对性。反对中国传统文人的狭隘心态与尖酸刻薄,提倡宽容大度;更反对 30 年代左翼文人的"急功好利",提倡远离政治。"超脱"还有自我心理调节的意义,如忘掉功名利禄,不时来点儿违纪而不犯法的"小捣蛋",懂得"人生在世是为何,还不是有时笑笑人家,有时给人家笑笑",以此保持开放的心灵,使枯燥的生活变得有趣一点儿,好过一些。

像"快活天才"苏东坡那样"享受人生的每一刻时光",不只需要物质基础,更需要文化修养。正如张潮说的,"能闲世人所忙者,方能忙世人所闲"。讲幽默是借用西方,讲闲适则是发掘传统。倘若只是对中国人讲幽默,对西方人讲闲适,大概还不会引来那么多责难。但在 30 年代初,林语堂在国内已经大谈闲适了。说什么"人到文明了,有什么忧愤,只在笔端或唇角微微一露罢了",这在风沙扑面的 30 年代自然是不合时宜,难怪受到左翼人士的猛烈攻击。

最能体现林语堂的幽默和闲适的,自然是他 1937 年在美国出版的英文著作《生活的艺术》(*The Importance of Living*)。此书 1938 年始由黄嘉德译载《西风》杂志,1941

年由西风社出全译本；1942年世界文化出版社出版越裔的译本；1979年台湾德华出版社出版张振玉的译本（北方文艺出版社的本子即据张译本删节的）。全书共十四章，行文幽默，不少章节相当精彩，如"以放浪者为理想""人生像一首诗""嬉戏的好奇心""论梦想""论幽默感""悠闲的重要""生活的享受"等章节，都写得洒脱隽永，不乏奇思妙想。全书的中心论题是：世界过于严肃，需要一种智慧的欢乐的哲学，而中国人生活的艺术即是"快乐的科学"（Gay Science），值得推荐给过分忙碌的西方人。

中国文化的精华当然不只"闲适"，但抓住道家文化，抽出"非主流"的名士派文人的生活理想，的确谈出了中国文化独特魅力的某些侧面。因而，《生活的艺术》不只对半个世纪以前的美国人有吸引力，对处于和平年代的今天乃至明天的中国读者，恐怕也不无吸引力——尽管他们不一定"闲适"得起来。

三

同样在海外弘扬中国文化，林语堂不同于一般学者处在于，不单有专著立论，还有小说、文学传记为之形象化，故影响甚大。林语堂推崇道家文化，小说便努力体现道家生活理想，主人公也多为道家信徒。

《京华烟云》（*Moment in Peking*，1938）英文版出版后，

林语堂给郁达夫去信，希望他能将其译成中文。信中介绍自己的创作构思："全书以道家精神贯串之，故以庄周哲学为脉络。"书分"道家的女儿""园中的悲剧""秋日之歌"三部，每部卷首引一段庄子文章，难怪林语堂女儿林如斯说："全书受庄子影响。或可说庄子犹如上帝，出三句题目教林语堂去做。"

四十年后林语堂作《八十自叙》，称"道家是何等人物，都在《京华烟云》中木兰的父亲姚老先生、《风声鹤唳》中的老彭、《红牡丹》中的梁翰林身上表现出来"。这话没错，可还没说透。《京华烟云》中"道家的女儿"木兰、《风声鹤唳》（A Leaf in the Storm，1941）中为友捐躯的博雅、《红牡丹》（The Red Peony，1961）中隐居山中的若水和白薇，乃至风流寡妇红牡丹，还有《唐人街》（Chinatown Family，1948）中信奉老子哲学的艾丝……这些林语堂着意塑造的"好人"，全都是道家信徒。

姚思安"对正派的老传统不在乎""天马行空思想自由"，是道家；牡丹忠实于自己的感觉和感情，大庭广众中为死去的情人哭灵，是道家；姚思安弃家云游天下，木兰隐居杭州，若水夫妇垂钓富春江边，牡丹最后嫁与自食其力的农夫，更是道家。一句话，道家是满腔热情地享受人生，"半在尘世半为仙"。

文化史中的道家思想介绍和小说中的道家人物描绘，无疑有很大差别。林语堂似乎较少考虑两种不同著述形式的矛盾，小说中颇多文化史研究的直接移植。比如《生活的艺术》中论述的理想人物四种素质：嬉戏的好奇心、梦想的能力、幽默感和任性而为；所有这些，作者似乎都希望能在小说中的道家人物身上体现出来，于是小说显得相当拥挤，人物一举一动都被赋予了文化化石的意义。

林语堂小说中文化背景的介绍，通常都比人物描写精彩。只是这些精彩的描写容易给人脱节的感觉，明眼人一看就明白，这一段是着意于介绍中国文化，跟小说情节发展没什么关系。这对西洋读者来说可能必不可少，可一旦返销回中国，则显得繁冗拖沓。

要让外国人接受，自然不能只是道家，而只能是洋化了的"道家"。《红牡丹》如果只写若水夫妇的隐居生活，对西方读者大概没多少吸引力。写红牡丹的任性、对爱情的执着追求、对肉欲的敏感，更多地是从西方读者的口味和理解力来考虑的。读过《查特莱夫人的情人》《太阳照样升起》等西方小说，不难理解红牡丹的心理和举动；可把背景放在清末的中国，给人批评不真实还在其次，被说成是"色情作品"可就实在有点冤枉。这种小说，对西方人"卖"东方神秘的道家哲学，对中国人"卖"西方强烈的性爱感觉——当然也可能两头不讨好。

徐訏评林语堂："在体念上讲，是艺术家的态度；在表现上讲，是小品文的境界。"这话不单适用于林语堂的文化史著作，而且也适用于其小说和杂文、文学传记。

半个世纪以前，林语堂曾是中国，也曾是美国的畅销书作家。在中国大陆，林语堂整整沉默了四五十年，近年才重新在书店中露面。上海书店的影印本影响不大，《生活的艺术》也并未引起公众的注意，直到去年时代文艺出版社出版《京华烟云》（印行十六万册）、今年人民文学出版社和中国文联出版公司争出《红牡丹》（合计印行三十五万册），林语堂才作为一个险些获诺贝尔文学奖而又善于写"性的冲动、情的需求，演出一幕又一幕的风流艳事"（文联版《出版前言》）的畅销书作家，得到读者大众的青睐。"本城流行《红牡丹》，此处牡丹最鲜艳"，此乃某出版社读者服务部门口的大幅广告。与其让《红牡丹》到处风行，不若多介绍几本林语堂更有意思的著作，同时也呼唤颇值一读的《吾国与吾民》《苏东坡传》以及《风声鹤唳》《朱门》等小说早日出版或重刊。

1988 年 10 月 1 日

（原刊《读书》1989 年 1 月）

舆论家的态度与修养

——作为北大学生的成舍我

成露茜供图

　　"五四"新文化运动的辉煌，被此后几代知识者不断追忆，就因其切实影响着20世纪中国思想文化进程。在世人的历史记忆中，占据"新文化运动"舞台中心的，乃著名教授蔡元培、陈独秀、胡适、李大钊等。这自然没错。可还有一点同样不能忘记：这是一个标榜"新青年"的运动，大学生的作用不可低估。同是学生，走上街头表示政治抗议的，因有"火烧赵家楼"的戏剧性场面，长期受公众关注；至于坚持"文化运动"的，可就没有这种幸运了，很容易被其师长们的光辉形象所"遮蔽"。

　　"五四"时期的青年学生，就学识与社会影响而言，确实无法与陈独秀、胡适等比肩；但日后的发展，则未可限量。大学期间"躬逢盛事"，有幸目睹甚至直接参与思想大潮的涌起，对其一生必然产生决定性的影响。在这个意义上，谈论"五四"新文化运动，最好兼及其时"小荷才露尖尖角"的青年学生。

这里有一个现成的例子，那便是 1921 年毕业于北大中国文学系的成平——即日后成为一代报人的成舍我先生（1898—1991）。

1898 年出生于南京的湘人成舍我，原名勋，后改名平，以笔名行世，十八岁即投身新闻事业，1991 年病逝于台北——那一年，成氏亲手创办的"私立世界新闻专科学校"获准改制为"世界新闻传播学院"。"办报兴学问政达八十年"的成舍我（参见成露茜为台湾立报社版《舍我先生志节文粹》所写的《跋》），平生事业，最被世人及史家瞩目的，莫过于 20 年代的创办《世界晚报》《世界日报》《民生报》以及 30 年代、40 年代和 50 年代在北平、桂林、台北三次创办新闻专科学校。既是著名报人，又是新闻教育家的成舍我，其"办报兴学问政"的志向，与"五四"时期就读北大大有关系。

1920 年 4 月，日后成为著名"舆论家"的成舍我，在上海的《时事新报》上发表文章，讨论作为"社会底向导"的舆论家所应该具备的态度与修养，最后的结论是：

> 总之，舆论家是要往前进的，不可以随后走的。他是要秉公理的，不可以存党见的。他是要顾道德的，不可以攻阴私的。他是要据事实的，不可以凭臆想的。他是要主知识的，不可以尚意气的。（《舆论家底态度》，1920 年 4 月 15 日《时事新报》）

照成氏的说法，此处之只提端正态度，而不谈个人修养，实在是"降格以求"——后者需要静下心来"读十年书"，非起步不久的中国新闻业所能普遍接受。

已经投身新闻业多年的成君，竟然高标准严要求，断言"中国现在，若是严格说起来，简直可以说一个报馆也没有"（成平：《文化运动的意义与今后大规模的文化运动》，《新人》第5号，1920年8月）。如此居高临下的放言高论，与其说是年少气盛，不如归因于背靠北京大学这棵大树。"五四"时期北大提倡并领导新文化运动的崇高地位以及蔡元培校长亲自发起组织中国第一个新闻学研究团体——"北京大学新闻学研究会"，北大文科教授徐宝璜出版国人自著的第一部新闻学著作《新闻学》，无疑都使得大学生成平深具改造中国报业的责任与信心。实际上，蔡校长之强调新闻事业的巨大意义、论证新闻从业人员必须具备特别之经验与广博的知识（参见蔡元培《〈新闻学大意〉序》《北大新闻学研究会成立演说词》，均见《蔡元培全集》，北京：中华书局，1984年）以及徐教授之主张新闻"在文化运动中，占甚重要的地位"，故应"立在社会之前，创造正当之舆论"，应"谨慎据实直书"，应代表国民舆论而不是党派利益等（参见徐宝璜《新闻学》，北京大学出版部，1919年），都对青年成舍我产生巨大影响，并落实在其时所撰《舆论家底态度》《文化运动的意义与今后大规模的文化运动》《新知编译社报告书》《新知书社计划书》等文中。

作为南社社员、《民国日报》编辑，成舍我在柳亚子与朱鸳雏的唐宋诗之争中，由于支持朱而被柳一并"驱逐出社"（在《我和朱鸳雏的公案》一文中，柳亚子称"这是我平生所很追悔而苦于忏赎无从的事情"。见《柳亚子文集·南社纪略》149页，上海：上海人民出版社，1983年）。此举因祸得福，促成其"毅然乘舟而北"，进入北京大学读书。关于成君上书蔡元培校长，因"文笔条畅，言之有理"而得到入学特批的说法，仅见于郑逸梅的《南社丛谈》（参见郑逸梅《南社丛谈》126页，上海：上海人民出版社，1981年），不好遽下判断。但已有数年报馆经验的成舍我，确实结识了不少文化界名流，这使得其进入北大后，有可能继续发挥特长，除了兼职《益世报》外，还在校园里"呼风唤雨"。

"由陈独秀安排前往北京，考入北京大学预科国文门，并由李大钊介绍入《益世报》工作"的大学生成平（参见收入《舍我先生志节文粹》中的《舍我先生年谱辑要》1918年则），与别的从校门到校门的青年学生不太一样，因其相对丰富的生活阅历与社会活动能力，在大学校园里必定"不甘寂寞"。考察北大时期的成舍我，明白其事业上的"野心"，对于理解成氏日后历尽艰辛奋斗不辍的精神，将是一个很好的"窗口"。

1918年至1921年，成舍我就读北大四年，正是这所大学迅速崛起并在中国思想文化界独领风骚的时期。由于蔡元培校长的提倡与鼓励，"五四"时期的北大校园里，社团活动十分活跃。这实在是个奇迹，校园里五花八门的社团，既促进了学生思考，又可引导社会思潮。即便名气不大的新知编译社，也都令今人刮目相看；而社长成平的文化眼光与组织能力，更是日后大展宏图之预演。

1919 年 10 月 2 日的《北京大学日刊》上，刊有《新知编译社成立记》，介绍刚成立的以中国文学系学生成平为社长的新知编译社。文末附有该社的《简章》，称其"宗旨"为："研究学术，传播思潮，共同努力于文化运动，以图世界根本的改造。"该社分文学、哲学、政法、理化四部开展编译，如此庞大的工作计划，明显超出学生的能力。即使如此，依然"已得校长及各方面的赞许"。校方的态度，大概是出于信任与鼓励，允许"狂妄"的大学生们大胆尝试，并相信其能够自我调整。

果然，一年多后，成平撰写《新知编译社报告书》，总结成绩并重新调整发展战略。据《报告书》称，已经完成的译著只有两种，正在编译中的有十一种，其中由成平负责的便有如下三种：翻译俄国杜洛斯基著《过激派与世界和平》、俄国列宁著《列宁文集》、编写《中国小说史》(成平：《新知编译社报告书》，1921 年 1 月 7 日《北京大学日刊》)。不难想象，心高气傲的成君，根本无法兑现其诺言。成译《列宁文集》未见任何踪影，《过激派与世界和平》也没有专书，不过，后者有刊于 1919 年 5 月 2 日至 5 日上海《时事新报》的《学灯》上的舍我译杜洛斯基《广义派与世界和平》可以取代。至于《中国小说史》，以新闻为毕生事业的成君，估计是无从落笔的。另外，北大图书馆藏有成平等译《罗素、勃拉克讲演合集》，出版此书的北京大学新知书社，正是因此回成君所拟报告书的提议而成立。

考虑到上海各大书局之"唯利是图"，理想主义色彩很浓的北大学生提出："我们如想重大的发展，就非组织一书社，自行印刷发行不可。"据成平的报告书称，新知书社的业务有四项：一、印刷发行新知编译社之图书杂志；二、由欧美日本返运各种学术上有价值之图书杂志；三、代印书刊；四、代售教育用品。为了书社的开张，至少须募集五千元股金。成平对此很有把握，理由是此等好事，教授们定然也会支持。几天后登出的《新知书社招股广告》（参见连续刊载在1921年1月11—13日《北京大学日刊》上的《新知书社招股广告》），肯定让今天的读者大吃一惊。总共十三处募股的经收处，以北大学生银行打头，接下来的竟是：李辛白（第一院出版部主任室）、沈士远（第一院庶务主任室）、沈兼士（第一院国文教授会）、李守常（第一院图书主任室）。两个月后，果然募集到6920元，其中李大钊（守常）处三百、沈士远处五十、沈兼士处五十（参见成平所拟《新知书社计划书》，连载于1921年3月3—5日《北京大学日刊》）。风头正劲的教授们，竟如此热心介入学生社团的活动，于此一端，也可见"五四"先驱者的风采及境界。

起草《新知书社计划书》的成平，也真的是初生牛犊不怕虎，竟一下子准备组织出版四套丛书，外加一个月刊《书报评论》。除了《书报评论》希望在提倡新文化的同时推广本书社的图书这一策略涉及经营管理，其余四套丛书（学史丛书、概论丛书、新文化丛书、平民学校教科书）的设计，都是只谈必要性，不讲可能性，更不要说经营之成败与得失。如此明其道而不计其功的近乎"迂阔"的计划，很有北大特色。

1921年3月8日的《北京大学日刊》，刊有《新知书社开会纪事》，值得一读。主持会议的成平发表演讲，称"中国现在救济知识的饥荒，实比救灾还重要"，于是决定成立以"发扬学术传播文化"为宗旨的新文化书社。在筹备委员会中，出任总务股委员的竟然有李大钊。其时，李已积极投身实际政治运动，参与组建中国共产党，竟然还有兴致关注此种小事！这也正是"五四"时期的北大特别吸引人的地方，说师生"打成一片"有点夸张，但教授们确实对学生组织的各种学术、文化乃至政治活动给予很大支持。

北大学生之所以能够有此远大抱负，并且尽快出现在学术研究及文化建设的前沿，与在校期间的"操练"大有关系。成平们的新知编译社，除了组织新知书社，还要"设立读书会"，主要工作包括研究、讲演、办杂志、编纂教科书及百科全书四项。这就更无边际了，在学期间即想编纂百科全书，如此"狂妄"的计划，竟然没有受到时人的嘲笑，也可见时代风气之激扬。不问是否"可能"，只问是否"必要"，此等眼光和襟怀，令后世无数学子追慕不已。"我们认定大学生的地位，是要对于文化上有点贡献的，不是为弄张文凭，便可去升官发财的。"将"切实的文化运动"，视为"救国的唯一良法"（成平：《新知编译社报告书续》，1921年1月8日《北京大学日刊》），成平等人于是有了众多"不切实际"的计划。这些计划因其"大而无当"，读书期间根本无法实现，但作为一种眼光与抱负，奠定了其日后奋斗的方向。因此，不但不应该嘲笑，而且应该学会尊重大学生们的"幼稚""空想"与"狂妄"。

在积极参加北大社团活动的同时，成舍我已经开始介入社会上的新闻事业。除了常被提及的为《益世报》撰文和编辑外，我更看重其在《新人》杂志上发表的《文化运动的意义与今后大规模的文化运动》。这篇明显带有北大胎记的文章，本身并非十分精彩，但对于理解此后成舍我的追求，实在再合适不过。批评了众多对于"文化运动"的误解，成氏推出自认为正确的定义：

> 我们的新文化运动，是认为增进全世界文化的运动，就纵的方面说起来，是融合固有的文化和现在的文化；就横的方面说起来，是融合东方的文化和西方的文化。我们不问新旧中外，只问能适合于现在的人类，和能增进现在人类的文化不能，是合古今中外而为一的运动。

此乃"五四"新文化运动中逐渐成长起来的新一代的自我反省，说不上深刻，但很真诚，好处是视野开阔，志向宏大。所谓"合古今中外而为一的运动"，实非易事，除了志向，还需要学识。不以思想深刻或学问渊博见长的成平，着力发展其组织活动方面的才华。"我极主张，现在中国的文化运动，非有各种大规模的组织不可。"依此思路，成平开列出三种从事文化运动最为重要的组织形式，作为日后努力的方向：报馆、书局、大学校。

已经投身新闻事业多年的成舍我，不满国内报馆之或转译路透社电讯，或充斥"流氓访客"糊弄来的"敲竹杠的新闻"，而将"完备的报馆，健全的舆论"作为其毕生奋斗目标。理由是："我以为文化运动最大的武器，就是报馆。"注重文化运动，而不是一般的新闻写作技巧，此乃北大出身留下的深刻印记，终其一生，大概都很难完全磨灭。

北大当年在思想文化界的巨大影响，令所有师生难以忘怀；正因为印象太深了，以致不少人将办大学作为自己的理想。像所有毕业于北大的文化人一样，成君也对大学的意义有极高的估价，认定"大学校是一个文化运动的中心点"。成氏之设想建立大学，有两点值得注意，一是强调"有健全的人才，才可以做健全的文化运动。来造就这种人才的地方，就是大学校"；一是主张"我以为国内应该有一个规模宏大的私人大学"。日后成氏之三办新闻专科学校，很可能源于年轻时候的梦想。

　　之所以把第二点"书局"放到最后来讲，因前两者所需资金甚巨，只能留待日后实施；而创办书局的理想，作为北大学生的成平，已经开始付诸实行。有感于大书局之"为发财主义起见"，只出"不中不西不新不旧非驴非马"的书，而"组织完备，主张彻底，真能为文化运动先驱的大书局"尚未出现。既然社会上缺乏此类理想的书局，那就自己动手，集合师牛的力量，承担"尝试"的历史重任。于是，有了上面提到的"北京大学新知书社"。

　　成舍我日后以报人及新闻教育著称于世，早年的意气风发以及大学阶段的文化运动三大计划，不大为人所知。重提旧事，一来便于理解成君日后的发展，二来展现当年北大校园的风采，三来为解读"五四"新文化运动提供一种新的方法——大学生的视角。

1998 年 4 月 29 日于京北西三旗

（原刊《报海生涯——成舍我百年诞辰纪念文集》，

新华出版社，1998 年）

于秋水长天处寻味

——纪念朱自清先生诞辰一百二十周年

于秋水长天处寻味

人生在世，有人始终晴空万里，有人不时电闪雷鸣，有人春花烂漫，有人冬雪皑皑，而朱自清呢？犹如一泓平静的秋水，清澈、宁静、澄明。

世人眼中，朱自清是诗人、学者、散文家，也是战士。可还有一重身份不该被忽视，那就是，一个真正意义上的传道授业解惑的"教师"——在我看来，此乃其做人做文做学问的底色。一生如此短暂（1898—1948），居然有那么多功业，去世多年仍被人挂念与怀想，这很不简单。

1920年毕业于北大哲学系，暑假后开始教书：先在杭州第一师范，后移至扬州八中、吴淞中国公学、台州六师、温州十中、宁波四中、白马湖春晖中学；1925年秋，因清华学校加办大学部，转任国文系教授，开始其大学教师生涯。不同于今日读研究生、拿博士学位的专门家，朱自清在北大念的是哲学系，日后教的是语文或中国文学史，按今天的标准，专业还不太对口呢。先是写诗作文出名，而后才进入大学教书，兴趣广泛，自强不息，有一点始终没变，那就是坚持为大众写作，为中学生编书。如此大专家写小文章，从没感觉掉份儿，反而乐此不疲。

五年中学教员生涯，辗转各地，很是辛苦，但锻炼了朱自清的生活态度与写作策略。做事认真，为人谦和，脚踏实地，不尚空谈，这种生活姿态，更接近于恬淡的散文，而不是激扬的诗歌。因此，不妨就从朱自清最广为人知的散文家身份说起。

尊重读者　澄明干净

朱自清的散文特别受中学教师的青睐，且很早就进入各种语文教材。有政治家的推崇，也含新文学的升温，但更关键的，还是其文章风格以及写作策略。教过五年中学语文，成为大学教授后的朱自清，依旧关注中学生的阅读。《欧游杂记·序》称："本书绝无胜义，却也不算指南的译本；用意是在写些游记给中学生看。在中学教过五年书，这便算是小小的礼物吧。"别小看这为中学生写作的立意，文学史家王瑶便在《念朱自清先生》中特别表彰此书"用精练的口语，细细地谈着，使读者如临其境，如闻其声"。若再考察《标准与尺度》《论雅俗共赏》《语文影及其他》等后期写作，均混合评论、随笔与杂感，既是学问，也是文章。读者多欣赏朱自清描写风景的《荷塘月色》《桨声灯影里的秦淮河》，以及抒写人情的《背影》《给亡妇》等，这固然是现代文学史上的名篇，但我更喜欢他那些谈古论今、兼及社会问题的作品，肯为读者着想，从不逞才使气，偶尔也会来个隐喻或排比，但笔墨极为简洁。

在《〈胡适文选〉指导大概》中，朱自清曾表彰胡适对中国文学的最大贡献，不是新诗，而是文章："他的长篇议论文尤其是白话文的一个大成功，一方面'明白清楚'，一方面'有力能动人'，可以说是'达意达得好，表情表得妙'。"而以下评语，其实可套用来评说朱自清本人的文章：因为晓得尊重读者，故"他的说明都透彻而干脆，没有一点渣滓"。这种澄明、干净的文章境界，其实很难得。

多年前，季镇淮在《回忆朱佩弦自清先生》中称："作为文学的散文，朱先生努力运用语言文字而得其自然。作为国学的著作，他对运用语言文字亦非常努力，这一点我们应当特别指出。"这里说的是抗战中完成于昆明西南联大的《经典常谈》。朱先生在此书的序言中谦称："各篇的讨论，尽量采择近人新说；这中间并无编撰者自己的创见，编撰者的工作只是编撰罢了。"此等提要钩玄的工作，除了眼光与学识，还得有好的笔墨情趣。以"文第十三"为例，开篇是"现存的中国最早的文，是商代的卜辞"，结束处则是"经过五四运动，白话文是畅行了"，整个一部中国散文史，用万把字篇幅说清楚，条分缕析，井然有序，而且大致不错，这谈何容易。

　　"五四"新文化运动最坚实的成果是白话文，而如何"白话"，是个大问题。必须兼及"白话文学"与"白话学术"，方才可能长治久安。不说诗歌、戏剧、小说，单是文章如何借鉴口语而不流于鄙俗，朱自清的苦心经营便值得后人追摹。这与日后叶圣陶提倡"想得清楚，说得明白"的《写话》，颇为神似。

关注当下　着眼民间

　　朱自清生前编定的最后一书《语文影及其他》，收录有《说话》《撩天儿》《如面谈》《论废话》等十则分辨语词的短文，该书的序言，开篇即自报家门："大概因为做了多年国文教师，后来又读了瑞恰慈先生的一些书，自己对于语言文字的意义发生了浓厚的兴味。"至于公开表态追摹燕卜荪，更是在此前十几年。《诗多义举例》（1935 年）中，作者称："去年暑假，读英国的 Empson 的《多义七式》（*Seven Types of Ambiguity*），觉着他的分析法很好，可以试用于中国旧诗。"在文史研究中，将语义分析和历史考据相结合，朱自清的《诗言志辨》大获好评。

　　《诗言志辨》确实是朱自清的代表作之一，可我还是更关注其学术起步阶段的《中国歌谣》与《中国新文学研究纲要》。1928 年 8 月 17 日，国民政府决定改清华学校为国立清华大学，中文系主任杨振声和朱自清多方规划，希望突出自家面目——"那时清华国文系与其他大学最不同的一点，是我们注重新旧文学的贯通与中外文学的融会"。紧接着，就是朱自清的大动作——1929年春季开设"中国新文学研究"、秋季讲授"中国歌谣"。这两门让人耳目一新的课程，同时出现在国立清华大学刚刚诞生的1929年，并非偶然。

据浦江清《〈中国歌谣〉跋记》："朱先生在清华大学讲授'歌谣'这课程是从1929年开始的，在当时保守的中国文学系学程表上显得突出而新鲜，很能引起学生的兴味。"至于《中国新文学研究纲要》，早年只是作为讲义在师生间流传，真正整理面世，迟至上海文艺出版社1982年2月推出的《文艺论丛》第14辑。

一个是悠久但卑下的"民间文学"，一个是年幼而生气淋漓的"新文学"，这两门新课的开设，其实是服从于或者说得益于新大学的崛起。关注当下，着眼民间，努力介入思想建设与文学革命，让清华中文系迅速获得生机与活力。这不仅是一两门新课程，更牵涉对大学中文系的定位，1931年的《清华大学中国文学系概况》开宗明义："本系从民国十七年由杨振声先生主持，他提供一个新的目的，这就是'创造我们这个时代的新文学'。"朱自清批评其他大学国文系"他们所要学生做的是旧文学研究考证的功夫，而不及新文学的创进"。这里的锋芒所向，包括高傲且保守的北大中国文学系。杨振声、朱自清、俞平伯等都是北大出来的，当然明白挑战老大哥，必须找到很好的角度与策略。

因当年各大学尊古之风盛行，这两门多有创见的课程，没能长期坚持。但其筚路蓝缕，对新学术的发生与拓展，起了示范的作用。半个多世纪后阅读，依旧很有新鲜感。

诚挚律己　勤勉笃实

曾在清华大学修过朱自清三门课的小说家吴组缃，在《敬悼佩弦先生》中称："我现在想到朱先生讲书，就看见他一手拿着讲稿，一手拿着块叠起的白手帕，一面讲，一面看讲稿，一面用手帕擦鼻子上的汗珠。他的神色总是不很镇定，面上总是泛着红。"朱自清讲课极为认真，甚至到了有点拘泥的地步。季镇淮回忆在西南联大念研究生时，旁听朱先生讲授"文辞研究"专题课，台下就王瑶一个学生，他依旧认真板书。师生俩一个写一个记，此举既见学风，也显性情。

阅读朱自清日记，特别感慨其自我要求甚高，故内心十分紧张。虽长期担当清华中文系主任，在学界及社会上声誉日隆，日记中却是不断地自我检讨。1936年3月19日日记："昨夜得梦，大学内起骚动。我们躲进一座如大钟寺的寺庙。在厕所偶一露面，即为冲入的学生们发现。他们缚住我的手，谴责我从不读书，并且研究毫无系统。我承认这两点并愿一旦获释即提出辞职。"这可不是偶一为之，请看以下日记——1931年12月5日："这两天夜里做了一些奇怪的梦。在其中一个梦里，我被清华大学解聘，并取消了教授资格，因为我的学识不足。"1932 年 1 月 11 日："梦见我因研究精神不够而被解聘。这是我第二次梦见这种事了。"可以和这些梦境相呼应的，当属 1935 年 1 月 17 日的日记："浦告以昨晚我醉后大讲英语和日语，这大概是自卑感的表现。"如此不堪的梦境与醉态，朱先生居然都记录在案，目的是自我警醒。其实，他的工作做得很好，如此律己过严，或许与他的胃病互为因果。

同样谈古论今，陈独秀独断、胡适之宽容、闻一多决绝，朱自清通达（有时优柔寡断），这都与个人性格及才情有关，勉强不得。1922 年在台州教书时，朱自清撰写长诗《毁灭》，很能见其趣味与立场。此诗备受文学史家重视，但在我看来，这与其说是精美诗篇，不如说是人生宣言："从此我不再仰眼看青天，/ 不再低头看白水，/ 只谨慎着我双双的脚步；/ 我要一步步踏在泥土上，/ 打上深深的脚印！"

在《背影·序》中，朱自清说过："我是大时代中一名小卒，是个平凡不过的人。"类似的意思，他在很多地方提及。你以为是矫情，不是的，他真的就这么想。性情平和的朱自清，在现代作家中，才气不是很突出，可他一直往前走，步步为营，波澜不惊。《毁灭》长诗的最后是："别耽搁吧，走！走！走！"如此坦诚、笃实、勤勉，很让人感动。

有人习惯急转弯，有人擅长回头看，有人喜欢三级跳，朱自清则始终稳扎稳打，有坚守有追求也有收获。平常心是其最大的特色。他和他那批立达学园、春晖中学、开明书店共同奋斗过的朋友，如叶圣陶、丰子恺、朱光潜、夏丏尊等，都是低调的理想主义者，"以出世精神，做入世事业"。短期看，并非耀眼的明星，但放长视野，不能不佩服其精神与毅力。

世人多喜欢绚丽的彩虹，那固然抢眼，可也迅速消逝；另一种景色，秋水长天，看似平常，但更恒久，也更耐人寻味。

（初刊《人民日报》2018 年 11 月 23 日）

下辑

"《读书》时代"的精灵

——怀念金克木先生

侯艺兵 摄

　　那天晚上，《读书》杂志的吴彬君来电话，告知金克木先生去世；紧接着第二句，便是"你写篇文章吧"。没有任何商量的余地，如此命令式的约稿，我竟欣然接受。不为别的，就因我之得以结识金先生，全靠《读书》"牵线搭桥"——既然同为《读书》的作者，视野及趣味相近，再加上同在燕园，自是近水楼台。承先生不弃，得以经常走动，十五年间，收益多多。

　　90 年代中期，上海的《收获》杂志准备集中发一批金先生的文章，另加万把字的评述，说是希望兼及先生的文与学，而且出于"随笔"。金先生说，知道他学的，未必理解他的文；喜欢他文的，又不见得愿意读他的专业著述。我好歹两边都还沾点，可以试试。把先生先后惠赠的二十几种著作翻阅一遍，废书长叹，跑去跟先生说，不干了。印度学方面的书，如《梵语文学史》（北京：人民文学出版社，1964年）、《印度文化论集》（北京：中国社会科学出版社，1983

年)、《梵佛探》(石家庄:河北教育出版社,1996年)等,我只能焚香拜读,根本无力评判。而只将先生作为"随笔作家"论述,又非我所愿。当时的想法是,假以时日,补补课,或许还能写出点金先生特有的韵味。

很可惜,我的补课尚未渐入佳境,先生已遽归道山。对于心境澄明、超脱生死的先生来说,最好的纪念方式,莫过于"读其书如见其人"。第二天,搬出一大摞先生的书,一本本翻阅,字里行间,不时闪过先生敏捷的身影、慧黠的目光,这才明白,古人为什么喜欢谈论"纸墨之寿"。

读先生的书,就像观赏体操运动员之上下翻腾,表演众多高难动作,给人的感觉是既紧张,又惬意。可一旦落笔为文,却是"一部二十四史,不知从何说起"。不是因为书多,而是先生文体、学问、思想之"博"与"杂",让你一时无从把握。正彷徨无地,恰好吴彬君送来即将由《读书》刊出的《倒读历史》——这篇完成于今年6月的遗作,乃先生的"天鹅之歌"——我灵机一动,模仿先生的思路,"从记得最清楚的昨天的事追到不太清楚的从前的情况"。

米寿文章,竟然如此神闲气定,没有半点"老手颓唐"的感觉,实在令人惊讶。《倒读历史》的主旨,说不上特别新奇,不外否认"从古到今一条线"的历史观,主张认识历史应该是"从今到古,从现在推到过去"。这固然与先生深厚的印度哲学修养有关,也与晚年摆脱专业限制,放开手脚,撰写大量"上天入地"的学术随笔不无联系。仔细观察，你不难发现，这一回的"告别演出"，凝聚了金氏随笔的若干基本特色。

首先，古今中外，纵横驰骋。所论三书，包含当代世界科学技术、某现代外国（德国）的现代化进程、某古代中国（西周）的历史景象，如此互不搭界的三本书，竟被糅合在一起，而且落脚在关于百年中国命运的思考。

其次，无拘无束，任意而谈。晚年的金先生，常以"杂家"自居。说句玩笑话，我真不知道有什么书金先生不能阅读，有什么事金先生不敢评说。如此"不讲家法"，漠视现有的学科边界，跑到许多专门领域里"即席发挥"，本来就够危险的；这还不算，临退场前，竟站出来公开挑战数理化、文史哲之类的学科分野。

再次，故作摇曳，借题发挥。在西周开国的辉煌气象、德意志现代化进程的艰难曲折、20世纪科学技术的瞬息万变中，夹入"文革"中"旷野学校"里某大领导的训话，借以讥讽那个"以有新知识为低，出大力流大汗为高"的荒唐时代。如此节外生枝，即先生自嘲的"闲谈离题万里的坏习惯"。而在我看来，这正是金氏随笔迷人之处——文章之所以非"古今中外"不可，不是炫耀博学，而是因为"过去是未来的影子，别人是自己的镜子"。

最后，东拉西扯，点到为止。选择只提问题、不做结论的论述策略，与随笔文体有关，可也不排除另有深意。比如，正面看是"重在启示"，背面看是"避免武断"，左边看是"自居边缘",右边看是"颠覆边界"。而所有这一切,必须考虑到先生的读书习惯,即《倒读历史》一文所说的"翻书但观大略"。

称《倒读历史》一文乃金先生的"篇末点题",自是过于牵强;可从这里说开去,不失为一种结构文章的办法。以下依次讨论杂家之博学、文章之通脱、自述之奇诡,最后落实为金先生与"《读书》文体"的互动。

见识过金先生的,对其高超的聊天技艺,大都会有极深刻的印象。许多平日里伶牙俐齿的访客,开始还想应对或挑战,可三下两下就被制服了,只有乖乖当听众的份儿。先生学识渊博,且擅长变换话题,思维跳跃,不循常规,你好不容易调整好频道,他已经另起炉灶。并非故弄玄虚,而是平日里入定,精骛八极,神驰四海,来了稍微投缘的客人,恨不得把近日所思一股脑儿说给你听。除非你不断追踪他的近作,否则很难对得上话。谈话中,他会不时提起最近发表在某某报刊上的得意之作,问你有何看法。你要是回答"没看过",他准这么自嘲:你们是做大学问的,不必读我这些小文章。这倒有点冤枉,不少阅读兴趣广泛的朋友,也都感叹跟不上金先生思维以及写作的步伐。

先生很懂"因材施教",从不跟我谈什么印度学、世界语或者围棋、天文学之类,平日聊天,仅限于文史之类。可即便这样,其知识面之广、论学兴致之高以及脑筋转动之快，都让我目瞪口呆。开始还像是在对话，很快就变成独白了。每回见面，他都会提几个奇异的问题，说是想不通，想征求你的意见，可马上又大讲自己的推断。说到得意处，哈哈大笑，家里人催吃饭了，还不让客人离开。明明已经送到大门口，说了好几次再见，可还是没完。有经验的访客，都在预定离开前半小时起身，这样说说走走停停，时间刚好。

闲聊时所体现出来的睿智、博学以及文思泉涌，落实在文章中，便是那二十册学术随笔。恕我直言，金先生在现代中国文化史上的贡献，很可能主要不是早年的新诗（如《蝙蝠集》）、中年的学术（如《梵语文学史》），而是晚年的"独白"（《书城独白》）、"小品"（《金克木小品》）与"古今谈"（《蜗角古今谈》）。正是这种"若有所思""任意而谈"，将先生的才与识、文与学恰到好处地调适起来。

北大印发的《金克木先生生平》提及先生"发表大量的学术论文，范围涉及古今中外以及人文学科的各领域"；李春林君的悼念文章《诗化人生，智者境界》（2000 年 8 月 16日《中华读书报》）也称"先生精通梵文、巴利文、印地语、乌尔都语、世界语、英语、法语、德语等多种语言文字，他的学术研究涉及人文科学的诸多领域，而且创见迭出，多有建树"。这些说法虽也在理，可必须略作补正。关于"精通"多门外语，《末班车》（载《末班车》，北京：中央编译出版社，1996 年）中的自我解剖，并非只是谦辞："对于外国文，我纯粹是一个实用主义者，用上就学，不用就忘，可以说是一生与外文做游戏。"如此"带着问题学",乃金先生读书的诀窍。以下还会涉及此话题,此处先按下不表。

至于称颂某位学者的著述"范围涉及古今中外以及人文学科的各领域",在专业化已是大势所趋的当代中国,会被认为是一种笑话——如果真有人这么做的话。其实,金先生的专业领域很明确,学术著述基本上集中在梵学或印度学方面;至于上下古今纵横驰骋的,是晚年所撰学术随笔。

80年代初出版《印度文化论集》时,在《自序》中,金先生提及"我虽是无所归属的'杂家'一类",还颇带自嘲意味,目的是辩解何以作为专家而趣味竟如此广泛。到了90年代的《如是我闻》(载《蜗角古今谈》,沈阳:辽宁教育出版社,1995年),则公开拒绝"专家"称号:

> 我不是专家,也许可称杂家,是摆地摊子的,零卖一点杂货。我什么都想学,什么也没学好,谈不上专。学者是指学成功了一门学问的人,我也不是。

表面上很谦虚,骨子里则是相当高傲:因"什么都想学",故不满足于只弄"一门学问"。作为过来人,先生当然知道"治学"的艰辛,在世人逐渐恢复"专家"崇拜的90年代,以"杂家"自居,大有深意在。这倒使我想起鲁迅的一段话:"博识家的话多浅,专门家的话多悖的""专门家除了他的专长之外,许多见识是往往不及博识家或常识者的"(《名人和名言》)。正因有过成功的治学经历，知道梨子的滋味，周、金二君方才不避"杂文""杂家"，且对"学问"以及"学界名流"表示某种程度的不恭。

"专家"之单刀直入，与"杂家"之胡思乱想（在金先生眼中，"胡思乱想"不是坏事，反而是特立独行的必要前提），治学路数迥异；可要说积累知识以及探究真理的有效性，很难一概而论。学者的个人气质、文化理想以及生活经历等，都直接影响其选择。金先生不是科班出身，没有受过完整的高等教育，只在北大当过旁听生，后又到印度鹿野苑跟随退隐的乔赏弥老人（一位毫无现代学历而任过哈佛大学和列宁格勒大学教授的奇人）读《波你尼经》。如此"不完整"的求学，放在注重学历的今日，想在大学里谋一份教职，绝非易事。当年由于吴宓的举荐以及文学院长刘永济的支持，武汉大学竟直接聘其为专教印度哲学和梵文的教授。此后的三十年，进入现代学术体制的金先生，不得不压抑自家强烈的求知欲与好奇心，扮演专门家的角色。

直到年近古稀，金先生方才放下教授的架子，"学写短文章"。就像《燕口拾泥》（杭州：浙江文艺出版社，1988年）的《后记》所说的："多年教书的人要想写文章不像编讲义，很难。"好在先生读书本就百无禁忌，进入80年代后更是"仿佛返老还童，又回到了六十年以前初读书的时代，什么书都想找来看看"（参见三联书店1991年版《旧学新知集》的《自序》）。如此驳杂的读书趣味，加上尚未彻底"学

院化"的思考方式，使其得以海阔天空，上下求索。1984 年
出版的《比较文化论集》（三联书店），据《自序》称，是
七十老翁在试图解答十七岁少年时产生的疑惑。什么是十七
岁时的问题？金先生洋洋洒洒写了八百字，几乎是一篇现
代"天问"。面对如此"天问"，我相信，任何专门家都没有
把握全部解答。这种与现代学术专门化趋势极不协调的思考
方式，迫使作者不得不"由今而古又由古而今，由东而西又
由西而东"。即便历尽沧桑，饱读诗书，已经成为老学者的
金先生，也都无法用条分缕析的学术语言，来解答少年时发
出的"天问"。在某种意义上，采用随意发挥且点到即止的
"随笔"体式，实在是被这种强烈的求知欲与左冲右突的思
路逼出来的。

虽然同样主张"将现有的学科边界置于不顾"，金先生
没有华伦斯坦等"重建社会科学"的野心，后者考虑的是组
织化的学术活动（参见《开放社会科学》第四章，北京：三
联书店，1997 年），而前者则是单枪匹马的探索。如此重大
的学术使命，其实非"独行侠"所能承担，这就难怪金先生
晚年转换笔调，主要以随笔体式表达对于世界的思考。问
题太多太大，思路太灵太活，对于专业著述来说，不是好
事——或者蜻蜓点水，或者汗漫无所归依。随笔则没有这个
顾虑，不承担"建构体系"重任，因而也就可"随心所欲"
地超越现有的学科分类，大胆地"猜谜"。

将读书人赖以安身立命的"阅读"与"写作",说成是带有自娱性质的"猜谜",这可不是我的发明,在《"书读完了"》(载《燕啄春泥》,北京:人民日报出版社,1987年)中,金先生就是这么表述的:

> 我有个毛病是好猜谜,好看侦探小说或推理小说。这都是不登大雅之堂的,我却并不讳言。宇宙、社会、人生都是些大谜语,其中有层出不穷的大小案件;如果没有猜谜和破谜的兴趣,缺乏好奇心,那就一切索然无味了。

先生年轻时真的喜欢猜谜,这有《难忘的影子》(北京:生活·读书·新知三联书店,1986年)第十一章为证。可后来一再提及的"猜谜",则是一种引申与比喻。强调做学问不应该"全是出于任务观点、雇佣观点、利害观点",自称"返老还童"的金先生,于是热衷于猜"宇宙之谜"。

先生晚年的文章写得漂亮,这点学界没有异议;至于妙处何在,则是众说纷纭。在我看来,主要不在学识渊博,而在发乎性情,不拘格套。像金先生那么博学的长者,并非绝无仅有;但像他那样保持童心、无所顾忌、探索不已的,可就难以寻觅了。以"老顽童"的心态与姿态,挑战各种有形无形的权威——包括难以逾越的学科边界,实在是妙不可言。冒险跋涉,探索未知世界,对于未成名的年轻人来说,是很自然的事；可对于声名显赫的长者，则近乎奢侈。对于长者来说，功名与地位，很容易变成另一种"精神枷锁"。难得有人为了"猜谜"而押上一世英名的；而对于"猜谜"迷来说，"口吐狂言"或"患常识性错误"，乃家常便饭。读金先生晚年天马行空般的"猜谜"文章，你能得到很多启示，可也不难发现若干纰漏。

我想，金先生肯定能预知这一阅读效果。其"佯狂"与"装呆"，其实也是一种自我保护。不明底细的人，会觉得先生很谦虚，文章中不断自我质疑，明明有了结论，也不愿把话说死。可我知道，先生骨子里相当高傲，其自居边缘，不入流俗眼，乃是刻意经营的效果。在某种意义上，金先生不只在猜谜，也在制谜——其文章之神龙见首不见尾，逼着智商较高的读者既猜金所猜之谜，也猜金如何猜谜。不只一次，金先生指着自家文章问我，知道这句话的潜台词是什么吗（上海三联书店1991年版《书城独白》中，有一则《台词·潜台词》，值得一读）？猜中了，师生相对抚掌；猜不出来，也可让"老顽童"得意半天。这与时贤之"心中想着读者"，作文时"披肝沥胆"，希望"妇孺皆知"的做法，明显不同。

在《如是我闻》中，先生提及因少年失学故产生"做学术的通俗工作"的意愿。一般人所说的"通俗化"，指的是用浅显的文字或语言普及各科知识，而先生却另有高见，着眼于"在由分科而形成的'科学'的基础上打通学科"。80

年代中期，金先生撰有两则颇受赞赏的短文，一是《说通》（载《燕啄春泥》），一是《说"边"》（载《燕口拾泥》）。对于理解先生之文章趣味及学术立场，此二文不可或缺。前者用俏皮的笔调，称长城乃隔绝、阻塞的象征，而运河则通连南北，乃"通"的文化。可惜，"中国历来倾向于长城文化，对运河文化不大感兴趣"。接下来便是论证文化该如何从"不通"到"通"。假如需要用一个字来概括先生晚年的工作，我想，再没有比"通"字更恰当的了——通古今、通内外、通文理、通雅俗。

所谓"通"的文化，说来容易，做起来却很难。单是这相隔千山万水的古与今、内与外，凭什么沟通？金先生自有绝招，那就是抓"边"。《说"边"》一文开宗明义："现在的人喜欢讲中心，不大讲边，其实边上大有文章可作。没有边，何来中心？中心是从边上量出来的。"至于何者为"边"，先生称：有空间的边，那就是边疆；有时间的边，那就是新旧交替；还有"现象和意义之间的边，作者和读者之间的边，演员和观众之间的边"。所有这些"边"，都值得认真琢磨。仿照先生的思路，我略作推演——先生之所以能"通"，除擅长抓上述时间、空间的边外，还与其关注学院与大众之间的边、专著与随笔之间的边、史书与小说之间的边不无关系。

如此抓"边"，大非易事。无论是作者和读者，都必须对"边"所牵涉的两头大致了解，方能有所体会与发挥。先生做得不错，读者也还配合得可以——从 1979 年底在《读书》杂志亮相，金文便一直不乏知音。可先生文章的拟想读者，显然不是"粗通文墨"，而是必须具备参与"猜谜"的能力。这也说明了金文为何"叫好不叫座"，始终无法成为畅销书。

还有一个"边"，同样属于金先生，那就是自居边缘，远离各式各样的"中心"。时来运转，原先很是晦气的"边缘"，如今成了人见人爱的香饽饽，就连时尚人物，也都喜欢标榜自己的"边缘性"。可在我看来，许多挥舞"边缘"大旗的人，实际上身处江湖而心存魏阙，最高理想是"取而代之"。这与先生宠辱不惊、坚守边缘、卓有成效地做足关于"边"的文章，不可同日而语。

在《比较文化论集》的《自序》中，金先生说："我很不愿意谈到自己，但是只有这样才能具体说明这些文章的来历。"前一句明显不妥，先生之不同于许多专家学者，正在于其经常谈论自己。不只是以序跋交代文章来历，还撰有自传体小说《旧巢痕》（北京：生活·读书·新知三联书店，1985 年）和《难忘的影子》、回忆录《天竺旧事》（北京：生活·读书·新知三联书店，1986 年）以及加注解的新旧诗集《挂剑空垄》（北京：生活·读书·新知三联书店，1999 年）。后一句牵涉先生的文风，即上面提及的神龙见首不见尾。既要表达得曲折隐晦，避免"无文"之讥，又怕被当时或后世所误解，先生于是采用各种方式，或明示，或暗喻，有时甚至故意露出破绽，以便读者跟踪追击。

"不是历史，但也不是小说"的《天竺旧事》，既然采用第一人称叙事，而且《附记》中承诺"文中说的人和事都是真实的，不过细节不能记得那么清楚、准确，说法也不一定对"，按理说应是回忆录无疑。可在该书的《小引》中，先生又将自家著述与清人小说《浮生六记》相提并论，真有点让人看不明白。再拜读《末班车》中的《史书·小说》，发现先生将《晋书》说成是"小说集成"，方才明白他之所以在文体辨析方面"含糊其词"，意在否定史书与小说之间泾渭分明的传统思路。如此"真真假假，大可玩味"，同样适应于先生众多自述文字的解读。

小说《旧巢痕》《难忘的影子》采用第三人称叙述，发表时又用的是笔名"辛竹"，按理说，应该放开手脚。可现在的格局与笔调，更像是回忆录。这一点，先生后来也意识到了。1997 年出版的拙庵居士著、八公山人评、无冰室主编的《评点本旧巢痕》（上海：文汇出版社），乃自娱色彩很浓的奇书。任何有经验的读者，都不难明白，此乃先生的"苦肉计"，在自嘲自省中，推出自家的艺术理想与文化立场。除了吴彬君最后那几句《编者的话》，其余的正文、眉批与回评，均出自先生手笔。评点中夹有若干褒贬时弊的杂文笔调，也包含阐释背景的文化史料，但更多的是为这部奇书做"文体之辨"。一会儿称此乃长篇小说的好材料，一会儿假定巴尔扎克来写如何如何，一会儿抱怨"忽插一段感悟，表示不是小说"，一会儿又说这书"像是回忆录，又像是小说"。最后干脆告诉你，"文体不等于分类招牌，在真假之间看得通者也是看通了世人世事者"。至于此书到底是"小说"还是"回忆录"，八公山人就是不给你"搞定"："作者不过是以不拘一格的文体表现他所见所闻的一个时代的一个角落而已。"如此没有结论的结论，很能代表金文风格——其不断反省与质疑，目的是松动原先以为无懈可击的庞然大物，引读者深入思考。因此，最后结论如何，倒无关紧要。

十多年后重读旧作，发现许多缝隙，不是急于弥补缺陷，出修订本以便于传世；而是假扮路人，热讽冷嘲。你可以说这是小骂大帮忙——起码这一招会引起读者对此书的兴趣；可这种认真的自我反省，还是挺令人感动。其实，这正是金氏随笔的魅力所在。二十年间，许多当初轰动一时的弄潮儿，早已销声匿迹，能够常写常新，随时代前进的，实在寥寥无几。也有勉力维持，但脚步蹒跚，让人看着提心吊胆的。只有先生不急不慢，始终保持自己的风格，每回出手，均有可观的创获。我想，这与先生不取怀旧与封闭心态，时时严苛地审视自家足迹大有关系。

先生撰写随笔，喜欢采用对话体（不是一边倒的"答客难"，而更像《新中国未来记》开启的不分高下的"论时局两名士舌战"），与这种严格的自我审视不无关系。在一个"对话"的世界里，一切都相对化，不存在绝对真理，也无所谓凝固的思想与学说。视人如此，视己也不例外，我想，这是先生思想"永葆青春"的秘诀。另外，先生之所以热衷于写作对话体随笔，很可能还有文体方面的考虑。《评点本旧巢痕》第104页有这么一段话，很能显示先生的趣味："对话是使叙事中人物生动的要诀。古来就如此，而且不限于小说。试看《论语》《孟子》中的孔、孟。"如此思路，延伸到随笔写作，当也希望于文章中见人物、显性情，而不满足于只是说理。

先生的随笔，极少叙事与抒情，精彩之处全在见识与议论，乃典型的智者之文，与容易博得满堂彩的文士之文迥异。不以文辞见长，可这不等于说先生没有文学方面的考虑。借鉴《论语》以及小说的对话，便是明显的一例。

平日在家打谱下棋，写对话体文章，或为自家诗集作注，有访客到，先生当即抖擞精神，吩咐你坐近点——因他听力不太好。可访客马上就会发现，此举纯属多余，基本上是先生在说，不存在他听不清的问题。

先生身材瘦小，精神矍铄，八十多岁了，还每天作文不辍。起码是十年前，我就听先生说过，脑子不行了，不写了。可"金盆洗手"之后，报刊上还不时出现他的文章。你问他是否需要帮助"打假"，这个时候，先生会得意地狡辩：天气变暖、不能白吃饭、老花眼突然开恩、电脑很好玩儿等等，都成了重新写作的理由。摸准了先生的脾气，约稿的女编辑大都不讲"人道主义"，听过"老啦，不行啦"之类的唠叨，照样限定文章字数和交稿时间。不必担心，届时说不定还会有意外的收获——经常出现约一篇稿，竟得到三四篇的好事。

在《冰冷的是火》（载《无文探隐》，上海：上海三联书店，1991 年）中，先生问自己一个有趣的问题："为什么到了晚年忽然多产？"问题提得很好，解释却不太令人满意。所谓"在信和疑之间翻腾，在冷和热之间动荡过了七十多年"以及"既然处处有谜，就可以处处去试破"，都没有说明老来仍健笔纵横的，为何是"金"而不是"陈"或"林"。如果说，这也算得上现代文化史上的一个小小的谜，那就让我试着猜猜看。

我的答案很明确，没有那么多曲里拐弯。构成金氏"生命不息，写作不止"奇迹的，是两个"读书"，一是先生读书习惯的养成，一是北京《读书》杂志的创设。

前面已经提到，先生非科班出身，基本是自学成才。对于读书，自有一套不同于学院派的路数。这不是什么秘密，先生在许多地方都提到，不过语调谦卑，似乎在做检讨，故容易被忽视。就比如《旧学新知集》的《自序》，便值得认真回味：

　　教师要求我读的书我要读，但同时我又看一些自己要看的书。……这种两套读书习惯使我一辈子成不了专门家，到老来又还原为小孩子。这大概可以贡献给青年

作为反面教训。读书只要一套，不可两套。……应当遵
守规定，照外来的要求读书，心无旁骛，这才能考得状
元，当上宰相。《儒林外史》的马二先生说，孔夫子生
在而今，也要做举业，这话是一点也不错的。

自愿充当反面教员，告诫学生必须"心无旁骛"地读书，够
谦卑的吧？可结尾处的"照外来的要求读书"才能"考得状
元，当上宰相"，明显又有反讽的意味。此乃典型的金氏笔
法，欲进故退，欲擒故纵。

可与此相发明的，是收入同书的《谈读书和"格式
塔"》。说的是面对浩如烟海的图书，该如何"望气"而知书
的"格局"，如何"但观大略"，又如何在"博览群书"时
抓住特点。可一转身，先生又开始自我解构："当然搜集资
料、钻研经典、应付考试都不能这样。"如果承认读书有超
出"考试"或"研究"之外的功用，比如金先生特别看重的
自我教育与自我娱乐，那么，读书时之注重联系，发现整
体，而相对忽略细部，不求甚解，我以为是必要的。如此说
来，金先生对自家的"两套读书习惯"，其实并无懊悔，甚
至还颇为自得呢。

谓予不信，请参看《难忘的影子》。看他如何评点1930
年北平诸大学教授的讲课方式以及介绍以图书馆为中心的
"家庭大学"，你就明白金先生由独特求学经历所形成的"读
书观"。至于当年在北大图书馆当职员时，巧妙地转换角色，

使得"借书条成为索引、借书人和书库中人成为导师",更是先生最为津津乐道的逸事,不时在文章中出现。如此凭兴趣、靠自学、重联系、轻规矩的读书法,终其一生,受益匪浅。

这种自主性很强、略嫌驳杂的读书习惯,好处是视野开阔,缺点则是根基不太牢靠。从事专业著述,这可能不是最佳选择;可要是转而写作随笔,则保证得心应手。没有做过认真的统计,但隐约感觉到,自学成才者生命力的旺盛以及写作寿命之长,均在科班出身者之上。后者乃"名门正派",学问上容易"登堂入室",可一旦范式转移,或早年积累消耗完毕,很难再有勇气和能力开辟新境界。前者不识"规矩",基本上靠自己摸索,难免走许多弯路,故成活率极低。可一旦获得"出线权",其不拘一格读书,不拘一格思考,不拘一格作文,会有绝佳的表现,而且,往往能够衰年变法,退而不休。

作为学者兼文章家的金先生,最大的特点不在博学,而在善用知识以及善于表达。而这,与《读书》杂志的创设大有关系。就读书心态与文章趣味而言,金先生与现代学术的专门化倾向很不协调,与当代中国散文之注重叙事、抒情也大相径庭。对于纯粹的"文学"或"学术"杂志来说,金文都未免过于"边缘"了些。说武断点,当初如果没有《读书》杂志的支持,金先生那些不温不火、亦文亦学的随笔,能否找到发表的地方,都很成问题。这一点,金先生本人曾有过明确的表述:"不料《读书》杂志创刊,居然肯打破栏目壁垒,刊登我这些不伦不类的文章。从此一发不可收拾,不由自主地拿起笔来。"
(《〈旧学新知集〉自序》)幸亏有了这"不三不四"的《读书》,
欣赏他那些"不伦不类"的文章,这才促使他由功成名就的
"专家",一转而为八九十年代中国最负盛名的"杂家"。

先生"文革"后出版的学术三书——《印度文化论集》
《比较文化论集》和《旧学新知集》,其实都不纯粹,夹杂不
少初刊于《读书》杂志的随笔。而且,这种随笔挤占论文空
间的局面,越来越突出。1983年出版的《印度文化论集》,所
收论文主要发表于《哲学研究》《语言学论丛》《外国文学研
究》等,刊于《读书》的仅两则;1984年出版的《比较文化
论集》,《读书》文章已占三分之一;到了1985年编定、1991
年出版的《旧学新知集》,《读书》文章已是堂而皇之唱主角。
须知,这三书还算是专业文集,非寻常文化随笔可比。

允许"大胆假设"、擅长"借题发挥"的"思想文化评
论刊物"《读书》的出现,为金先生的大展宏图提供了恰当
的舞台。反过来说,在中国知识界引领风骚达二十年之久的
《读书》,单就其文体与学术思路而言,得益于金先生处也正
不少。以至如果一定要为所谓的"《读书》文体"找代表的
话,我首先推举金先生。几年前,我曾经在一篇文章中,将
"《读书》文体"概括为:"以学识为根基,以阅历、心境为
两翼,再配上适宜的文笔,迹浅而意深,言近而旨远。"老
实交代,当初写这段话的时候,金先生乃标本之一。

印象中,金先生应该是《读书》最高产的作者,为保险

起见，我查阅了"《读书》杂志二十年"光盘。真是不查不知道，一查吓一跳，没想到《读书》竟有那么多铁杆作者！以下几位先生，建议《读书》杂志为其颁发"劳模"勋章：王蒙82篇，黄裳98篇，董鼎山101篇，金克木101篇，冯亦代112篇。正当我颇为沮丧，为金先生没能拔得头筹而叹惜时，忽然想起，先生还用辛竹笔名发文章。一查，辛竹所撰25文，并没归入金先生名下。这下可好，文章水平可能见仁见智，单就数量而言，《读书》冠军非金先生莫属。这还不算最近两年先生在《读书》上推出的九篇（共刊11期）新作。当然，更重要的是，先生在《读书》上发表的，大都是原创性的大块文章（而非译介或补白）。这也可看出《读书》同人对于先生的礼遇：经常发上、下篇，不受一年上几回的限制，还允许做各种文体实验！

今日中国，学界风气已经或正在转移，专业化将成为主流。我相信，日后的读书人，会永远怀念像金先生那样博学深思、有"专家之学"做底的"杂家"以及其发表在《读书》杂志上活蹦乱跳、元气淋漓的"不伦不类的文章"。

2000年9月5日于西三旗

（原刊《读书》2000年12期）

灯下窗前常自足

——怀念唐弢先生

还像往常一样，收到出版社寄来的样书，第一件事是选出几本品相最佳者，准备送给几位特别喜欢书籍的师友。猛然间想起，唐弢先生（1913—1992）已经不在人间了，不禁黯然。

记得第一次奉上我刚出版的小书，先生礼貌性地翻看了一下目录，接着就品评起书籍的装帧和印刷，俨然把它当一件工艺品来鉴赏。知道先生的脾气，以后送书，事先总不忘挑挑拣拣。只是书生爱书，总有恨铁不成钢的感觉；明知这几年书籍装帧大有长进，每次见到自己的新书出版，还是觉得有不尽如人意处。先生当然也会谈论书籍著述的优劣，可那是以后的事；第一眼总是"以貌取人"，关注的绝对是书籍的形式美感。这大概是所有书迷的"通病"，先生似乎也未能免俗。

先生《述怀》诗称："平生不羡黄金屋，灯下窗前常自足。购得清河一卷书，古人与我话衷曲。"读书人之所以

"灯下窗前常自足",绝不只是因其能与古人"话衷曲",更包括摩挲书籍时的快感。就像集邮者和古物鉴赏家对其藏品的态度一样,读书人之爱书有时近乎不可理喻,只能借用郑振铎的口头禅:"喜欢得弗得了。"唐弢先生自称"为读书而藏书",对"为藏书而藏书"的旧式藏书家很不以为然,可这并不妨碍他的"嗜书如命",读《晦庵书话》不难明白这一点。

唐弢先生是著名的杂文家、鲁迅研究家和现代文学史家,可我最喜欢的却是其"海阔天空,无所不谈"的书话。先生自己说:"我并没有把《书话》当作'大事业',只是在工作余暇,抽一支烟,喝一盅茶,随手写点什么,作为调剂精神、消除疲劳的一种方式。"(《〈书话〉序》)推崇其自以为"闲书"的书话,并非贬低其作为名山事业的专门著述,而是因为前者与我个人的生活关系更为密切。

我第一次当面向唐弢先生请教关于现代文学研究中的问题,是在1983年春天。那时我在广州中山大学念书,专门上京来访名师查资料。可我拜读并喜爱先生的《书话》,却早在上大学以前——单从接受的先后,也不难理解我为何格外推崇先生的书话。

我对书籍的那么一点知识和兴趣,与先生《书话》的启迪大有关系。以至四五年前,当我也出版自己的书话集子时,在序言中专门谈到,希望像先生那样将书话写成"独立的散文"。这话既表示对引路者的敬意,也为自己定了个标尺。只是自觉有点悬得过高，无法做到像先生那样"有时是随笔，有时是札记，有时又带着一点絮语式抒情"(《〈书话〉序》)。故集子出版后，犹豫了好一阵，还是不敢奉呈先生。私心以为还能在专业著述之余写点不算太差的"学术小品"，假以时日，会有长进，那时再奉呈请教也不迟。谁知当我的第二本学术小品集山版时，先生已归道山。因而，先生大概不会知道，在专业研究外，他还有这么一个私淑弟子。

这辈子无力经天纬地，只配亲近书木，和文字结缘。之所以明知没有多大出息，还能"灯下窗前常自足"，除了家庭熏陶、师友教诲外，很大程度上得益于古人的题跋和今人的书话——它们教会我热爱书籍，而且是我专业研究之外凭兴趣翻书时绝好的向导。而在所有的题跋集、书话集中，我最先接触并大感兴趣的正好是唐弢先生的这本《书话》(增订本题为《晦庵书话》)，故不妨称其为我"读书的向导"的向导。或许有一天我读书真的入了门，那我也将永远怀念这最初的向导。

1992 年 7 月 28 日于北大蔚秀园
（原刊《北京日报》1992 年 8 月 19 日）

书札中的性情与学问

——怀念季镇淮先生

侯艺兵 摄

季镇淮先生去世已近两年，一直没写纪念文章，主要是不知从何落笔。我之结识季先生，小半因其是我的博士导师王瑶先生的同门（西南联大时王的导师为朱自清，季的导师则是闻一多），人半因其为我的妻子夏晓虹念研究生时的导师。也正因如此，平日上季先生家，我只是陪衬；写怀念文章，也是以夏晓虹为主——说夸张点，她的文章里已经蕴含着我的思念与追想。

近日整理抽屉，翻出一封季师书札，方才找到一点非说不可的感觉。这封写于1994年初的书信，薄薄两纸，密密麻麻的蝇头小楷，一丝不苟，典型的季师风格——须知那年先生已八十一高龄，且眼睛不好，读书写字都是眼镜加放大镜。平日里都在燕园生活，主要靠电话联系，除了两纸诗笺，我们保留的季师墨宝，大概就只有这封信了。

季师为人忠厚、为文谨严，每撰一文，"即使只有千把字，也是一次战斗的结果"（《来之文录·后记》）。此信没有任何涂

抹的痕迹，很可能并非一挥而就。连给弟子写信都起草？说
来有点不可思议，可这正是季师的性格。季师并非倚马立就
的天才，晚年眼睛不好，深思寡言，尤其不肯轻易出手。

有感于此，将此信全文照录，略作笺释，或许比我海阔
天空的追忆，更能体现季师的风神与气度。

平原、晓虹贤伉俪：新年好。

晓虹同志去年十二月十二日在香港寄给我的信早收
到了。告知在港教读及游览情况，非常感谢。

1993 年的初秋，我以日本学术振兴会访问学人的身份，
在东京大学从事研究。晓虹则先到香港讲学四周，而后才
转东京会合。在港时，晓虹曾去信请安，并告知行踪，故
这封信是寄到东京白金台我们的临时住所。夏君天性贪玩，
信中定然对"游览情况"多有铺陈。可季师兴趣不在此，
故一笔带过。不过，提"教读"而不是人们常用的"讲
学"，可见先生的赞许之情。季师年轻时曾被高教部派往捷
克斯洛伐克的查理大学任教两年，与著名汉学家普实克等
多有切磋。先生对这段日子相当怀念，说是难得有那么好
的"自由自在读书"的机会。这回夏君也在讲课之余，阅
读了不少港台版的学术书籍。大概信中吹嘘了几句，引来
季师"教读"之议。

令尊先生自协和回寓，季元无法多留住几天，不免感觉意外。病不很重，在家治疗，未尝不好。据季元语我，现由令兄、妹到医院取药，没多困难，你们旅日可以安心。

晓虹走前，父亲因患脑血栓住进了协和医院。虽说病情已稳定下来，可人在异国他乡，总是惴惴不安。季师很能理解这种游子的心理，多次叮嘱在协和医院工作的女儿季元帮助照应。尽管与家里保持密切联系，父亲出院的事早已知道，看到先生如此念念不忘，我俩还是相当感动。

去冬，我发过一次病，因协和医生治喘病在理论上有改变，用激素"强的松"，几天就止喘了。十二月中下旬到香山开四天会，听报告，一坐三小时没问题，生活自理，就是走路慢。回来又参加学校两次活动。现在精神不错，每日一片"强的松"可以维持整日无喘。但发病期还未过去，还是关在家里不敢出门散步。

打从第一次见面，我就知道季先生患有严重的哮喘病，每年冬季来临，都得住院治疗。幸亏小女儿学医，好几次将突然发病的先生从死亡线上抢救回来。先生对此十分自豪，以近乎天真的语调，不时向来客炫耀。为了"老爸的病"，季元不断追踪医学界的最新进展，并将其运用到具体治疗中。当然，师友弟子也都出谋献策，传递各种偏方秘术。只是是否采用，决定权仍在季元手中。至于季先生，对以女儿为代表的现代医学，充满信心，边治病边写作，似乎对老之将至浑然不觉。

有一次，听气喘吁吁的季先生谈论宏大的研究计划，我忍不住泼冷水，建议其先将手头的旧稿（比如《韩愈研究》）整理出版。先生当然听出我的弦外之音，愣了一下，凄然地说："你说的对。"可过了几日，再见面时，先生又兴高采烈地谈论其重写中国文学史的设想。我再也不好意思提醒先生年岁不饶人。事后想想，或许正是这种老骥伏枥的雄心，支撑着先生的生活意志，使其有勇气数度从病魔手中转身逃脱。若如是，老年人的"不自量力"，并非都是坏事。以年迈久病之身，居然能在冬天外出开会，而且"生活自理"，实在令人欣慰。

　　吴组缃先生进医院已两个月，系中对我保密。后来知道了，是在香山××同志告我的。要去看吴先生，系中说带我去，后又告我已代我向吴先生转达了我意思。吴先生一月十一日在医院逝世，十六日我才得到讣告。十九日系与民盟举行吴先生遗体告别仪式，系中没让我前往八宝山参加，家中也不许去。其他情况，我全无所知，无可奉告。

吴组缃先生的去世以及此前几年王瑶先生的突然病逝，

对季先生打击很大。北大中文系四老，林庚先生住燕南园，相对独立；王、吴、季三位都在未名湖边，相隔只有几十步之遥，故平日时有往来。就连我们学生拜访，也往往是"一路通"。眼看原本比自己强壮的朋辈先后仙逝，先生自是伤感万分。季师之要求送行，与中文系的故意推诿，都在情理中。

> 自去年秋后，我借过一次书，后来没借过第二次。要书实在多，也无法借。打电话到海淀书店买书，也没买到。《韩谱》编编停停，至今未能完成。琐事亦不少，只能顺其自然，以保重为要。

先生是本分人，平日做事，甚至略嫌拘泥。让我辈后生小子帮助借书还书，本是小事一桩，真的"不足挂齿"。可先生竟老是过意不去，连晓虹代为借还书，也都要再三表示感谢。有一回，晓虹有事，我代为送书，先生竟是"诚惶诚恐"，连说"不敢当，不敢当"。任凭我怎样解释，先生都坚持送到楼梯口，并叮嘱"以后只能请晓虹同志代劳"。

先生做事极为认真，60年代就已完成的《韩愈传》书稿，一直不肯脱手。后来终于接受我的建议，先整理旧作。不满足原有水平，先生于是决定大改，其中包括编撰详细的《韩愈年谱》。信中所说"编编停停"的，即此稿。可惜年事已高，加上眼睛不好，《年谱》虽基本完稿，韩传却未及修正。

先生的最后冲刺，到底没能如愿。

> 晓虹同志带出去的《清诗纪事》二册，我现在不用，没关系，不必顾虑。你们回来可带些有关清季历史和文学的书，如果有合适的话（坐飞机不能超重，带书只能有限）。

晓虹在香港讲课，有一门是"明遗民文学研究"，故带去从季先生处借来的《清诗纪事》中关于明遗民那两册。嘱咐晓虹从日本多带回一些"有关清季历史和文学的书"，作为史家，先生这回可是犯了"时代性的错误"。先生想到的，大概是清末杨守敬等人的东瀛访书。可此一时彼一时，今日中国学者，极少能有财力在神保町收买古书。晓虹确从日本带回好几箱旧书，可并非明清善本，而是有关日本历史文化方面的降价书。日后提起此中奥秘，师徒相对拊掌。

> 晓虹同志趁在日本时间内较有余地之时，务必写好一章《近代文学史》。孙老师对此事颇关注，我也很急。完成任务一身轻，免得回来再干，更忙上加忙。中国近代史料在日本不难找。××同志我们已一催再催，不知为什么竟至今不交稿。团结合作力量大，今日更见其需要。

先生对文学史研究情有独钟。60 年代与游国恩等合作主

编部编写教材《中国文学史》，声名远扬；80年代又承接多
卷本"中国文学史"之近代卷，希望能有新的突破。此书由
孙静先生协助主编，晓虹则承担了部分章节。可惜学术环境
变化，大家对集体著述信心不足，协调起来很不容易。此乃
季师一大心病，故不远万里，驰书催促。

读北大版《来之文录》及其"续编"，不难看出先生对
"文学史"兴趣之强烈而持久。导师闻一多对重写文学史有
完整的构想（参见闻　多《文学的历史动向》以及朱自清
《闻一多全集序》），可惜因被暗杀而中辍；每提及此，先生
总是感叹唏嘘。季先生之所以再三表达未能独立撰写一部
像样的文学史之遗憾，很可能有将此举作为完成先师遗愿
的标志。

　　杂乱写来，已累，不能再写。即颂春节安乐，吉祥
如意。

季镇淮谨复，一九九四年一月二十七日

先生表面平和，可为人处世，很讲"原则性"。社会上
早就从"小姐"到"同志"到"师傅"到"老板"再到"学
弟"，来回转了好几圈，先生还是固守年轻时的信仰，不管口
头还是书面，一律称"同志"——即便自己的学生也不例外。

只有这一头一尾的"贤伉俪"与"吉祥如意"，还是老
学者的口吻，没被彻底改造过来。将"伉俪"与"同志"

并列，这新旧杂陈的称呼，很能显示处于过渡时代的书生本色。

以上为季先生遗札之引录及注解。至于先生的生平及学术成就，有入室弟子夏君诸文在前，我只好搁笔。

以往的大年初二，只要人在北京，我和妻子都会到未名湖边拜年。王、吴、季一路下来，聆听其高谈阔论，总有如沐春风的感觉。如今，三老均已仙逝，这多年的保留节目，也只好取消了。

又是春节临近，学生以此薄纸，祭奠季师及王、吴二师。

1999 年 2 月 7 日于西三旗

（原刊《学问》1999 年 2 期）

古典学者的当代意识

——追忆程千帆先生

　　记得是 1991 年的初冬时节，我的同事葛晓音教授从南京开会归来，提及程千帆先生对我的研究相当欣赏。最初的反应是，先生因追念我的业师王瑶先生而"爱屋及乌"。若干年后，读张伯伟君《〈程千帆友朋诗札辑存〉题记》，其中有"如北京大学的葛晓音、陈平原，复旦大学的陈尚君等，都是受到千帆先生重视的青年学者"，方才明白葛教授的转达明确无误。葛、陈（尚君）二君在唐代文学研究方面成绩突出，受先生器重一点也不奇怪；至于我，在此之前并未涉足古典研究，而先生居然关注起我的著述，这多少有点出人意料。

　　古典学界历来重视"训练"和"修养"，对主要不以"功力深厚"见长的现代文学研究者，不无几分偏见。说不清是基于自嘲还是自卫的考虑，尽管我也经常阅读古典学者的专门著述，却极少有"登堂入室"的冲动。这下可好了，终于打破自我设置的禁忌，开始向先生投书请教。

就像所有讲究礼节的老先生一样，只要我寄赠著作或提出问题，程先生一般都会很快作复。看着先生日渐潦草、颤抖的笔迹，实在不好意思过多打扰，以致今日翻检出来的先生手札，只有寥寥六则。摩挲先生手泽，对照《闲堂文薮》（济南：齐鲁书社，1984 年）等相关著述，隐约感觉到，先生之所以关注我的研究，其实是基于自家独特的学术眼光，即"古典学者"应该具有"当代意识"。

这其实不算什么秘密，在 80 年代初的《詹詹录》（见《闲堂文薮》）里，先生便提醒研究古典文学的人，应该"注意当代文学艺术的发展及其中所反映的问题，要使自己的工作对丰富人民的精神生活和发展当代文学有所帮助"；而在 90 年代中期与学生程章灿的对话中，则再次强调："研究古代文化文学，是为了现在活着的人，不想到这一点，我们的研究便没有意义。"（《老学者的心声》）一是"关注当代"，一是"为了当代"，这两者共同构成了作为古典学者的程先生卓尔不群的"当代意识"。关于这一点，张伯伟的《〈程千帆诗论选集〉编后记》和舒芜的《千帆诗学一斑》都有所涉及。后者更指出，这与先生早年"研究古典文学和进行旧体诗创作而外，还是一个新诗人，与常任侠、孙望、汪铭竹、沈祖棻等组织土星笔会，出版新诗刊物《诗帆》"大有关系。

对此，我想依据两则先生书札，略做补充。即，先生的"关注当代"，不只是古今贯通，还兼及了"雅俗"与"南北"。依据私人信件立说，实在过于冒险；好在还有若干资料可供印证。拉拉杂杂，一并道来，希望不至太离谱。

1992年春天，我给先生寄去了刚出版的一部小书《千古文人侠客梦——武侠小说类型研究》。不久，便得到了如下回信。

平原先生：

收到您寄下的论武侠小说著作，很感谢。我常常感到，为什么人们（包括我自己）对许多大量存在的事物本身及其存在的意义，有意或无意地加以忽略。我看小说，是从《礼拜六》《红玫瑰》，从程小青、徐枕亚一直看到鲁迅、杨振声，也很喜欢平江不肖生、赵焕亭、还珠楼主以迄金庸、古龙。可就从来没有像您这样严肃地对待他们或它们过，未免罪过。所以非常感谢您指导我在这方面的学习。老来无聊，又有心脏病，不能无拘束地想做什么就做什么了。但补充一些作为一个学习文学的人应有的知识，还是可以的。所谓"难忘身外无穷事，补读平生未见书"。

祝

一切都好！

千帆 五月十二日

为了存真，照录原文；至于其中的表彰，多属私人信件中"必不可少"的客套话，不必过于认真。如何分辨客套话与真见解，稍有经验的读者应该不难做到。此信最大的"亮

点”在于，作为诗人和古典学者的程先生，对历来被视为不
登大雅之堂的武侠小说，竟也有如此浓厚的兴趣。

程先生之阅读武侠小说，不只是夫子自道，还有金克木
先生的回忆为证。1946 年的武汉大学，四位“不名一家”的
学者——外文系的周煦良、历史系的唐长孺、哲学系的金克
木、中文系的程千帆，曾在珞珈山下结伴读书。有趣的是，
这常在一起散步并高谈阔论的四人，“教的是古典，而对于
今俗都很注意，谈的并非全是雅事”，所谓“不雅”的谈话，
具体说来，便是对还珠楼主的《蜀山剑侠传》等武侠小说大
有好感。依照金先生的总结，“雅俗合参，古今并重，中外
通行，是珞珈四友的共同点”。如此读书，在我看来，可谓
道行高深，而并非如金先生所轻描淡写的，“其实这是中国读
书人的传统习惯”（《珞珈山下四人行》）。我向程先生当面请
教的机会不多，可从金先生无拘无束的聊天中，很能体会他
们那一代读书人雅俗、古今、中外并举的“三通”境界。

通“雅俗”的说法，有程先生的直接表述，应该不会有
太大的争议。至于通“南北”，则是我对以下信件的引申发
挥，没有更多的旁证材料，只好“信不信由你”。1998 年春
天，我出版了考辨老北大逸事、人物、学风以及精神传统的
《老北大的故事》。寄赠先生后，得到如下复信。

平原先生：

承赐新书，甚以为喜。故事所包甚广，颇多前所未

闻。犹忆先师汪辟疆先生清末就读京师大学堂，新设军
事课，亦有操练。以武官职卑者任教员，而学生中多贵
族子弟，点名时不敢直呼其名，则皆称"老爷"。如呼
先师为"汪国垣老爷"。民国肇建，此风恐已革除矣。
弟年来日益衰朽，不甚能从事文字之役，幸及门诸子相
助，旧稿大体可于今年毕功。石家庄一出版社愿为出一
文集，亦了一缘。终日默坐时为多，望先生等之奔轶绝
尘，唯增惭愧而已。专此布谢，敬颂著安！

弟程千帆顿首

6月2日

关于京师大学堂上体操课时教员称学生为"老爷"的逸事，
以前也有文章道及，没想到还能从程先生那里得到确认。我
尤其关注的是，"北大出身"而又长期"执教南京"的汪辟
疆先生对于大学堂故事之"追忆"。因为，这涉及现代学术
史上的"南北之争"，有必要略加分疏。

20年代初，有感于"文学革命"与"整理国故"所向
披靡，对"忠信笃行"等传统伦理道德造成极大冲击，南
京高师／东南大学的教授们借《学衡》杂志奋起反击，与新
文化分庭抗礼，一时形成南北对峙局面。撇开当初论战时的
激愤之辞，大致而言，北方学者锐意革新，自是容易流于空
疏；南方学者功力深厚，可又未免过于守旧。以至胡适在日
记中大发感慨："南方史学勤苦而太信古，北方史学能疑古

而学问太简陋。将来中国的新史学须有北方的疑古精神和南方的勤学功夫。"（《胡适的日记》438 页，北京：中华书局，1985 年）胡适此说，不曾考虑南北学者治学态度的差异背后所隐含的政治立场与文化理想的冲突，自是"不够深刻"；可强调二者各有所长，而不是一味指责对方守旧，或将"守旧"上升到"政治正确"的层面来大加挞伐，毕竟属于持平之论。

南北学风的差异，"古已有之"，而且，说不上"于今尤烈"。只是由于《新青年》与《学衡》的对立，隐含着东西、新旧、激进与保守等文化理念的冲突，很长时间里不被公正对待。一旦涉及此现代思想史上的南北之争，很容易由绵密的学理分辨，一跳而为明确的政治画线。半个多世纪的"扬北抑南"以及近年开始出现的"扬南抑北"，都是基于南北学术水火不相容的想象。在承认"东南学术，另有渊源"的同时，我想提醒关注问题的另一面，即南北学术之间的沟通与融合。

新文化运动的主将基本上是江南人士（好几位还是章太炎的弟子），只不过占据北大这块"风水宝地"，发言时更有分量，如此而已，说不上"南人"代表"北学"。这种现代社会的转益多师与人才流动，使得以地域分南北的做法，很大程度上失去了依据。因此，在我看来，谈"大学风格"，可能比谈"南北学术"更贴切些。在《闲堂自述》（《文献》1992 年 2 期）中，程先生介绍自家的"学习与师承"，提及自己之所以能顺利奠定学问根基，得益于"三十年代南京的高等学府中，大师云集"。那些程先生或亲承音旨，或有所请益的大师，与汪国垣同样就读京师大学堂的，还有专治古诗词的王易；至于黄侃、吴梅、林损、刘国钧等诸位先生，也都曾在北京大学任教。

应该说，在作为新文化大本营的北大，黄、吴诸君并非引领风骚，本人的感觉还可能不是很愉快。可谈论北大的学术建设，一般都不会漏掉黄、吴二君具有开创意义的课程，以及日后成为一代名篇的讲义《文心雕龙札记》《词余讲义》（即《曲学通论》）。其实，谈论"北大精神"，应该兼及早已广为人知的"文化批判"，以及目前尚未被看好的"学术建设"（这一点，我在《老北大的故事》和《北大精神及其他》中多有涉及）。而后者的标志，显然不是《新青年》，而是蔡元培之创建研究所国学门（1918年"拟设"，1922年1月正式成立）和胡适之主编《国学季刊》（1923年1月创刊）。不要说认真比较，哪怕稍微翻阅一下，你也会发现，北大教授为主体的《国学季刊》和此前两年创办的以南京学者为中坚的《学衡》，二者之间并非"截然不同"。也就是说，倘就文史研究而言，南北学者的距离，并不像日后渲染的那么严重。因为，许多很有价值的资料考辨与个案分析，不是都能冠以"东西""古今""信疑"之类的标识，更不要说以此定高低。

30年代以降，这南北两大名校，有各自的发展轨迹，但都不是遗世独立。互相之间，有合作，也有竞争。王瑶先生在世时，曾多次提及"程千帆很会带学生"，要我们关注南大这一迅速崛起的学术群体。王先生逝世后，程先生除为《王瑶先生纪念集》（天津：天津人民出版社，1990 年）撰写《念昭琛》，还有两首因寄托遥深而在学界广泛流传的"浣溪沙"。像王、程这样治学路数不太相同而又能互相欣赏，或许可视为所谓的"南北学术"走向沟通与融合的象征。

行文至此，忽然悟出，当初程先生之所以对我颇有好感，或许正是基于此沟通与融合"南北学术"的志向。若真如是，则先生之"通"，其义可谓大矣，又岂是我辈后生所能管窥蠡测！

2000 年 10 月 5 日于东京弥生寓所

（原刊《东方文化》2001 年 1 期）

念王瑶先生

念王瑶先生

一、文章缘起

猛然间想起，我的导师王瑶先生（1914—1989）去世已经将近十年了。

"十年生死两茫茫"，东坡居士的咏叹，千古之下，其含义已远远超越儿女情长。在我看来，"不思量，自难忘"的，应包括古往今来无数"凡夫俗子"对于远逝的亲人、师友乃至同道的思念之情。

十年前的这个时候，由于特殊的因缘，我与王瑶先生有了更多聊天的机会。在"纵论天下风云"的同时，先生不止一次叮嘱我"要沉得住气"。说这句话时，先生挥舞着烟斗，一脸刚毅。

那年年底，先生不幸仙逝，在悼念文章中，我以这么一句大白话结尾："我不能不谨慎着我的每一个脚步。"十年过去了，唯一可以告慰先生的是，虽有过不少春风与秋雨、忧伤与得意，但总的来说，还算把握得住自己。

作为学者，有无大成，受自身学力、才情以及外在环境的限制，勉强不得。能够祈求的，只能是尽可能少走弯路，别摔大跟头。当初先生提出告诫时，之所以声色俱厉，乃基于自家"文化大革命"中"虚度年华"的惨痛教训。十年后回首，忽然从先生的"刚毅"中，读出一丝无奈和悲凉来。因为，学者专心治学，"走自己的路，让别人说去"，如此"卑微"的诉求，也值得先生耿耿于怀，可见其巨大的隐忧。还好，十年问学，道路比原先设想的平坦，磕磕撞撞中，豪气与傲气依旧。

不知不觉中，我陆续发表了五篇涉及王瑶先生学问及人品的文章。此回清点，大为惊讶，不经意中，五篇文章竟互有趋避，而且思路大致连贯。调整一下章节顺序，再略做增删，便俨然成了一篇洋洋洒洒的"大文章"。不过，应该坦白交代，从题目的拟定，到连缀成文的写作思路，乃有意沿袭王先生的《念朱自清先生》。

初读《念朱自清先生》，感觉极佳。私心以为，此篇以及《论鲁迅作品与中国古典文学的历史联系》《自我介绍》三文，乃王瑶先生平生著述中最为神定气足的"好文章"。前者共九节，并非一气呵成，而是断断续续，写了将近四十年。

1948 年，朱自清先生刚去世时，王先生连续发表《悼朱佩弦师》《朱自清先生的学术研究工作》《十日间——朱佩弦师逝世前后记》和《邂逅斋说诗缀忆》四文。为纪念朱先生

逝世一、二周年，王先生又相继发表《朱自清先生的日记》
和《朱自清先生的诗与散文》。这六则短文，后被连缀起来，
冠以总题《念朱自清先生》，收入平明出版社1953年版《中
国文学论丛》。1980年，王先生撰写《先驱者的足迹——读
朱自清先生遗稿〈中国新文学研究纲要〉》，介绍"始终忠于
'五四'精神，忠于民主和科学的理想"的朱先生，如何用
一种特殊的目光"关注新文学的成长"，并由此开拓了一全
新的研究领域。1987年三联书店出版《完美的人格——朱自
清的治学和为人》，开篇即是王先生的《念朱自清先生》。不
过，该文摇身一变，由六节转为九节。编者在《序》中引述
王先生来信，称此文"其中有一部分是旧稿，有一部分是新
写的"。除增加已有成稿的"中国新文学研究纲要"，将原先
的"诗与散文"扩展成"新诗创作"和"散文艺术"两节，
再就是补写了"新诗理论"。文末没有完稿日期，不过，根
据《完美的人格》一书所收新作多完成于1984年冬至1985
年夏，可以大致推断此文的定稿时间。

　　与《念朱自清先生》相比，我的十年一文，也就显得
"小巫见大巫"了。考虑到不少师长比我更了解王先生，而
且天津人民出版社1990年版《王瑶先生纪念集》和河南大
学出版社1996年版《先驱者的足迹——王瑶学术思想研究
论文集》流传甚广，没必要再作一般性的介绍。只谈我对先
生的特殊感受，而不承担全面表彰的责任，这种论述视野的
自我限制，使得本文无法与《念朱自清先生》相提并论。但

有一点巧合，我与王先生都在"连缀成文"时，把最先写作的悼念之文放在最后。之所以如此布置，王先生的真实想法无从揣摩，至于我自己，则是基于如下考虑：学术乃天下之公器，谈论已经进入学术史的王先生，必须出于公心，而不得随意褒贬；至于作为追随六载的入室弟子，我同样珍视自己对于师长的温情与感觉。希望兼得鱼与熊掌，于是便有了以下"先公后私"的诸多文字。

二、从古典到现代

王瑶先生无疑主要以中国现代文学研究知名于世：一部《中国新文学史稿》，奠定了这一学科的坚实根基；十年中国现代文学研究会会长，更使得这一学科在 80 年代大放异彩。可王先生在中国古典文学研究方面，同样卓然成家——这点凡读过《中古文学史论》的，大概都不会有异议。

王先生早年在西南联大师从朱自清先生研究魏晋文学，50 年代初改教新文学史，自称是"半路出家，不务正业"。50 年代中叶以后，先生基本上不再撰写关于中国古典文学的研究论著，可并没有完全告别魏晋玄言和隋唐风韵。先生晚年"旧态复萌"，喜谈阮籍、嵇康、陶潜、李白和杜甫，甚为关注这几个研究课题的进展，不时发表零星但相当精彩的见解，让来访者大吃一惊。可每当有人建议先生"重回魏晋走一遭"时，先生又总以"廉颇老矣"来应对。

王先生晚年常自称是古典文学研究的"逃兵"，没有发言权；可接下来马上又高谈阔论，讨论起这一领域里某些非常专门的问题。常有来访者因此恭维先生宝刀未老，仍是古典文学研究专家，每当这个时候，先生总是不无得意地谦称是"业余爱好者"，只能进行"学术聊天"。了解学界的进展，知道如何突破，可精神和体力不济，无法从事专门研究，故先生晚年喜欢帮后学出主意、理思路，或者"辨章学术，考镜源流"。先生治学主张"识大体"，好多具体课题其实他没有做过专门研究，可仍能非常敏锐地把握研究者的思路并判断其学术价值。这种特殊的本事，除了得益于其学识与修养外，更与其治学道路及由此而形成的学术眼光大有关系。

先生晚年为台湾一家书局编过一部自选集，题目就叫《从古典到现代》，拟收入他在古典文学和现代文学两个研究领域的若干论文。只可惜后来书局出于销售考虑，未采用这个书名。表面上兼收两个研究领域的论文，有点紊乱；可这正是先生一生的学术追求及长处所在。这主要还不是指研究范围，而是指学术眼光：以现代观念诠释古典诗文，故显得"新"；以古典修养评论现代文学，故显得"厚"。求新而不流于矜奇，求厚而不流于迂阔，这点很不容易。

在现代文学界，王先生的古典文学修养有口皆碑。从 50 年代的《论鲁迅作品与中国古典文学的历史联系》，到 80 年代的《〈故事新编〉散论》，此类真正无可替代的名篇之得以完成，都是凭借其雄厚的国学根基。先生晚年述学，一个重要特点就是强调"五四"新文学与中国传统文学的历史联系，纠正世人将新旧文学截然对立起来的偏见。80 年代初，先生在好多演讲及论文中大谈"中国现代文学和民族传统的关系"，重新评析"桐城谬种选学妖孽"之类的口号，强调"五四"一代作家只是反对模仿，提倡创造，而并非真的"要打倒中国古典文学"。1986 年，先生更发表《中国现代文学与古典文学的历史联系》，从内在精神、创作手法以及小说、诗歌、散文、戏剧等不同艺术形式的传承，看"中国向来的魂灵"和"固有的东方情调"如何内在地制约着中国现代文学的发展，论证现代文学史上的大作家大作品"都不同程度地浸润着民族文化传统，特别是中国古典文学的滋养"[1]。先生去世前完成的最后一篇论文《"五四"时期对中国传统文学的价值重估》，更是旗帜鲜明地强调："本世纪对于中国传统的科学整理和研究，做出最卓越的贡献者，恰恰是高举'五四'新文化运动和文学革命旗帜的那一代。"[2] 这一切，不只体现了先生个人的学术追求，更对整个现代文学界逐渐摆脱将"五四"新文学只是作为西方文学的模仿这一偏向起了决定性作用。

强调新旧文学之间有蜕变，但不能截然分离，故研究

〔1〕 王瑶：《中国现代文学与古典文学的历史联系》，《北京大学学报》1986年 5 期。

〔2〕 王瑶：《"五四"时期对中国传统文学的价值重估》，《中国社会科学》1989 年 3 期。

者应该于新文化有所承传，于旧文化有所择取，这其实正是"五四"先驱者的胸襟与追求。正如王瑶先生所再三指出的，"五四"时期最热心对传统文化进行价值重估者（如鲁迅、胡适、郑振铎等），正是新文化的积极创造者。也就是说，"文学革命"与"整理国故"，不过是一个硬币的两个面；"五四"先驱者对传统文化其实颇多继承，并非像他们在与复古派论争中表现得那么偏激。这代人后来大都兼及创作与研究，既面对古人，也面对今人；既重古典，也重现代。这代人开启的学术范型，至今仍影响甚深；而王瑶先生则是自觉认同鲁迅等人开创的这一现代学术传统的。考古但不囿于古，释今而不惑于今，着力在博通古今上做文章，这是"五四"一代学人的共同追求。

王先生学术上有两个主要渊源：一是鲁迅，一是朱自清和闻一多。这三位学者恰好都是既承清儒治学之实事求是，又有强烈的时代感，不以单纯考古为满足的。先生论及其恩师朱自清先生的治学时称："谨严而不繁琐，专门而不孤僻；基本的立场是历史的、现实的。"[1]这其实也是先生平生治学所追求的境界。博古通今并非易事，突出时代精神与深厚的历史感，二者有时很难协调。先生不止一次地发挥冯友兰和朱自清关于崇古、疑古、释古三种学术倾向的提法，并称自己属于释古一派。学术研究中不盲信、不轻疑，而注重

---

[1] 王瑶：《念朱自清先生》，《完美的人格》，北京：生活·读书·新知三联书店，1987年。

理解与阐释,这固然可以避免过多的主观臆测,可研究者仍然必须有借以阐释的理论框架。这方面先生发挥其通今的长处,特别注重"五四"以来学者引进西方理论的经验。从 50 年代对清学的批评,到去世前主持研究课题"近代以来学者对中国文学研究的贡献",先生的思路一以贯之:这个世纪的学者必须"既有十分坚实的古典文学的根底和修养,又用新的眼光、新的时代精神、新的学术思想和治学方法照亮了他们所从事的具体研究对象"[1]。正是基于这一学术主张,在完成上述课题时,先生选择了梁启超、胡适等,而不选择章太炎、刘师培,理由是后者虽很有学问,但学术思想和治学方法一仍清儒。具体评判或有偏差,但先生强调古典文学研究必须接纳新思路、新方法,以促进学科的发展,这点值得重视。假如考虑到鲁迅和闻、朱二师对西方文学观念和学术思路的热心借鉴,不难明白先生这一选择渊源有自。

有现实感,但不强古人所难,而是着力于"对古代文化现象做出合理的科学的解释"[2],这点说来简单,其实不易做到。自从康有为开启"借经术以文饰其政论"的先例[3],这个世纪的中国学者,才气大且现实感强者,多喜欢在学术著作中借题发挥,甚至"以历史为刍狗"。先生则希望尽量维

---

〔1〕《王瑶教授谈发展学术的两个问题》,《学术动态》279 期,中国社会科学院编印。

〔2〕 王瑶:《念闻一多先生》,《中国现代文学研究丛刊》1987 年 1 期。

〔3〕《清代学术概论》第二节,《梁启超论清学史二种》5 页,上海:复旦大学出版社,1985 年。

护学术尊严，在可能的范围内保持学者的独立思考。我曾经专门阅读先生 50 年代撰写的批判胡适的若干论文，深深体味到在强大的政治压力下学者不甘沦落苦苦挣扎的良苦用心——在同一类型的文章中，先生从考据在古典文学研究中的作用和地位这一特定角度来立论，可以说是最具学术色彩的。先生晚年嘱咐弟子，若为他编文集，这几篇批判文章一定要收，除了让后人知道当年知识者的艰难外，更因这里面凝聚了他的不少心血。

"几乎每一位研究中国文学学者的最后志愿，都是写一部满意的中国文学史"[1]，先生自然也不例外。在古代文学和现代文学领域，先生各写了一部文学史，而且都大获成功，至今仍是研究者不敢漠视的经典著作。先生晚年追忆平生治学道路，曾这样阐述自己所从属的以"释古"为旗帜的"清华学派"："清华中文系的学者们的学术观点不尽相同，但总的说来，他们的治学方法既与墨守乾嘉遗风的京派不同，也和空疏泛论的海派有别，而是形成了自己谨严、开阔的学风的。"[2]这与其说是一种学术史的总结，不如说体现了论者的学术追求。兼有京派海派之长，既立论谨严又视野开阔，这自然是理想的学术品格。可怎样才能保证不顾此失彼，甚至

〔1〕 王瑶：《评林庚著〈中国文学史〉》，《清华学报》14 卷 1 期，1947 年 10 月。

〔2〕 王瑶：《我的欣慰和期待——在清华大学纪念朱自清先生逝世四十周年诞生九十周年座谈会上的发言》，《润华集》，北京：中国社会科学出版社，1992 年。

两头落空呢？先生同样明显得益于鲁迅和闻、朱二师。

在 1984 年为《中古文学史论》重版所撰"题记"中，先生强调"学术研究工作总是在前辈学者的哺育和影响下起步和前进的"。这部著作从初版起，每次重印，先生总要在前言或后记中表达他对鲁迅、朱自清和闻一多三位前辈的感谢——其实不只是这部名重一时的著作，先生的整个学术思路和方法都与这三位前辈学人密切相关。虽说有"亲承音旨"与"私淑弟子"之别，可很难说何者影响更大。相对而言，在人生理想和文学史方法论方面，先生主要受鲁迅影响；而在具体的治学门径以及学术观点上，先生则直接师从闻、朱。

在 1948 年初版《中古文学史论》的《自序》中，先生称此书第二部分"文人生活""主要是承继鲁迅先生《魏晋风度及文章与药及酒之关系》一文加以研究阐发的"；后人也多从此角度讨论鲁迅对先生的学术影响。80 年代以后，先生多次在文章中提到鲁迅对他的启迪，不只限于某些问题的精辟见解，而是作为中国文学史研究的方法论："从丰富复杂的文学历史中找出带普遍性的、可以反映时代特征和本质意义的典型现象，然后从这些现象的具体分析和阐述中来体现文学的发展规律。"[1] 当初只是受《魏晋风度及文章与药及

---

[1]《〈中古文学史论集〉重版后记》，《中古文学史论集》，上海古籍出版社，1982 年。

酒之关系》启发，直觉到这一研究方法的魅力；一旦把它与《中国小说史略》《汉文学史纲要》《〈中国新文学大系〉小说二集序》以及计划写作的中国文学史的章节拟目结合起来，先生自认找到了"堪称典范"的文学史研究方法。先生晚年在很多场合阐述鲁迅这一抓住"典型现象"深入开掘的研究思路，以为其"比较完满地体现了文学史既是文艺科学又是历史科学的性质和特点"[1]。尽管先生总是谦称他对这一研究思路只是"心向往之"，叫阅读先生的著述（不管是古代文学，还是现代文学），都能感受到对这一思路的潜在回应。

王先生在 50 年代写了一批关于考据学（广义的，包括校勘、训诂、笺证、考辨等）的论文，如《论考据学》《从俞平伯先生对〈红楼梦〉的研究谈到考据》《论考据在古典文学研究工作中的地位与作用》《鲁迅关于考据的意见》《谈清代考据学的一些特点》等，除了时代风气影响，故对胡适有不公允的批评外，其实这里还蕴含着学派之争。先生同样欣赏清儒的学有本原，实事求是，"每一事必详其本末"；称其从小学入手治经，"所得结论多半是有效的"[2]。只是认定单纯的考据学，"由于在处理史实和问题时摒除了有关联系个别的事实，把问题孤立在静止的平面上去考察，因此尽

---

[1]《〈中古文学史论〉重版题记》，《中古文学史论》，北京大学出版社，1986 年。

[2] 王瑶：《谈清代考据学的一些特点》，1956 年 11 月 18 日《光明日报·文学遗产副刊》131 期。

管某些研究者也做出了辛勤的劳动，但所能解决的也多半只是一些无关宏旨的问题"[1]。在先生看来，"从乾嘉学者到胡适们，三百年来在方法上并没有什么进步"，其中一个重要原因是过分推崇考据而贬低理论[2]。承认考据可以解决具体问题，但撰写文学史却"不单是考据的工作所能胜任的"。批评胡适引导人去为考据而考据，使得学者缺乏整体思考，"把眼光停留在个别琐碎的事实上"[3]。在学理上，先生主要仰仗闻、朱的探索。或者说，闻、朱为代表的"清华学派"与胡适为代表的"北大学派"（假如有的话）对考据学的不同看法，使先生得以理直气壮地批判胡适。

先生在论及"清华学派"之注重释古时称："闻先生的《诗经新义》、朱自清先生的《诗言志辨》都是在这种学风下产生的成果。我是深受这种学风的熏陶的……"[4]而这两种文学史研究的典范之作，有一个共同特点，那就是讲考据而不囿于考据。闻一多先生称"清人较为客观，但训诂学不是诗"[5]；而据王瑶先生回忆，朱自清先生将"把诗只看成考据校勘或笺证的对象，而忘记了它还是一首整体的诗"

〔1〕 王瑶：《从俞平伯先生对〈红楼梦〉的研究谈到考据》，《文艺报》1954年21期。

〔2〕 王瑶：《论考据学》，《中国文学论丛》，上海：平明出版社，1953年。

〔3〕 王瑶：《论考据在古典文学研究工作中的地位与作用》，《关于中国古典文学问题》，上海：古典文学出版社，1956年。

〔4〕 王瑶：《念闻一多先生》。

〔5〕 《匡斋尺牍》，《闻一多全集》1卷356页，北京：生活·读书·新知三联书店，1982年。

的学者，称为"诗人的劲敌"，其特长是"把美人变成了骷髅"[1]。因此，闻、朱二位虽都曾"像汉学家考辨经史子书"那样，专注于某些字和词的考据训诂，可都将其研究置于诗学、神话学或文化人类学的背景下。也就是说，这种蕴含着理论眼光与历史意识、近乎小题大作的"考据"，才是王先生心目中理想的文学史研究。这就难怪先生对胡适讲考据学"只不过尊重事实，尊重证据"的说法很不以为然。

这里只是指出王先生对胡适的批判包含学派之争，并不意味着我认可先生对胡适的许多断章取义且过甚其辞的批判。好在对那场政治运动略有了解的人，对此都会有比较通达的见解。先生治学，本不以考据见长，但无论是《中古文学史论》，还是《中国新文学史稿》，都以史料翔实著称于世。研究中注重史料的搜集整理、审订考核，但从不以考据家自居——先生显然更愿意成为学有根基的文学史家。

三、中古文学研究的魅力

王瑶先生的《中古文学史论》完成于1948年，距今刚好半个世纪。一部学术著作，问世十年后仍有人阅读，算是闯过了第一关；五十年后还能得到学界的欣赏，则很可能进入"传世之作"的行列。

---

[1] 王瑶：《念朱自清先生》。

半个世纪以来，不单是关于中古文学的具体论述，更包括文学史研究方法论，《中古文学史论》时常成为探索的伴侣：或引证，或评价，或品鉴，或引申发挥。得以介入一代代学人的认真思考，此乃著作传世的最佳标志。这种学术对话的最新成果，当属《先驱者的足迹——王瑶学术思想研究论文集》。

《中古文学史论》1951 年 8 月由上海棠棣出版社出版时，分为《中古文学思想》《中古文人生活》和《中古文学风貌》三册。如此分割，"不过为了出版家和读者的兴趣"，在作者看来，"这三部分都互相有关联"[1]。书甫面世，即获好评，但与新形势下的新要求仍有不小的距离。1956 年，作者将此三书合刊，删去了约三分之一的文章，其余的也略做修改，并增加了《关于曹植》《关于陶渊明》二文，改题《中古文学史论集》，由古典文学出版社刊行；此刊本 1982 年由上海古籍出版社重印时，又补充了《读书笔记十则》。或一分为三，或犹抱琵琶，此书几回现身，均非"本来面目"。直到1986 年，方才由北京大学出版社将棠棣版三书合一，恢复《中古文学史论》书题，并做了认真的校订。

据《初版自序》，此书属稿于 1942—1948 年，历时整六载。经过五年颠簸，自觉"身心两方俱显停顿状态""以赴

---

[1] 《〈中古文学史论〉初版自序》，《中古文学史论》，北京：北京大学出版社，1986 年。

滇完成学业为一大目标"的王瑶先生，终于来到昆明西南联大复学，时年二十九岁。在《坷坎略记》中，先生称："如能得诸名师之启发，及高等学府生活氛围之熏陶，或可于学术途径上，得一启示之机，亦求进步之欲望有以趋之也。"[1]至此，原《清华周刊》总编辑、自以为的"左翼理论家"，转而"埋头读古书"，希望"在中国古典文学的研究方面成一个第一流的学者"。先生自信具备治古典文学三方面的基础：古书的知识、历史唯物论和马列主义文艺理论。这种自我期待，并非如"检讨书"所称的"狂妄"[2]，先生日后学术的发展，证明其长处确实在此。比起一般的古典文学研究专家，先生早年养成的政治意识与理论兴趣，使得其倾向于整体把握与综合分析。至于先生发表的第一篇学术论文《说喻》以及《读〈史记〉司马相如传》《读陶随录》《文学的新和变》《谈传统批评术语的含义辨析》等，明显可见导师朱自清先生的影响。朱先生之讲授"中国文学批评史"课程，力图"寻出各个批评的意念如何发生、如何演变"，以及"像汉学家考辨经史子书"那样"从小处入手"的研究思路[3]，还有对陶渊明的强烈兴趣，都直接启示了王瑶先生的早年著述。

1943 年 6 月，先生以《魏晋文论的发展》为题完成了

---

[1]《坎坷略记》，《王瑶文集》7 卷 439 页，太原：北岳文艺出版社，1995 年。
[2]《在思想改造中的自我检讨》，《王瑶文集》7 卷 494—505 页。
[3]《〈诗言志辨〉序》，《朱自清全集》第 6 卷 129 页，南京：江苏教育出版社，1990 年。

毕业论文，并进入研究院，正式师从朱自清先生攻读中古文学。1946 年 4 月，他从清华大学研究院毕业，论文题目是《魏晋文学思想与文人生活》。三年间，论题从"文论"转为"文人生活"，论述范围固然扩大，但更重要的是学术眼光的拓展：师法的目标逐渐从朱自清转为鲁迅。作为"左翼理论家"，王瑶先生理所当然对鲁迅十分景仰，早年主编《清华周刊》时曾撰写《盖棺论定》《悼鲁迅先生》二文。至于 50 年代以后，成为著名的鲁迅研究家，绝不仅仅是转治现代文学的"题中应有之义"。意识到"学者鲁迅"的开拓意义，先生乃自觉追随其后。《初版自序》提及《中古文学史论》的"文人生活"部分，即自承"主要是承继鲁迅先生《魏晋风度及文章与药及酒之关系》一文加以研究阐发的"。

王瑶先生对于"学者鲁迅"的承继，并非只是具体见解，更重要的是文学史研究的方法论，《中古文学史论·重版题记》对此有进一步的阐述。类似的表述，多次出现在其 80 年代撰写的诸文中，既是"自报家门"，又阐发了学术理想；当然，也可作为先生一生治学的自我总结。

强调"文学史作为一门独立的学科"，应兼及文艺科学与历史科学，论述时当以"具体现象"为切入点，目标则是"阐明文学发展的过程和它的规律性"。如此界定"文学史"，对于王先生来说，并非始于 80 年代，而是由来已久。1947 年，先生在《谈古文辞的研读》中，要求学文学者"培养一种对历史的兴趣"；在《评林庚著〈中国文学史〉》中，则对这部才气横溢的著作有所批评，理由是："贯彻在这本书的整个的精神和观点，都可以说是'诗的'，而不是'史的'。"[1]文学史家可以有不同的自我定位，自然也可以有不同的写作策略，王瑶与林庚学术风格的差异，并不妨碍其各自做出独立的贡献。倒是先生"年少气盛"的批评中，很能体现其关于文学史的想象。以此为"标尺"，反观《中古文学史论》，当更能深入了解其成败得失。

一部名著的产生，除了作者本人的学识与才华，更牵涉"天时""地利"与"人和"。完成于40年代的《中古文学史论》，其实得益于"安不下一张书桌"的"兵荒马乱"。抗战军兴，学校西迁，"南渡"成了最为敏感的话题。1937年底，北大、清华、南开三校组成的长沙临时大学开学，冯友兰拜谒南岳二贤堂，"想起晋人宋人的南渡，很有感触"，于是吟诗：

> 洛阳文物一尘灰，汴水纷华又草莱；
> 非只怀公伤往迹，亲知南渡事堪哀。（《回忆朱佩弦先生与闻一多先生》）

第二年初春，临时大学迁往昆明，途经桂林、南宁时，朱自清作《漓江绝句》四首，其一曰：

---

[1] 王瑶：《谈古文辞的研读》，1948年3月2日《新生报·语言与文学周刊》72期；《评林庚著〈中国文学史〉》，《清华学报》14卷1期，1948年10月。

> 招携南渡乱烽催，碌碌湘衡小住才。
>
> 谁分漓江清浅水，征人又照鬓丝来。

是年春夏间，陈寅恪于云南蒙自联大分校写下的诗句，更是触目惊心：

> 读史早知今日事，对花还忆去年人。(《残春》)
> 南渡自应思往事，北归端恐待来生。(《南湖即景》)
> 南朝一段兴亡影，江汉流哀永不磨。(《七月七日蒙自作》)

40年代漂泊西南的学者们，普遍对六朝史事、思想及文章感兴趣，恐怕主要不是因书籍流散或史料缺乏，而是别有幽怀。像陈寅恪那样早就专治此"不古不今之学"者，自然鉴古知今，生出无限感慨；至于受现实刺激而关注六朝者，也随时可能借六朝思想与人物，表达其对于社会现实的关注。

1946年夏，闻一多先生被刺身亡，王先生的同学季镇淮先生即借《嵇康之死辨闻》《竹林故事的结局》等考史文字寄托悲愤[1]。季文议论精辟而又切合史事，可见平日读书兴趣所在。至于另一位同学范宁，则以魏晋小说为研究专题，

---

[1] 季镇淮：《嵇康之死辨闻》，1947年2月24日《新生报·语言与文学周刊》19期；《竹林故事的结局》，1947年12月9日《新生报·语言与文学周刊》60期。

与王先生的论述更是密切相关。据范先生回忆，西南联大研究生宿舍里，同学们"聚在一起时大都谈论魏晋诗文和文人的生活"[1]。南渡的感时伤世、魏晋的流风余韵，配上嵇、阮的师心使气，很容易使得感慨遥深的学子们选择"玄学与清谈"。40年代之所以出现不少关于魏晋南北朝的优秀著述[2]，与此"天时""地利"当不无关联。

至于"人和"，不妨曲解为"学有师承"。"亲承音旨"的朱、闻二师，"心向往之"的鲁迅先生以及作为前辈学者的刘师培等，王瑶先生在《自序》或《题记》中都有所交代，故常被论者提及。还有一位学者，对于《中古文学史论》的完成至关重要，那便是名满天下的陈寅恪先生。以"文学史论"为题，关注的重点却是社会风尚与文人心态，除了私淑鲁迅，其实还有陈寅恪作为导引。80年代初，王瑶先生撰《治学经验谈》，称30年代就读清华时"专业知识和治学方法都给了我很大的影响"的教授，除日后成为研究院导师的朱自清和闻一多，再有便是陈寅恪[3]。没有材料证明其写作得到过陈寅恪先生的亲自指点（虽然1947—1948年

---

[1] 参见范宁《昭琛二三事》，《王瑶先生纪念集》26页，天津：天津人民出版社，1990年。

[2] 除本文提及的陈寅恪、冯友兰、朱自清等均有著述，此期关于中古思想及文学的精彩论说，著作可举出汤用彤的《魏晋玄学论稿》、贺昌群的《魏晋清谈思想初论》，论文则不妨以宗白华的《论〈世说新语〉和晋人的美》以及朱光潜的《陶渊明》为例。

[3] 参见《治学经验谈》，《王瑶文集》7卷448页。

陈、王同在清华），但很少引证时人著述的《中古文学史论》
中，起码有三章正面引述了陈先生的观点：《文人与酒》之
于《天师道与滨海地域之关系》，《隶事·声律·宫体》之于
《四声三问》以及《徐庾与骈体》之于《读〈哀江南赋〉》。
略感遗憾的是，《玄学与清谈》一章，倘能参考陈先生此前
不久发表的《陶渊明之思想与清谈之关系》，或许会更加胜
论纷纭。

先生晚年主持国家重点科研项目"近代以来学者对中国
文学研究的贡献"[1]，特别强调史家陈寅恪的功绩，想来是别
有会心。只可惜拟议中概述百年中国学术的宏文未及着手，
先生即已仙逝；否则，关于陈、王学术因缘的说法，当有更
多的佐证。

四、最后一项工程

记得是 1986 年岁暮的一个晚上，王瑶先生让我看中国
社会科学院编印的《学术动态》第 279 期，上面刊有他在全
国社会科学"七五"规划会议上的发言，题目叫《王瑶教授
谈发展学术的两个问题》。其中第一个问题引发出此后的研
究计划，也可说是此书的胚胎，故全文引录如下：

---

[1]　正式出版时，遵照先生遗愿，改题《中国文学研究现代化进程》（北
京：北京大学出版社，1996 年 12 月）。

念王瑶先生

　　从中国文学研究的状况说，近代学者由于引进和吸收了外国的学术思想、文学观念、治学方法，大大推动了研究工作的现代化进程。以中国文学史为例，过去只有诗文评或选本式的东西，第一本《中国文学简史》是外国人写的；林传甲、谢无量等早期中国人写的文学史，文学的范围及概念都十分驳杂；从王国维、梁启超，直至胡适、陈寅恪、鲁迅以至钱锺书先生，近代在研究工作方面有创新和开辟局面的大学者，都是从不同方面、不同程度地引进和汲取了外国的文学观念和治学方法的。他们的根本经验就是既有十分坚实的古典文学的根底和修养，又用新的眼光、新的时代精神、新的学术思想和治学方法照亮了他们所从事的具体研究对象。鲁迅慨叹说"中国之小说自来无史"，我们可以加一句说，有史自鲁迅始。王国维的《宋元戏曲史》《〈红楼梦〉评论》《人间词话》，梁启超的《中国韵文的变迁》和《饮冰室诗话》等以及钱锺书的《管锥编》，都可以从中很明显地看出他们所取得的卓越成就和所受到的外来影响。小说、戏曲等在封建社会没有地位，研究的人很少，情况固然如此；但即使过去很受重视的书如《诗经》，《皇清经解》和《续经解》中收了那么多关于《诗经》的著作，但很少有取得突破的书，只是到了胡适、闻一多等人那里，才开创了新的局面。近代学者的研究成果至少使文学的范围比较确定和谨严了，文学观念有了现代化的特点，叙述和论证都比较条理化和逻辑化；这些都可以说明，即使是研究中国古代的东西，也必须广泛地从外国的学术文化中汲取营养。文学研究要发展，必须不断更新研究的观念和方法，而这就不能不吸收和利用外来学术文化的优秀成果。这一点无论从丰富和发展马克思主义，或是从具体的学科建设说，都是非常重要的。

王先生说，这个发言很受重视，好多朋友劝他把这作为一个学术课题来完成，可他精力不济，无法独力承担；如果有年轻的朋友愿意参加，他可以领个头。我当即表示很感兴趣，建议写成黄宗羲的《明儒学案》或梁启超的《中国近三百年学术史》那样的学术史著作。先生又征求了好多师友的意见，越聊越得意。到第二年夏天我帮着填写《国家社会科学基金研究项目申请书》时，先生已恨不得马上动手。只是碍于课题组成员还没能完全进入状态，才稍微耽搁了一下。

原先申报研究项目时，课题组除王先生作为负责人外，还有北京大学和中国社科院的六位中青年学者。听完先生畅述研究设想后，发现不少题目非课题组成员所能撰写，于是改为聘请学有专长的专家就其熟悉的题目撰稿。为了选择合适的研究对象和撰稿人，先生可谓费尽心机。那阵子只要学界友人来访，必谈此事。我因常到先生家走动，发现他几乎每天都有新想法。所谓"发起凡例"，实非易事；后人习以为常的东西，草创时却需披荆斩棘。若只选六七位学者作为研究对象，那倒好办，大家意见相对一致；可先生认为这样不足以体现这百年来的学术变迁。而选二十家可就麻烦了，因同样"级别"的学者颇多，取舍不容易。单是为了确定这"二十家"，先生写信、打电话乃至上门拜访，不知征求了多少专家的意见。先生有的从善如流，有的则"固执己见"——因其代表了先生的学术追求，旁人不一定能够理解。

至于寻找研究者，也非易事。一来学术史研究并非独立学科，历来不受重视；二来完成此课题需有古典文学和现代学术思潮两方面的兴趣和知识积累，合适的人选不多。先生斟酌再三，举棋难定，直到与所有拟议中的撰稿人交谈过，并获得某种理解和心灵契合后，才舒展了眉头。

1988年的元旦刚过，王先生就迫不及待地在镜春园家中召开第一次课题组会议，陈述他的研究设想，并征求诸位撰稿者的意见。那天先生情绪特好，谈笑风生，说这是他平生最后一项学术事业，也是"只能成功不能失败"。就在这次会议上，约好年底前各自拿出初步的写作大纲，以便互相交流，使全书具有某种整体感。

这年的11月，课题组在北大勺园开会，讨论全书体例和各章提纲。王先生再次陈述其研究设想，并对每位撰稿者的写作大纲提出具体意见。先生事先做了相当认真的准备，其批评大都让当事人出一身冷汗。看先生胸有成竹的样子，课题组同人纷纷要求先生早点把概论性质的"前言"写出来，以便各位撰稿时参阅。可先生说只能"同步进行"：正是在与诸位的争论交流中，逐渐形成并完善自己的想法的。

本来约定第二年 10 月完成"前言"和各章初稿，然后再次集会讨论近百年的学术思潮。可 1989 年春夏之间的政治变故，使这一切都落了空。最初的动荡过去后，王先生隐忍悲伤，多次与我商谈此书的撰写情况。当时有人怀疑此书的价值，断言即使写完也无法出版；也有人因各种原因无法继续从事这项研究，希望退出课题组。大概是见多了风浪，先生处变不惊，反而更坚定了完成此课题的决心。先生去世前半年，虽有各种干扰而难得平心静气读书做学问，可只要提及此课题，先生那明显苍老了许多的脸上马上容光焕发——这毕竟是先生学术上最后的冲刺，怎能不牵肠挂肚！

可惜天不如人愿，先生最后还是没能见到此课题的真正完成。先生去世后，国家社科基金管理委员会依照规定征询是否撤销此课题，课题组同人多表示愿意继续工作。于是重新调整了布局，在主编缺席的情况下，全凭各位撰稿人的学术良心。只是物换星移，协调起来更不容易；虽经再三努力，最后定稿时间仍一延再延。唯一可以告慰先生在天之灵的是，这事情总算没有半途而废。

王先生生前多次谈及此书的研究设想，只是当时以为先生会写成正式论文，故没有认真记录。除了上引《学术动态》上的发言外，手头只有一份"研究项目申请书"和一张为讨论会报告所拟的"研究设想"，二者虽都是由我执笔起草，可基本观点属于先生。以下根据这些相对零散的材料，略微介绍王先生为此书设计的理论框架和研究思路。

从黄宗羲写作中国第一部学术史《明儒学案》以来，产生过不少总结一代学术成就的著作。这些著作辨章学术、考镜源流，对后学很有帮助。近代以来的中国文学研究，颇多建树，值得专门总结。一百年来的学术史实际上已经成了某种"传统"，对这一传统的隔膜与误解，很容易产生虚无主义态度或热衷于横扫一切的偏激。每个人都不愿沿着前人所辟的道路继续前进，都想重起炉灶，都重新经历了一番痛苦的摸索，而不曾很好地借鉴前辈的经验教训，这是近代以来学术思潮迭起，但都匆匆过场，热闹有余而成就不大的一个重要原因。需要认真研究这百年来的学术实践，为今人提供一些值得借鉴的学术规范和一些行之有效的治学方法。因此，本书选择梁启超、王国维、鲁迅、胡适等近二十位中国文学研究的大家，探讨他们在借鉴西方学术思潮和研究方法以及继承发展中国传统治学精神方面的经验教训，并总结其学术成就。

本书之选择研究对象，不以学术成就为唯一标准，而更注重文学观念、学术思想的创新以及研究领域的开拓。因此，不准备选择章太炎、刘师培等很有学问但治学方法比较传统的学者。不选并不等于否认其学术成就，而是为了突出我们的学术追求。表面上一系列的个案分析，实际上贯串着我们对这百年来学术变迁的历史思考。过去的学术史主要讲师承渊源，讲学术成就；而我们则必须回答如何协调西方研究方法和中国固有学术传统（如乾嘉学派的学术境界和治学方法）的矛盾。一方面新理论、新方法的引进开拓了学者的眼界；另一方面新理论、新方法往往是根据西方学术发展总结出来的，与"中国文学"这一研究对象之间不免有隔阂。食古不化的固然没出息，一味照抄西方理论也只能昙花一现。如何走出这种两难困境，没有完美的答案，但有可以作为借鉴的先贤的足迹。本书的任务就是帮助读者辨认这些足迹。

这不是一部学者传记集，虽然立足于个案分析，可着眼的是学术思潮的变迁。通过对这二十位不同经历的学者的治学道路的描述及成败得失的分析，勾勒出近百年学术史的某一侧面。在具体论述中，学者的个人经历只作为说明其学术思想形成的辅助材料。也就是说，本书的主要着眼点在学者的治学成就、研究方法及其代表的学术思潮，而并非提供面面俱到的若干学者的生平资料。这需要理论眼光和问题意识，而且需要明确史家的立场。尽管撰稿者中不少是研究对象的学生或私淑弟子，但不想为尊者、贤者讳，更不想写成怀念文章。要正视这百年学术发展中的缺陷，也要正视学者性格中的缺陷。比如，谈郭沫若不能不谈晚年的《李白与杜甫》，不是专门揭短，而是展示学术道路的曲折坎坷。

本书侧重于中国文学研究方面的学术考察，但旁及其他人文学科。中国人做学问本就文、史、哲不分，而方法的借鉴、资料的融通以及学科的拓展等，都不是局限于文学研究能够说得清的。一来力求更准确地描述大学者的出入子史的治学生涯，二来把中国文学研究现代化作为中国学术转型的一个侧面来理解和把握，这样，才可能真正摸到近百年的中国文学研究的发展脉络。当然不想弄得汗漫无所归依，可也不能只盯着文集中那几篇诗论或小说考证。治史讲究识大体，这"大体"就是百年学术思潮的大趋势。有此眼光有此见识，再结合具体对象的深耕细作，方才能不辜负这课题。

以上复述王瑶先生的研究思路，虽则自信大致不差，可一经转述必然口气有异。为了慎重起见，这里一概不加引号。

当初承接这一课题时，王瑶先生相当自信。理由是，在中国学界，像他这样在古典文学和现代文学都有深厚学术积累的学者很少。且先生亲承朱自清、闻一多二师教诲，又对鲁迅的学术思路别有会心；至于游国恩、孙楷第、俞平伯等，更是介乎师友。先生私下里不止一次说过："想来想去，我确是最佳人选，只好勉强再老骥伏枥一回了。"

正因为王先生是从事这一课题的最佳人选，也给此书留下了不小的遗憾。谈论近现代学者对中国文学研究的贡献，为何只及古典而不及现代，难道身为中国现代文学学会会长的王瑶先生也是"厚古薄今"？要说开拓学术领域和更新文学史观念，《中国新文学史稿》乃这个学科的奠基之作，自然无法回避。不少人于是提议为王先生立一章，以便更好体现这个世纪中国学术思潮的嬗变。每当这个时候，先生总是叼着烟斗，不无得意地连连摆手："不行不行！那不成了王婆卖瓜了嘛！"先生去世以后，又有几位学者提出一个变通的办法：从已经发表的论述王先生学术思想的文章中选一篇作为附录。考虑再三，为了尊重先生的意愿，决定保持原来的框架和章节不变。

需要说明的是，王先生最初拟定的章节中，除收入本书的外，还有另外四章。阿英一章由于我再三陈述理由，先生同意删去。冯沅君、陆侃如一章（陆、冯夫妇有些著作系合撰，故并为一章）因来稿不大理想，只好割爱。至于钱锺书、刘大杰两章本不能缺，可撰稿人最终没能完成，也只能徒唤奈何。缺了这三章当然很遗憾，起码使得全书显得有点"残缺不全"。可与其勉强凑数，不如以"残缺"示人。"二十家"云云本也只是取其代表性，无意如梁山泊英雄排座次。或许，正因为"残缺"，使此课题成为开放的空间，召唤更多的研究者加入。若如是，则真的是"塞翁失马"。

五、大学者应有的素质

随着《中国文学研究现代化进程》的出版，王瑶先生生前所主持的最后一项学术工程，总算真正完成了。作为及门弟子，能帮助先生实现遗愿，本该可以松一口气。但面对孤零零的"王瑶主编"四个字，心里总觉得不是滋味。原计划由先生撰写的概述百年中国学术思潮的《前言》，终于只能以弟子说明写作经过的《小引》聊充篇幅。倘若先生的高论得以完整表达，能否石破天惊，不好妄加猜测。我能说的只是，先生对此项工作异乎寻常的热情，远非通常所说的"老骥伏枥，志在千里；烈士暮年，壮心不已"。在我看来，先生的学术理想，在此不大成功的"最后冲刺"中，得到充分的体现。

80年代以后，渐入老境的王先生，并没把主要精力放在个人著述，而是着力培养后进以及推动学科发展。这种选择，其实蕴含着略显消极的"自我定位"，已经没有能力冲击新的高度。先生一再提醒周围的学生，学问的规模以及主要的工作应该在六十岁以前完成；六十岁以后，精力及眼界大受限制，很难再有惊天动地的突破。还能出成果，但主要是延续此前的思路，先生颇为幽默地称此为"收尾工程"。以此标准衡量，作为现代文学学科的奠基者，80年代的王先生，确实有理由"偷懒"：因为功业已成，框架依旧，写多写少都一样，不值得为其劳神伤心。而最后两三年的"发奋"，很大程度则是看到了自我突破的可能性。

王瑶先生自视甚高，就读西南联大时曾声称："我相信我的文章是不朽的。"[1]这绝非一时戏言。50年代以后，王先生不断检讨自己成名成家思想，可传统中国"究天人之际，通古今之变，成一家之言"的学术理想，始终不曾为先生所遗弃。先生去世后，好友朱德熙撰《哭昭琛》，称：

---

[1] 季镇淮：《回忆四十年代的王瑶学长》，《王瑶先生纪念集》22页。

　　我一直认为昭琛具备一个大学者应有的素质。要是环
境更好一点，兴趣更专一一点，他一定会做出更大的贡献。

这里所表达的惋惜与遗憾，真乃知人之论，也只有朱先生才
能说得出来。弟子及后学更多地表彰先生的学术贡献，而很
少谈论其"壮志未酬"。借用先生最喜欢的陶渊明诗句"忆
我少壮时，无乐自欣豫。猛志溢四海，骞翮思远翥"。表面
上，此乃古今中外通用的对于时间及命运的感慨，可真正领
略其沉重与苦涩者，需要某种高傲的心志。即，确信自己本
来可以做得更完美。

　　王先生也喜欢以是否具备"大学者的素质"，来品鉴师
友乃至晚辈。偶然听他感叹"某某本来具备成为大学者的素
质"时，一脸惋惜与悲悯，颇有代上苍鸣不平的意味。先生
当然清醒自己已经达到什么学术境界，也明白自己在多大程
度上实现了年轻时的理想。我常常猜想，先生晚年面对众多
恭维时的心境：志得意满中，定然不时掠过一丝苍凉。

　　朱先生提及王先生做学问同时占有两种优势：

　　一是记忆力强，过目不忘；二是聪明绝顶，有敏锐
的洞察力和细密的分析力，无论知人、论世、治学，多
有深刻独创的见解。[1]

〔1〕　朱德熙：《哭昭琛》，《王瑶先生纪念集》11—13 页。

其实，还可以再加上一条：明确的学术史意识。这里所说的，不限于先生主持的最后一个项目，而是贯穿其整个治学生涯的对于课题潜力、研究思路以及学术潮流的格外敏感。先生喜欢衔着烟斗，纵论天下政治乃至学术之大势，颇有"运筹帷幄，决胜千里之外"的"大将风度"。这种战略家的眼光，使得先生 40 年代选择六朝文人及文章，作为自己的主攻方向；也使得先生 50 年代迅速地转向现代文学的学科建设。前者是 40 年代的"显学"，除了陈寅恪、冯友兰表述的不尽一致的"南渡意识"[1]，章太炎、刘师培阐释的学科意义[2]，鲁迅、宗白华所赞叹不已的生命境界与人格魅力[3]，更有技术手段方面的限制：从事此"不古不今之学"所需的资料，对于避居西南的学者来说，不太多也不太少，足以应付自如。常有文章提及王先生《中古文学史论》资料运用上的"竭泽而渔"，这其实正是先生选择此课题的先决条件。

　　顺便说一句，50 年代以后，先生转而专治现代文学，这是一次相当成功的"战略转移"。即便继续研究六朝文学，先生也不大可能在此领域做出整体性的突破。这既取决于国家意识形态的"导向"，也受制于此学术领域的"潜力"。

---

〔1〕 "南渡自应思往事，北归端恐待来生"（陈寅恪）；"当我国家民族复兴之际，所谓贞下起元之时也"（冯友兰）。

〔2〕 "真以哲学著见者，当自魏氏始"（章太炎）；"其以文学特立一科者，自刘宋始"（刘师培）。

〔3〕 参见鲁迅的《魏晋风度及文章与药及酒之关系》和宗白华的《论〈世说新语〉和晋人的美》。

对于 50 年代的转治现代文学，先生曾表示，此乃工作需要，并非个人的主动选择[1]。可是，有早年主编《清华周刊》的经历，念研究院时师从的又是新文学大家朱自清、闻一多，再加上为人为文均私淑鲁迅，先生之学术转向，其实十分自然。有工作安排等外在因素，但先生之迅速转向（1949 年即在清华大学中文系讲授"新文学"课程）以及全力以赴地投入新学科的建设，在短短三四年内完成本学科的奠基之作《中国新文学史稿》，明显是意识到此课题的发展前景及学术价值。顾炎武《日知录》卷十九《著书之难》有言：

> 其必古人之所未及就，后世之所不可无，而后为之，庶乎其传也与。

不知先生当年下决心"改弦易辙"时，是否忆及顾炎武此论学名言。

选择既有发展前景又能从容驾驭的学科或课题，是学者眼界高低的一个重要标志。陈寅恪《陈垣〈敦煌劫余录〉序》称：

> 一时代之学术，必有其新材料与新问题。取用此材

---

[1] 参见《〈中国新文学史稿〉自序》,《中国新文学史稿》上册，上海：开明书店，1951 年。

料，以研求问题，则为此时代学术之新潮流。治学之士，得预于此潮流者，谓之预流（借用佛教初果之名）。其未得预之，谓之未入流。此古今学术史之通义，非彼闭门造车之徒，所能同喻者也。[1]

何谓"新材料与新问题"，各家说法自是不一；但时刻关注学术潮流，选择最有可能获得突破性进展的研究课题，也是"大学者应有的素质"。正是在此意义上，我对先生晚年的学术敏感格外敬佩。其提出"近代以来学者对中国文学研究的贡献"的课题，并以极高的兴致从事组织与指导，此举极具前瞻性。直到今天，此课题的价值，方才被学界所普遍承认。

由于各种难以抗拒的因素，此课题没能按计划在 90 年代初完成并出版，这是一件十分遗憾的事情。若天如人愿，先生成功地实现本课题，必能开一代新风，再次领导学术潮流。艺术史上的大师，其"衰年变法"，往往令世人惊诧不已，并为后世开无限法门。可惜，先生未能充分展示其作为大学者的最后的辉煌。

在我看来，学术史上的王瑶先生，除了中古文学研究和现代文学研究这早有定评的两大功绩外，还必须加上意识到但尚未来得及展开的学术史研究。行文至此，涌上心头的诗

---

〔1〕 陈寅恪：《陈垣〈敦煌劫余录〉序》，《金明馆丛稿二编》236 页，上海：上海古籍出版社，1980 年。

句，竟是"出师未捷身先死，长使英雄泪满襟"。

六、为人但有真性情

"魏晋风度"和"五四精神"，不只是王瑶先生的治学范围，更是其立身处世之道。从第一次拜访起，我注意到，王先生客厅里一直挂着鲁迅《自嘲》诗手迹和题有《归去来兮辞》的陶渊明画像。我想，这大概可作为王先生精神、情趣的表征。

追随王瑶先生近六载，令我感叹不已的，主要还不是其博学深思，而是其"真性情"。有学问者可敬，有"真性情"者可爱，有学问而又有真性情者可敬又可爱。此等人物，于魏晋尚且不可多得，何况今日乎？知王先生学识渊博者大有人在，知其"为人但有真性情"者则未必很多。或许，这跟好长一段时间中国知识分子的经历实在过于坎坷，或多或少心灵都受到某种程度上的扭曲有关，也跟我最早了解王先生是借助撰写于40年代的才气横溢的《中古文学史论》，而实际接触又是在其本性得到较充分表露的80年代，漏过了中间一大段辛酸岁月有关。

我从王先生游，最大的收获并非具体的知识传授——先生从没正儿八经地给我上过课，而是古今中外经史子集式的"神聊"，谈学问也谈人生；谈学问中的人生，也谈人生中的学问。在我看来，先生的闲谈远胜于文章，不只因其心态潇洒言语幽默，更因为配合着先生的音容笑貌，自有一种独特的魅力。先生习惯于夜里工作，我一般是下午三四点钟前往请教。很少预先规定题目，先生随手抓过一个话题，就能海阔天空侃侃而谈，得意处自己也哈哈大笑起来。像放风筝一样，话题漫天游荡，可线始终掌握在手中，随时可以收回来，似乎是离题万里的闲话，可谈锋一转又成了题中应有之义。听先生聊天无所谓学问非学问的区别，有心人随时随地皆是学问，又何必板起脸孔正襟危坐？暮色苍茫中，庭院里静悄悄的，先生讲讲停停，烟斗上的红光一闪一闪，升腾的烟雾越来越浓——几年过去了，我也就算被"熏陶"出来了。

王先生晚年写文章不多，而且好多绝对精彩的议论也未必都适宜于写成文章。我一边庆幸自己有"耳福"，一边叹惜受益者太少。好几次想做点笔记或者录音，又嫌破坏情绪，无法尽兴而谈。1989 年初，我和师兄钱理群商量好，拟了好些题目，想有意识地引先生长谈，录下先生的妙语和笑声，给自己也给后学留点记忆，我相信那绝不比先生传世的著作逊色。只可惜突然的变故，使得这一切都成了泡影。

王先生爱喝酒，但似乎量不大，也未见其醉过。大前年春节，先生留几位在京的弟子在家里吃饭，听说我不会喝白酒，先生直摇头："搞文学而不会喝酒，可惜，可惜！"四十多年前，先生撰《文人与酒》一文，曾引杜甫诗："宽心应是酒，遣兴莫过诗。此意陶潜解，吾生后汝期。"1986 年先生为陶渊明学会题辞，又引录了这首诗。先生"诗"不大作，"酒"却是常喝的。"悠悠迷所留，酒中有深味"（陶潜《饮酒》）。喝酒不见得都有什么"寄托幽深"，不过是"宽心""遣兴"而已。借用先生文章中的话："酒中趣正是任真的酣畅所得的'真'的境界，所得的欢乐。"[1]整天醉醺醺自然不足为法，可"终年醒"者也如陶令所讥笑的"规规一何愚"。人生总是得意时少失意时多，总有忧愁需要排遣，神志清醒而又醉眼朦胧的"微醺"大概是人生的最佳状态。可又有谁能保证不"酒入愁肠化作相思泪"呢？酒不一定能消愁，但酒肯定能助谈兴："寄言酣中客，日没烛当秉。"（陶潜《饮酒》）先生酒后总是谈兴备增，而且更加神采飞扬，妙语连珠，我自惭不解酒味，可喜欢看先生饮酒，不为别的，就为先生的神聊将有超水平的发挥。如今，这一切也都成了过眼烟云。

学术上先生相当宽容，只要能言之成理就不再苛求，因此带出来的研究生颇有不守规矩者。可对人生，王先生却并不怎么宽容，甚至可以说有点峻厉。几十年风风雨雨，多的是恩恩怨怨，先生不放在心上，并非健忘，而是推己及人，感叹"我在那位子上也许也会这样做"。可理解人性的弱点并不等于泯灭是非，先生谈到有些人和事时声色俱厉，就因为其并非"身不由己"，而是"人品问题"。先生喜欢品评人物，也喜欢谈论逸闻琐事；不只是因其有趣，而是安危显大节，

---

[1] 王瑶：《文人与酒》，《中古文学史论》163 页，北京：北京大学出版社，1986 年。

琐事见性情。先生往往于一些并不怎么起眼的小事中分析、判断一个人的性格、趣味和才情，而且确实有先见之明。我相信先生此等"识鉴"的本领是从魏晋文人那里学来的。与此相关的是先生那么多广泛流传的"隽语"，几乎每个历史时期先生都有一两句名言流传下来。喜欢把深刻的生活感受凝聚成甚具幽默感而又容易记忆的简短句子，除了自身的敏锐和机智外，我相信跟《世说新语》的影响不无关系。多少人一辈子说不出一句属于自己的有意思、够水平的"好话"，先生却留下那么多耐人咀嚼的妙语，怎能不令人羡慕？

王先生为人坦荡、达观，但又有点高傲、任性，有时甚至近乎专断——这一点子女及弟子的感受可能与外人不同。先生明显"内外有别"，对一般朋友和客人注重礼节，可对子女和弟子却从不讲客套，批评起来一点不留情面，不止一个弟子被当面训哭。先生从不当面夸奖学生或者问寒问暖表示关心，似乎高傲而又冷漠；但大家都知道先生很有人情味，只是不愿表露。先生常暗地帮助学生解决实际问题，可当面偏又装着若无其事，绝不允许向他道谢。这样一来，出现一个有趣的现象，先生和他众多弟子都不习惯于那种表面的"热情洋溢"，见面时反而不如不见面时亲热。尤其是近两年，每次去见先生，先生都会兴奋或者惋惜地诉说，他哪一个弟子大有长进，或者哪一个弟子哪一篇文章写得不大理想。去年夏天的一个晚上，先生突然把我找去，告诉我他对我最近发表的几篇文章很满意，随后又为我写了一幅字：

"讵关一己扶持力，自是千锻百炼功——读君近作书此志感"，真的让我有"受宠若惊"的感觉。那个晚上，先生听我谈了我学术上的设想，然后才说："本来我不给已经毕业的学生指什么路，每个人都应该自己去闯。既然你征求我的意见，我就谈些想法供你参考。"令我惊讶不已的是，先生是从我的性情和气质说起，然后才逐步转到如何在学术上发展自己。我乘机问了一些他对其他弟子的看法，先生实际上为弟子们想了很多很多，只是怕影响弟子自己的选择，一般不直接表示。

王先生最后一次跟我谈学问，是在1989年初冬时节。针对有人怀疑先生主持的国家"七五"科研项目"近现代学者对中国文学研究的贡献"的价值，先生再次谈了学术史研究的意义以及撰写中应注意的若干问题，并吩咐书出版时可定名为《中国文学研究现代化进程》。当我谈起从梁启超、王国维、鲁迅、胡适以来，百年中国学术界，颇给人一代不如一代的印象时，先生感慨良多，最后只说了一句："路要自己选择，认清了就一直往前走，不为时尚所动，也不用瞻前顾后。"

这话包含着一代学者的辛酸苦辣。王瑶先生在学术上是有遗恨的，以先生的才华，本可在学术上做出更大的贡献。"文革"后，先生曾有一个大的研究计划，可终因年迈精力不济而无法实现。他常说，1957年以前他每年撰写一部学术著作，1957年至1977年这二十年却一部著作也没出版。大家都说耽搁了，可耽搁在人生哪一阶段大不一样，正当创造力最旺盛的时候被迫搁笔，等到可以提笔时却又力不从心，这种遗恨只有个中人才能理解。先生再三叮嘱，大环境左右不了，小环境却可以自由创造，起码要自己沉得住气。

王瑶先生七十五诞辰时，我曾戏拟了一副祝寿的联语："清茶三盏纵论天下风云说了自然白说，烟斗一根遍打及门弟子挨过未必白挨。"如今，先生走了，再没有人拿着烟斗敲打我们这些有出息的、没出息的及门弟子了了。

我不能不谨慎着我的每一个脚步……

1999 年 7 月 9 日连缀若干旧文而成，借以纪念先生逝世十周年

（此文第二节初刊《文史知识》1993 年 1 期；第三节原题《中古文学研究的魅力——关于〈中古文学史论〉》，收入拙著《文学史的形成与建构》，广西教育出版社，1999 年；第四节初刊《书城》1995 年 3 期；第五节初刊《光明日报》1997 年 2 月 12 日；第六节初刊《鲁迅研究月刊》1990 年 1 期。修订稿最初收入拙著《北大精神及其他》，上海文艺出版社，2000 年。）

我眼中的小说家金庸

选自傅国涌《金庸传》，浙江人
民出版社 2013 年版

好久没读金庸（1924—2018）小说，也没拜见查良镛先生了，猛然收到香港大山文化出版社的《侠之大者——金庸创作六十年》（2015年），迫不及待地翻阅起来。一个晚上下来，心情很是复杂。单就学术水平而言，这大小几十篇文章，未见特别出色的（包括我自己的《很遗憾，没能补好台》）；大概金庸小说的好处，该说的以及能说的，已经说得差不多了。可你还是隐约感觉到，作者们都很真诚，且热情洋溢——正是这种热情，使得六十年来，月有阴晴圆缺，但金庸始终没有完全淡出公众的视野。现代文学史上，如此有个人魅力，不靠政府或商家做后台，而能红透半边天，且持续这么长时间，实在是个奇迹。单凭这一点，也值得研究者持续关注。

问过中文系若干在读博士生，他们小时候也曾迷恋过武侠小说，因而对金庸其人其文相当熟悉。但在魔幻小说、宫廷戏以及穿越剧中成长起来的新一代，是否还能欣赏大侠那高傲而孤独的身影，我不抱多大希望。近日审读"我与金庸"全球华人散文征文奖稿件，不出意料，绝大多数出自年长者之手。深情款款地讲述自己与武侠小说一起成长的经验，既感谢作家金庸，更怀念意气风发、飞扬跋扈的青春岁月。这让我对以金庸为代表的游侠想象，又多了几分理解。

这里提"游侠想象"而不是"武侠小说"，那是因为，二十多年前，我撰写《千古文人侠客梦》（北京：人民文学出版社1992年初版，日后有好多版本），从司马迁一直说到金庸，兼及史传、诗文、戏曲、小说等，注重的是"情怀"，而非"技艺"。两年多前，我甚至应邀撰写《作为一种精神气质的"游侠"》，开篇就是："游侠作为一种潜在的欲望或情怀，在好多人心里面都蕴藏着，只不过表现形态不一样而已。中国人的理想境界是'少年游侠、中年游宦、晚年游仙'。少年时代的独立不羁、纵横四海，是很多人所盼望的。浪迹天涯的侠客，对于中国人来说，是一种对于现实生活的超越，或者说对于平庸的、世俗的日常生活的批判。在这个意义上，'侠'跟打斗本领没有直接关系，也不见得非'快意恩仇'不可。这更像是一种超越日常生活的愿望与情怀。"（《文史知识》2013年10期）若此说成立，即便"天下"永远"太平"，也都有游侠"长剑横九野，高冠拂玄穹"的存在价值。

我大概是大陆学界较早意识到金庸小说的学术价值的。90年代初，在撰写并出版《千古文人侠客梦》的同时，我在北大中文系开设专题课，讲中国人的游侠想象。不过，在我的论述框架中，金庸只是重要的一环，故不会有太大争议。当然，如此"平正通达"，影响力也就有限。直到北京大学授予金庸名誉教授，严家炎先生撰写《一场静悄悄的革命》，方才掀起了轩然大波。严老师不屈不挠，在北大中文系开设"金庸小说研究"专题课，日后结集为《金庸小说论稿》（北京：北京大学出版社，1999 年），在金庸研究方面，贡献远比我大。

从 90 年代中期起，我有不少接触查良镛先生的机会，甚至还曾在浙江大学与之合招博士生（虽不成功），但总是敬而远之。一是年龄及地位悬殊，不敢谬称知己；二是我的老师王瑶先生曾告诫，不要跟研究对象走得太近，以免影响自己的学术判断；第三则纯属私心——我心目中的大侠，连同大侠的创造者，都应该有某种神秘感，最好是神龙见首不见尾，遥望可以，细察则不必。当年谈中国人源远流长的游侠想象，我曾从侠客为何不涉钱财说起——只有脱离了"柴米油盐酱醋茶"等日常生活的羁绊，大侠才可能进入那个虚拟的替天行道、快意恩仇的江湖世界。

可现实生活中的小说家，无论你如何"特立独行"，怎样"性情中人"，也都有世俗的一面。比如，金庸喜欢自己创造出来的令狐冲，但现实生活中的查良镛，不可能总像令狐冲那样散淡、洒脱、率性、不羁；作为成功的报人兼作家，查良镛也有他精明、狡狯、洞察人心乃至擅长商业计谋的一面。作为读者，尤其是对"千古文人侠客梦"情有独钟的读者，最好保持那个美好的记忆。基于此判断，我主动放弃了进一步接近"大侠"的机会。直到今天，还是认定自己的选择是正确的。

关于金庸，不说若干随笔，真正的学术论文，我只写过一篇《超越"雅俗"——金庸的成功及武侠小说的出路》（中文本刊《当代作家评论》1998 年 5 期，韩文译本刊《民族文学史研究》16 期，首尔：昭明出版社，2000 年；日文译本刊《历史与文学的境界》，东京：劲草书房，2003 年；英文译本刊 *The Jin Yong Phenomenon: Chinese Martial Arts Fiction and Modern Chinese Literary History*, N. Y.: Cambria Press，2007）。重读旧文，有两句话可以略微引申。

第一句是："在我眼中，查先生是个有政治抱负的小说家。"这里包含两个关键词，一是"政治抱负"，二是"小说家"。金庸不喜欢人家称他是"著名武侠小说家"，因为，这等于降格以求，只承认你在"武侠"这一类型小说中的价值及地位。我同意金庸的意见，应该在"中国小说史"的框架中谈论金庸——其学养、想象力及语言功夫，都值得大说特说。至于"政治抱负"，主要指《明报》事业。那两万篇社评与政论，使金庸与无数武侠小说家拉开了距离。我甚至称："倘若有一天，《查良镛政论集》出版，将其与《金庸作品集》参照阅读，我们方能真正理解查先生的抱负与情怀。"将查良镛的政论与金庸的武侠小说对读，这可是要下死功夫的，不知道现在的研究者有无这种耐心。

第二句是："不只是具体的学识，甚至包括气质、教养与趣味，金庸都比许多新文学家显得更像传统中国的'读书人'。"在我心目中，"博雅"与"通达"，乃传统中国读书人的最大特征。在这方面，大学里专治文史的名教授，也都不见得能在查先生面前昂首阔步。我敬佩查良镛的，不仅是学识渊博，更包括极为强烈的求知欲望。有幸听他眉飞色舞地谈论"考博"及"读博"的经历，那种投入感与幸福感，让我深深感动。在很多人看来，早已功成名就且年事已高的查良镛先生，根本没必要正儿八经地注册念剑桥或北大的博士。可这正是"读书种子"查先生可敬可爱的地方。

好的小说家，一般都特能洞察人心。看透世态人情的结果，有三种可能性：或居高临下的傲慢，或普度众生的慈悲，或愤世嫉俗的绝望。多次听查先生演讲，说实在话，不算太精彩；但答问很得体，确能显示大智慧。现场感觉如此，回头读各种报道及记录稿，证实了我的直觉。愿意认真倾听粉丝们稀奇古怪的提问，给予真诚的回答，而不是敷衍了事，这对一个见多识广的名人来说，除了智商，还得有足够的情商。

不只一次见到这样温馨的场面：演讲结束，热情的读者捧着书要求签名，金庸很配合，问人家叫什么名字，顺手写两句勉励语或俏皮话。在那么疲劳的状态下，始终保持笑容，且变幻笔调为读者题词，是需要情感及智慧的。这在早年是为了推销作品，如今名满天下，根本用不着讨好一般读者，可金庸还是那么认真，丝毫没有懈怠，一笔一画地签上自己的名字，这着实让我感动。

真希望有哪位好事之徒在网上发起，让获得过金庸签名的普通读者们晒晒照片，那些五花八门、体贴入微而又暗藏机锋的题词，会让后辈们汗颜且欣羡不已的。

2016 年 3 月 8 日于京西圆明园花园

（初刊《东方早报·上海书评》2016 年 4 月 24 日）

附录四　重提与金庸先生合招博士生

金庸先生去世那天（10月30日），我先后接受了十家媒体的电话采访。除了变着法子说好话，我再三强调，本人只是一个金庸小说的读者，最多算半个研究者，与查先生本人并无深交，不能谬托知己。好在不久前北大出版社推出《千古文人侠客梦》增订版，其中有几篇谈金庸的长文短札，于是被广泛摘编。记者中有知根知底的，一定要我谈与金庸先生在浙江大学合作招收博士生的事，我都谢绝了。事情是真的，我在《很遗憾，没能补好台》（*初刊 2015 年 8 月 1 日*《明报》及《明月》2015 年 8 月号）中曾提及；但电话中说不清楚，怕有蹭热度或拉大旗作虎皮的嫌疑。

没想到《明报月刊》准备出纪念专号，还是指定我谈这个话题。想想也是，金庸作为小说家的历史地位及贡献，能说的我都说了。而且，比我更专业的研究者多的是，不缺我这一篇。反倒是其 1999 年出任浙江大学人文学院院长以及招收博士生一事，从一开始就意见纷纭，众声喧哗中，真正体贴入微的极少。我作为半个当事人，确实有多说几句的必要。

先说大的判断，当初新浙江大学成立，请查良镛先生出任人文学院院长，既有减少四校合并中人事矛盾的考虑，也是借用其巨大名声，为新浙大造势。此举确有效果，一时间，关于金庸任职浙大的报道铺天盖地。可作为制度设计，院长只是遥领，日常事务由常务副院长负责，并不是好主意。某种意义上，等于把基于友情临危受命的查先生放在火上烤，所有的矛盾都会以此为突破口。谁都明白，名满天下的金庸不缺院长这个头衔，可"在其位"而又无法"谋其政"，还是会招来不少非议的。更何况，金庸先生不熟悉大学情况，对招收博士生提出不切实际的高标准，且定位不是很准确，因而引来学界一片嘘声。正是在此背景下，我在一次学术会议上提出，与其让金庸在历史系招收隋唐史或中西交通史方向的博士生，不如在中文系招收"历史和文学"方向博士生。没想到浙大从善如流，与金庸先生一番协商后，真的打出招牌，让他和我合带博士生。

确实是"纸上得来终觉浅"，读了那么多年武侠小说，浑然不知"江湖风波恶"。浙大一提出邀请，我就欣然接受，还自信有能力帮金庸先生圆这个教育梦。事后才知道，当初浙大不少人想与金庸先生合作挂牌，觉得那是莫大的荣誉；浙大之所以找到我，除了我原本就是他们的兼职教授，又是率先倡议者，更重要的原因，恐怕是担心校内摆不平，干脆找一个外来的和尚。带博士生没什么了不起，具备一定的专业知识与学术眼光，再就是愿意用心思、花时间；前者查先生绰绰有余，后者我以及浙大的同事本可以帮上忙。

出考题、挑学生由浙大人文学院负责，金庸先生最后定夺；博士生的基本课程，按规定走就行。我属于敲边鼓的，不算书面通信，2004 年 6 月与三位博士生单独交谈，也就一个下午。三四个小时下来，我充分领略到形势的严峻："这里有社会各界的猜疑，有学校内部的矛盾，有学科文化的差异，再加上师生之间沟通不畅，既难为了查先生，也难为了这几个学生。"（《很遗憾，没能补好台》）现代大学不同于传统书院，并非只靠山长一人，同一所大学乃至同一院系里，值得请教且能够引路的导师很不少。因此，指导教授只需把握大方向，了解学生的资质与性情，关键时刻给予必要的关注和指导，这就差不多了。问题在于，浙大内部对于金庸先生带博士生意见分歧，很多人冷眼旁观，而这与社会上的过度热情乃至恶意炒作，形成了强烈对比。如此冷热悬殊，各走极端，使得三位博士生的自我感觉与学习状态都不好。

我基于多年教书的经验，深知学生必须迅速摆脱媒体的纠缠，沉下心来好好读书，于是提出，让这三位博士生以交换生的身份，到北大跟随我一年半载。开始浙大很开心，觉得这是解决难题的最佳途径。风云突变的原因是，有人恶意告状，称我的建议是对浙大不信任，也是对金庸先生不尊重。知道浙大的难处后，我赶紧打退堂鼓。

在《很遗憾，没能补好台》的结尾处，我谈及："若不是媒体鼓噪或有心人从中作梗，让我好好花点功夫，帮查先生培养几个专研'历史和文学'的优秀博士，对双方都是功德圆满的大好事。可惜，由于我缺乏大智慧，加上时运不济，这一切都落了空。"

作为成功的小说家、政治家、企业家和社会活动家，金庸先生性格中有很坚硬的内核，敢于迎接任何挑战。正因有人横挑鼻子竖挑眼，说他学识不够，没能力指导博士生，这才激起他带学生的热情。否则，他不会把这等小事放在眼里。"你说我不行，我非要做给你看看不可。"如此意气用事，带有赌气性质的"投入"，在我看来是不太明智的。但性格决定命运，金庸先生就是这么从不服输，否则他也走不到这一步。好在名山事业已成，晚年愿意如何挥洒才华与时间，是他自己的事，旁人没资格说三道四。

以他的学识及智慧，晚年金庸本有更重要的事可做；指导博士生（即便学生资质很好），不是最佳选择。万一实在要做，浙大应该为他配备合适的助手，请我这个外人来"共襄盛举"，其实是不合适的。正因我是客卿，不是下属，金庸先生从不给我下指示。而我又过于清高，觉得应该一切听从浙大指挥。这给本就不平等的合作，留下了很大的隐患。

后世的人可能不了解，晚年的金庸，在浙江犹如神一般的存在，一旦大驾光临，马上被政商各界重要人物包围。一般教授（包括我这个合作者），不是想见就能见的。有感于此，我主动提出：与金庸先生合带博士生，有事召之即来，没事不敢打扰，免得有高攀的嫌疑。

在《我眼中的小说家金庸》(初刊 2016 年 4 月 24 日《东方早报·上海书评》)中，我曾谈及："从 90 年代中期起，我有不少接触查良镛先生的机会，甚至还曾在浙江大学与之合招博士生（虽不成功），但总是敬而远之。一是年龄及地位悬殊，不敢谬称知己；二是我的老师王瑶先生曾告诫，不要跟研究对象走得太近，以免影响自己的学术判断；第三则纯属私心——我心目中的大侠，连同大侠的创造者，都应该有某种神秘感，最好是神龙见首不见尾，遥望可以，细察则不必。"作为研究者，我这么做是对的（尤其是相对于眼下过分温馨的批评界）；可作为合作者，我的清高其实很误事。事后想想，当初若直接给金庸先生写信，说明我对学生状态的忧虑，并提出合理化建议，未必他一定不能接受。

可惜我太书生气了，缺乏变通的智慧，且过分自尊，没主动找机会与金庸先生沟通，以至于给谗言留下了发酵的时间与空间。日后多次见面，双方都不提此事。在我是颇有歉意，在他则此等小事不值一提。

2018 年 11 月 12 日于深圳旅次
（初刊《明报月刊》2018 年 12 期）